Träume

In einer anderen Haut

Laura Fritsch wurde 1997 in Darmstadt geboren und lebt in einer kleinen Stadt in der Nähe von Frankfurt/Main. Schon im Grundschulalter begann sie, kleine Ideen festzuhalten und eigene Geschichten zu schreiben. Zur selben Zeit wurde bei ihr Psoriasis diagnostiziert. Das Reiten und das Schreiben wurden für sie zum Zufluchtsort aus der Therapie, die 2009 im Krankenhaus begann.

2013 schrieb sie bereits die erste Version von *In einer anderen Haut*, damals noch mit dem Reihentitel *Dreams*, in der die Pferde eine viel größere Rolle spielten und weniger die Aufklärung über die Erkrankung Psoriasis. Im selben Jahr begann sie mit dem Segeln, die Erfahrungen ließ sie in ihre Geschichte einfließen.

2014 begann sie krankheitsbedingt eine neue Therapie, bei der Biologicals verabreicht werden. Über den Sommer verfasste sie ihr erstes Buch *Charlotte und das Reitinternat – Der Gedanke spukt noch immer*, das sie im Selbstverlag veröffentlicht.

2015 besuchte sie zum ersten Mal das Psoriasis-Camp am Biggesee und überarbeitete daraufhin wegen vieler positiver Rückmeldungen die Geschichte um Lucy. Das Camp spielt auch deshalb eine so große Rolle in diesem Buch.

Laura Fritsch

Träume

In einer anderen Haut

Für Ottfrid, Annette, Peter, Sascha, Rolf, Caro, Johanna, Julia, Lorena, Sofie, Dela, Melissa, Sabrina, Nora, Florian, Till, Tobias, Leen, Alexander, Fabio, Inken, Renata, Joana, Josi und Henrike.
Für Leonie, Ronja, Julia, Tatjana, Rick, David, Lenny, Lisa, Naomi, Luca und Nils.
Für alle, die mit Psoriasis leben, und für ihre Angehörigen.

Prolog: Diagnose Schwere Psoriasis

Der Wind rauschte in den Ästen über unseren Köpfen und brachte die Blätter zum Rascheln. Die Vögel flogen von einem Baum zum anderen, die Böen tanzten um die dicken Baumstämme herum. Ich reckte den Kopf in die Höhe und legte ihn in den Nacken, sodass ich den leuchtend blauen Himmel zwischen den Baumwipfeln sehen konnte. Keine einzige Wolke verzerrte das perfekte Sommerbild.

Die Hufe unserer Pferde verursachten ein dumpfes Klopfen auf dem trockenen Waldboden. Das Schweifschlagen, das durch die Luft zischte, wenn unsere Pferde nach einer Bremse schlugen, war fast wie ein Unruhestifter. Die rotbraune Mähne meiner Fuchsstute La Kaya wippte im Takt mit, als wir antrabten und die Ruhe genossen.

Meine junge Trakehnerstute gehörte mir seit letztem Sommer, das war nun fast ein Jahr her. Meine Eltern hatten sie mir geschenkt, als ich die Versetzung in die neunte Klasse geschafft hatte. Das war allerdings nicht der einzige Grund.

Mein älterer Bruder Leon segelte mit Leidenschaft und lag meinen Eltern seit mehr als vier Jahren damit in den Ohren, dass er eine eigene Jolle haben wolle. Als ich dann La Kaya bekommen hatte, hatten sie sich breitschlagen lassen. Nur leider hatte Leon bis heute nicht die perfekte Jolle für sich gefunden und das ärgerte ihn mächtig.

Meine jüngere Schwester Saira tanzte Ballett und da sie durch das schnelle Wachstum in dem Alter ständig neue Klamotten brauchte, gingen dafür auch jede Menge Euros drauf. Und meine jüngste Schwester Melanie, die wir alle nur Mel nannten, wollte ebenfalls reiten lernen. Allerdings war sie noch zu jung und auch zu klein, um La Kaya zu reiten. Trotzdem hatten meine Eltern das Argument, dass Mel unser eigenes Pferd auch irgendwann reiten könnte, akzeptiert und jetzt gehörte Kaya zur Familie.

„Wieso habe ich das Gefühl eines Déjà-Vus und trotzdem ist es diesmal genau andersherum?", wollte meine beste Freundin Alexa grinsend von mir wissen und musste ihren Wallach Lord Andyamo ständig zurückhalten, damit er nicht angaloppierte. Alexa kam auch aus einer Familie mit mehreren Geschwistern und sie war die Älteste von drei Kindern. Aber ihre Eltern bevorzugten ihren kleinen Bruder Johannes immer und überall. Ich war immer froh darüber gewesen, dass meine Eltern mich und meine Geschwister alle gleich behandelten.

Ich schaute Alexa an und antwortete ihr: „Vielleicht, weil wir vor fast drei Monaten schon mal hier langgeritten sind", schlug ich ihr vor und musste ebenfalls lachen.

Alexa seufzte glücklich. „Lucy, weißt du eigentlich, wie sehr ich mich für dich freue?", fragte sie mich dann und ich musste noch mehr grinsen als vorher.

„Ich glaube, das hast du mir in den letzten Tagen mindestens eine Millionen Mal gesagt; ja, Alexa, ich weiß, wie sehr du dich freust", zwinkerte ich ihr kichernd zu und dann lenkten wir unsere Pferde auf die Galoppstrecke einen kleinen Berg hinauf.

„Ich weiß, dass du es nicht einfach hast und umso mehr freue ich mich, dass auch deine Geschichte ein Happy End bekommen hat!" Mit diesen Worten ließ Alexa Andyamo die Zügel frei und der Fuchswallach preschte los. Meine La Kaya zog an den Zügeln und wollte folgen; nach ein paar Sekunden ließ ich sie los und den Wind all meine schlimmen Erinnerungen aus der Vergangenheit davonzerren.

Alexa hatte leider Recht. Ich hatte es nie leicht gehabt. Jedenfalls nicht mehr seit dem Tag, an dem die Diagnose *Schwere Psoriasis* kam. Die Autoimmunerkrankung, die dafür sorgt, dass sich meine Hautzellen viel zu schnell erneuern und sich deshalb fies juckende und rote Stellen auf der Haut bilden, hat seitdem mein Leben bestimmt und mir viele traurige Stunden beschert. Wir hatten als Familie versucht, einigermaßen damit umzugehen. Meine Eltern hatten versucht, mir immer wieder Mut zu machen und mir Hoffnung zu geben, dass es eines Tages erträglich werden würde; und dass es Hoffnungen gibt. Als ich noch kleiner gewesen war, hatte ich ihnen geglaubt, doch vor kurzem hatte ich den Glauben daran ganz verloren.

    Doch jetzt alles von Anfang an. Das hier ist meine Geschichte:

Kapitel Eins: 50-50-Chance

Für Ende Mai war das Wetter verdammt gut. Die Sonne strahlte vom Himmel und ihre Strahlen wärmten mich auf. Die Vögel flogen tief über unsere Köpfe hinweg und landeten kreischend auf den blühenden Ästen der Bäume. Wir hatten den Winter und den Frühling hinter uns gelassen und der Frühsommer stand schon in den Startlöchern. Genauso wie La Kaya und Lord Andyamo. Wir hatten mit Sägespänen eine Linie quer über den Weg gestreut und standen genau so, dass die Pferdehufe an der Linie waren. Alexa und ich sahen uns siegessicher an. Andyamo und Kaya scharrten wild entschlossen mit den Hufen. Ich streckte wie Alexa meinen Arm in die Höhe, sie stand neben mir, und dann senkten wir beide langsam unsere Arme.

„Und los!", kreischte Alexa, als sich unsere Hände schließlich berührten.

Unsere Pferde preschten bei dem Startsignal los und zunächst schienen ihre Beine durchzudrehen. Als sie den Halt fanden, trug die Kraft sie nach vorne und wir ließen die Zügel länger, damit sie sich besser strecken konnten. Meine zarte La Kaya legte sich fast senkrecht in den Gegenwind, ich beugte mich tief vor über ihren Hals und feuerte sie an. Auch Andyamo feuerte wie eine Kanonenkugel durch den Wald. Er war ein Westfalenwallach und etwas kräftiger gebaut als meine zarte Trakehnerstute, sodass sie ein wenig brauchten, bis sie auf gleicher Höhe waren. Alexa und ich riefen um die Wette und feuerten unsere Pferde wild entschlossen an.

„Ich krieg dich, Lucy", Alexa strahlte und trieb Andyamo vorwärts. Der Wallach zog gleich noch mehr an. Seine Nase schob sich vor Kayas, meine Stute kommentierte das mit einem angespornten Schnaufen.

„Nie im Leben, los, Kaya", ich tat es ihr gleich und schwebte förmlich im Sattel. Es kam mir so vor, als würden wir in Lichtgeschwindigkeit durch den Wald rasen.

Am Ende des Weges parierten wir außer Atem durch. Unsere Pferde waren verschwitzt und atmeten heftiger, La Kaya schnaubte mehrfach hintereinander zufrieden ab und schüttelte den Hals. Mein Puls raste und ich füllte meine Lungen sehnsuchtsvoll mit Sauerstoff.

„Wow, Alexa, das war mega cool", grinste ich und klopfte Kayas Hals.

„Und wie! Das sind echt die schönsten Stunden am ganzen Tag", japste Alexa und grinste. Sie hatte das Wettrennen ganz knapp gewonnen, weil Andyamo durch die kräftigeren Muskeln die letzte Steigung besser genommen hatte. Trotzdem freute ich mich für sie.

Aber ich musste schlucken. „Für mich auch, Alexa, für mich sind das auch die schönsten Stunden", erwiderte ich und wandte den Blick ab, um die aufsteigenden Tränen zu unterdrücken.

„Hey, Lucy, was ist denn los?", Alexa hielt Lord Andyamo erschrocken an und packte mich am Arm. „Ist irgendetwas passiert?"

„Wir haben am Montag einen Termin in der Klinik, weil die Haut nicht besser geworden ist", sagte ich schließlich und wischte mir mit dem Ärmel die Tränen weg.

„Aber das ist doch logisch! Ich meine, es ist grade mal Mai, da hast du fast immer Probleme mit der Haut. Was erwarten sie denn nur alle von dir? Das macht doch nur zusätzlichen Druck", Alexa streichelte mir sachte über den Arm, um mich etwas aufzumuntern. Seit nun mehr als sieben Jahren kämpfte ich unerbittlich gegen die Krankheit, wollte nicht akzeptieren, dass sie mein Leben bestimmte. Doch es hatte nichts geholfen. Kein Wunder also, dass die nächsten Termine in der Klinik bereits vereinbart waren. Worum es gehen würde, konnte man sich ja denken.

Resigniert sagte ich: „Aber es ist auch klar, dass die Schuppenflechte mal irgendwann weg muss, denn die

Belastung durch die dauernden Entzündungen können Spätfolgen haben. Ich will nur nicht ständig daran erinnert werden! Und ich will auch nicht akzeptieren, dass ich bei meinem Hobby eingeschränkt werde!", beklagte ich mich.

„Wie jetzt?" Alexa runzelte die Stirn.

„Ich soll nicht mehr so viel im Sattel sitzen, sondern Bodenarbeit machen, weil die Reithose zu eng an den entzündeten Stellen sitzt und nicht guttut", erwiderte ich. „Haben Mama und Papa beschlossen", fügte ich noch schnell hinzu.

„Sieht die Haut echt so schlimm aus?", meine beste Freundin war erschrocken.

„Ja, leider", musste ich zugeben.

„Dann zieh doch wenigstens ab jetzt in der übrigen Zeit kurze Hosen an und lass Licht und Luft an die Haut. Dann wird es bestimmt bald besser", schlug sie gutgemeint vor, doch sie vergaß dabei immer wieder den springenden Punkt.

„Das geht aber nicht!"

„Aber warum denn nicht?"

„Du weißt doch, dass ich mich damit nicht in der Öffentlichkeit und vor Fremden zeige. So renne ich nicht rum", erinnerte ich sie. „Diese ganzen tuschelnden Menschen. Und die dummen Kommentare. Darauf habe ich einfach keinen Bock."

„Aber der Reiterhof ist doch keine Öffentlichkeit", empörte sich Alexa. „Die Leute kennen dich doch alle und mit vielen sind wir befreundet. Hier wäre das doch kein Problem", sie ließ die Füße baumeln, als wir den Reiterhof erreichten.

„Ach, Alexa, das ist zwar alles so lieb von dir", fing ich an, „aber ich kann das einfach nicht. Du musst verstehen, dass die Erfahrungen zu schlimm sind."

„Das ist deine Entscheidung, Lucy. Aber ich glaube, dass es dir auch seelisch besser gehen würde, wenn du offener damit umgehst", sie ließ sich aus dem Sattel gleiten, dann machten wir die Pferde fertig und ich verdrängte die Gedanken an meine Hautprobleme so gut es ging.

Der Donnerstagabend stand bevor und die meisten Reiter kamen erst jetzt zum Hof, weil viele noch arbeiten mussten oder lang Schule gehabt hatten. Genauso auch eine unserer Freundinnen Marie, die in derselben Jahrgangsstufe war wie mein Bruder und donnerstags noch Sport in den Nachmittagsstunden hatte.

„Hey, ihr beiden", begrüßte sie uns grinsend, als sie mit ihrem Pferd Douglas von der Koppel kam.

„Hey, Marie. Endlich Schule aus?", zwinkerten wir neckend und schoben Andyamo und Kaya zur Seite, damit Douglas noch dazwischen passte.

„Ja, endlich", sie seufzte und bürstete über das schwarze Fell ihres Pferdes, dann sattelte sie auf. Ich hatte meinen Sattel und meine Trense über die Anbindestange gelegt und ließ Kaya in der Sonne trocknen, während Alexa ihrem Pferd noch die Beine abspritzte. „Und bei euch? Wie läuft's in der Schule?"

„Ganz okay", erwiderte ich ausweichend und schnallte die durchgeschwitzte Satteldecke unterm Sattel ab. *Ich muss morgen unbedingt eine saubere mitnehmen*, dachte ich mir und hoffte, es nicht zu vergessen.

„Und was machen deine Turniervorbereitungen?", wollte Alexa wissen, als sie mit Andyamo zurückkam.

„Douggli und ich starten im August bei einer A-Vielseitigkeit in Frankfurt. Bin mal gespannt, wie er mitmacht. Der dreht auf fremden Plätzen ja immer so ab. Das ist dann diese 50-50-Chance", Marie trenste auf und schnappte sich ihren Helm. Sie war eine gute Reiterin und kam gut mit Douglas zurecht. Sie hatte ihren Rappen als beinahe rohes Pferd bekommen und ihn selbst angeritten. Alles, was er konnte, hatte er von Marie gelernt. Ich bewunderte ihr Können.

„Wow, das wird bestimmt spannend", ich freute mich für sie und wusch das Gebiss in einem Eimer Wasser aus. Dann hängte ich die Trense zurück zum Sattel und kratzte abschließend Kayas Hufe aus.

„Könnt ja zugucken kommen", schlug Marie grinsend vor und Alexa und ich nickten sofort.

„Unbedingt", wir klatschten uns voller Vorfreude ab.

„Oh, oh, Lucy", flüsterte Alexa plötzlich grinsend. „Da kommt dein heimlicher Verehrer", sie kicherte.

„Hä, wo?", ich drehte mich suchend um, doch dann erkannte ich Aaron, der grinsend auf mich zukam. Aaron war ein halbes Jahr älter als ich und besaß ein eigenes Pferd. Er gehörte zu den Freizeitreitern bei uns auf dem Eichhof. Daher war er meist im Gelände und weniger auf offiziellen Turnieren unterwegs.

Schnell drehte ich mich um. „Oh, Mann, Alexa, das ist nicht mein Verehrer", stöhnte ich und bürstete über Kayas Rücken, den Bauch und die Beine, damit der Schweiß nicht verklebte.

„Ach ja? Und warum glotzt er dir dann jetzt auf den Hintern?", wollte sie schadenfroh wissen und hob die Augenbrauen hoch.

„WAS?" Sofort stand ich senkrecht und wäre dabei fast gegen Kayas Bauch gestoßen. „So ein Quatsch!", lenkte ich schnell ab.

„Ach, Lucy", Marie kicherte auf der anderen Seite und ich verdrehte die Augen. In diesem Moment blieb Aaron neben mir stehen.

„Hallo, Lucy", sagte er und wartete, bis ich ihn ansah.

„Hey, Aaron", ich lächelte dezent – nicht zu viel und nicht zu wenig. Der sollte ja nicht denken, die Gefühle beruhten auf Gegenseitigkeit... Falls Alexa recht hatte und er überhaupt was von mir wollte.

Am Freitag hatte ich zur dritten Stunde Unterricht und traf mich zu Beginn der großen Pause mit Alexa auf dem Pausenhof. Sie umarmte mich zur Begrüßung und lief dann mit mir Richtung Sportplatz, der jetzt im Mai endlich wieder geöffnet wurde.

„Was ein geniales Wetter!", freute sich Alexa und holte ihre große Sonnenbrille aus der Handtasche. „Wollen wir uns hier hinsetzen?" Sie deutete auf einen freien Platz mitten auf dem Sportplatz.

„Lass uns lieber zu der Wiese dahinten gehen. Da ist auch Sonne und dann kommen uns nicht ständig die Jungs in die Quere", schlug ich vor und Alexa nickte. Wir schlängelten uns durch die fußballspielenden Sechstklässler und fanden eine freie Rasenstelle in der Sonne.

„Wie geht es dir?", wollte Alexa von mir wissen, als sie merkte, dass ich nichts sagte.

„Naja, nicht sooo toll", gab ich zu und schirmte die Augen von der Sonne ab, damit ich meine beste Freundin auch ohne Blinzeln anschauen konnte.

„Ach, Lucy", Alexa nahm meine Hand. „Du weißt, ich bin immer für dich da!"

Bevor ich ihr danken konnte – denn eine so gute Freundin, die einem auch in einer kritischen Zeit nicht von der Seite weicht, hatte nicht jeder – tauchten Fanny und Malika auf, mit denen wir recht gut befreundet waren.

„Hey, ihr zwei", begrüßte uns Fanny und ließ sich neben Alexa ins Gras fallen. Die beiden wussten zwar von meiner Schuppenflechte, aber sie hatten längst nicht so viel damit zu tun wie Alexa, die mittlerweile sogar Hintergrundwissen besaß.

„Hatten wir was in Physik auf?", fragte mich Malika und ich nickte.

„Das Arbeitsblatt", erklärte ich und legte mich auf meine Jacke. Ich schloss die Augen und ließ die Sonne mein Gesicht wärmen. Ich fühlte mich wohler.

Während sich Fanny und Malika über Physik unterhielten und Alexa ihnen die Hausaufgaben zu erklären versuchte, schweiften meine Gedanken ab und zu Aaron: ich fand ihn echt attraktiv und kannte ihn jetzt schon seit drei Jahren. Mit einer Freundin hatte ich ihn noch nie gesehen. Bevor ich Kaya von meinen Eltern geschenkt bekommen hatte, war ich zwei Jahre bei der Hofbesitzerin Linda in der Reitstunde gewesen. Seit ich zu den Stallleuten mit einem eigenen Vierbeiner aufgestiegen war, hatte ich mit Aaron weniger zu tun als früher, aber ab und zu saßen wir Jugendlichen alle zusammen im Reiterstübchen und tranken eine Cola. Mir war nie aufgefallen, dass mich Aaron anhimmelte, nur Alexa sprach seit ein paar Wochen von angeblich eindeutigen Hinweisen, die auf seine Verliebtheit hindeuteten. Ich wagte, ihre These zu bezweifeln.

„Lucy, kommst du auch?", riss mich Alexa aus den Gedanken und ich schreckte hoch.

„Was, wo wollt ihr hin?", fragte ich verwirrt.

Fanny lachte. „Es hat geklingelt, wir müssen hoch zu den Physikräumen. Komm!" Sie lief mit Malika davon.

„Hast du das etwa nicht mitgekriegt?", Alexa schubste mich grinsend zur Seite.

„War in Gedanken", erwiderte ich nur.

„Ich frag jetzt mal nicht, woran du gedacht hast… treffen wir uns heute am Reitstall?", lenkte sie dann ab.

„Kaya hat heute ihren Steh-Tag. Ich fahre nur heute Abend zum Misten hin", erklärte ich ihr.

„Ist okay, dann geh ich alleine mit Andyamo ins Gelände", Alexa legte mir einen Arm um die Schulter und schlenderte grinsend mit mir vom Sportplatz.

Am Abend erwartete mich zu Hause mal wieder das totale Chaos. Meine beiden jüngeren Schwestern

Saira und Melanie zankten sich um die Fernbedienung, der dazugehörige Fernseher war höllisch laut, unser Hund hatte sich mit eingezogenem Schwanz unterm Tisch verkrochen, die Katzen hatten sich ebenfalls in der Wolle und mein älterer Bruder Leon versuchte Ordnung in das Chaos zu bringen.

„Zum Glück bist du da, Lucy. Hier läuft echt alles aus dem Ruder!" Er hatte sich die Trockentücher aus der Küche über die Schulter geworfen und versuchte, unsere beiden zankenden Katzen Koks und Klette auseinanderzuhalten, die sich schimpfend wehrten. Saira und Mel zogen derweil lauthals schreiend ihre Kreise um den Wohnzimmertisch.

„Wo sind denn überhaupt Mama und Papa?", wollte ich wissen, ging strammen Schrittes ins Wohnzimmer und machte dem lauten Kinder-Abend-Programm ein für alle Mal ein Ende. Saira und Mel protestierten, als sie merkten, dass ich den Fernseher ausgemacht hatte.

„Nichts da", ich riss Saira die Fernbedienung aus der Hand, „solange ihr nicht lernt, wie man das Ding richtig bedient, bleibt die Kiste aus!"

„Mama ist im Wäschekeller und Papa beim Boot!"

Das war wieder einmal typisch. Immer wenn's zu Hause Stress gab, verschwand Papa. Seit vier Jahren besaßen wir ein Motorboot, das in einem Hafen am

Main lag. Und hier zu Hause fiel uns die Decke auf den Kopf.

„Und was machen wir nun?", fragte Leon schulterzuckend.

„Keine Ahnung. Wer von uns hat denn immer alles im Griff?", antwortete ich provozierend. Klar, er war es, der immer behauptete, alles im Griff zu haben, doch jetzt hatte auch er keine Idee mehr.

„Wäre ich mal mit Papa zum Hafen gefahren. Die haben da jetzt ein voll cooles neues Segelboot und wir, die schon einen Segelschein haben, dürfen bei der ersten Fahrt mit", berichtete mein siebzehnjähriger Bruder aufgeregt.

„Schön", meinte ich teilnahmslos, nahm ihm Koks ab und setzte ihn zurück ins Wohnzimmer auf einen der Kratzbäume. Dann holte ich Klette und brachte auch sie zurück, während sich Leon wieder an das schmutzige Geschirr in der Küche machte.

„Ich mach dir 'nen Vorschlag", meinte ich dann und lehnte mich an den Türrahmen. „Ich ziehe mir schnell was anderes an und dann helfe ich dir!"

„Das ist eine gute Idee. Du stinkst ja wieder so, als hättest du im Mist gebadet!"

„Besser, als im Mainwasser, wenn du mal wieder aus dem Boot gefallen bist!" Ich schleuderte ein Handtuch zu ihm, was ihn direkt im Gesicht traf.

„Das wüsste ich aber", erwiderte er und ich zog mich still zurück. Saira und Mel waren zwar aus dem Wohnzimmer abgezogen, doch dafür ging der Zoff in ihrem Zimmer weiter. Ich ging kopfschüttelnd in mein Zimmer, unter die Dusche und tauschte die Reitklamotten gegen ein paar bequeme Sachen. Und als ich wieder nach unten kam, war auch Mama wieder aus dem Wäschekeller zurück. Sie half Leon mit dem Geschirr und ich begann, die Töpfe wieder rauszuholen, um zu kochen, weil ich fand, dass nun schon genug Leute am Waschbecken standen.

Bei uns war es üblich, dass Leon und ich im Haushalt halfen. Auch Saira und Melanie mussten kleine Aufgaben übernehmen, wie beim Einkauf mitzuhelfen oder Mama bei der Gartenarbeit zu unterstützen. An Leon und mir blieben meistens die größeren Arbeiten hängen: Wir wechselten uns ab, wer mit unserem Hund Jack Gassi ging, wir halfen beim Kochen, wuschen ab, putzten das Bad oder saugten das Haus. So hatte sich unsere sechsköpfige Familie samt ihrer tierischen Hausbewohner gut eingelebt und die Aufgaben gerecht verteilt.

„Das ist ja wieder klar", maulte Leon, als er sich zu mir umdrehte. „Erst wasch ich den ganzen Kram mühsam ab, und du holst ihn mir-nichts-dir-nichts wieder raus. Vielleicht solltest *du* demnächst abwaschen, dann weißt du vielleicht, wie anstrengend das ist!"

„Das weiß ich auch so", schimpfte ich zurück. „Ich erinnere dich nur daran, dass *du* immer sehr schlechte Laune bekommst, wenn's nicht pünktlich um sieben was zu essen gibt!" Ich sah ihn provozierend an.

Leon zog es nun vor, die Klappe zu halten und ich begann mit dem Kochen. Oben polterte es im Zimmer meiner jüngeren Schwestern, aber wir kümmerten uns nicht weiter darum, weil das inzwischen auf der Tagesordnung stand.

„Pass auf, ist heiß", warnte ich meinen Bruder, als ich ihm den großen Topf in die Hand drückte.

„Ja, ja", meinte er und stellte ihn auf den Esstisch.

„Saira, Melanie!", rief Mama nach oben und die beiden Streithähne kamen nun hungrig nach unten. Inzwischen war auch Papa wieder vom Boot zurück. Leon hatte sich sofort geärgert, denn so wie Papa den Tag am Main beschrieben hatte, war er wohl sehr entspannend gewesen – da wäre mein Bruder nur allzu gerne dabei gewesen.

„Morgen ist Samstag, also Jugendsegeln. Da bist du ja dann sowieso da", meinte Papa zu Leon und der nickte schnell. „Du fährst sicherlich wieder zu Kaya, oder?", wandte er sich lächelnd an mich, denn auch, wenn er es gewesen war, der strickt gegen das Pferd gewesen war, hatte er doch bemerkt, wie gut es mir tat.

„Ja, aber ich kann auch ganz früh morgens gehen und später zum Hafen mitfahren!" Eigentlich war ich nicht sonderlich wild darauf, denn Hafen und Segeln bedeuteten immer Wasser; und Wasser bedeutete für mich noch nie etwas Tolles. Das Schwimmbad vermied ich so gut es ging, denn ich hasste es, wenn mich irgendwelche fremden Leute anstarrten oder blöde Bemerkungen von sich ließen. Doch heute wollte ich meinen Bruder ärgern. Er konnte es absolut nicht ausstehen, wenn ich mit zum Main kam, denn dann war er ja wieder *uncool*! So wie erwartet verzog er mürrisch den Mund, erwiderte aber nichts.

„Das ist doch schön", meinte Papa.

„Eigentlich könnten wir morgen auch alle fahren!", fügte Mama hinzu und Leon riss die Augen auf. Okay, *ich* war schon schlimm genug, aber dann noch der ganze Rest der Familie? Nein, danke!

„Oh, ja, vielleicht dürfen wir ja auch wieder mitsegeln!", rief Saira erfreut und Leon konnte sich einen Kommentar diesmal nicht verkneifen.

„Bitte nicht. Das wird mega peinlich. Ihr könnt das ja nicht mal!"

„Leon, sei nicht so fies", tadelte Mama.

„Aber wenn die da auch noch mitkommen, krieg ich nie 'ne Freundin!", maulte mein Bruder.

„Stell dich mal nicht so an", erwiderte ich genervt, „so schlecht siehst du ja nicht gerade aus und eigentlich bist du auch ganz nett; natürlich kriegst du eine Freundin. Was soll ich denn sagen? Mit dieser Psoriasis bin ich für mein Leben abgestempelt!" Ich musste schwer schlucken und erinnerte mich an mein Gespräch mit Alexa gestern im Wald. Vielleicht hatte sie Recht und ich musste es erstmal selbst akzeptieren, bevor jemand anderes mich so lieben könnte.

„Hört bitte auf zu streiten", mischte sich Papa ein.

„Leon, deine Geschwister sind bestimmt kein Grund, dass du derzeit keine Freundin hast. Man ist in eurem Alter ja auch nicht ständig in einer Beziehung, ich war auch über ein Jahr Single, bevor ich euren Vater kennengelernt hab", dabei warf Mama meinem Dad ein Lächeln zu. „Bei Jugendlichen ist es total normal, dass man denkt, für immer alleine zu bleiben. Ihr müsst euch beide keine Gedanken machen, auch du nicht, Lucy", versuchte sie uns aufzumuntern und ich warf Leon einen kurzen Blick zu.

„Aber mit der Pso doch nicht", warf ich resigniert ein.

„Doch auch mit der", lächelte Mama. „Ganz bestimmt!"

„Das glaube ich aber auch. Es gibt doch ganz viele Menschen, die an Schuppenflechte leiden. Die können ja nicht alle alleine sein", fand auch Papa. Kurz sagte niemand etwas.

„Da wären wir schon beim Thema", meinte Mama nach einer Weile. „Am Montag ist um halb zehn der Termin in der Klinik, also nicht vergessen."

„Muss sie vorher zur Schule, oder soll ich Herrn Sodke gleich Bescheid sagen, dass Lucy nicht zum Unterricht kommt?", bot Leon an. Er überbrachte meistens die Briefe meiner Eltern an meine Lehrer, wenn ich mal wieder ins Krankenhaus musste. So auch in diesem Fall.

„Lucy soll ausschlafen. Und für eine halbe Stunde Unterricht, bis wir von dort losmüssten, lohnt es sich echt nicht. Aber die Hausaufgaben könntest du von Alexa mitnehmen", Papa zog die Salatschüssel näher zu sich und belud sich den Teller. Dann nahm ich sie und leerte sie aus.

„Geht klar", Leon nickte.

„Was wird dann eigentlich genau gemacht?", wollte Saira wissen und ließ die Gabel scheppernd auf den Teller fallen. Die Kartoffel flog quer durch den Raum, bis sie auf der Erde landete und unser Hund sie in Lichtgeschwindigkeit verputzt hatte.

„Mensch, Saira, pass doch auf", schimpfte Mama. „Sonst fängt Jack irgendwann an, am Tisch zu betteln."

„Wir müssen entscheiden, ob wir auf ein anderes Medikament umsteigen oder Lucy eine Lokaltherapie in der Klinik beginnt", sagte Papa, nachdem Saira schnell den Kopf eingezogen hatte.

„Ich gehe nicht mehr ins Krankenhaus", verteidigte ich mich sofort.

„Musst du wahrscheinlich auch gar nicht. Wir haben ja noch die Tagesklinik als Variante", beruhigte mich Mama. „Das bedeutet zwar, dass wir viele Fahrten zur Klinik machen müssen, aber wir verstehen, dass du nicht für längere Zeit ins Krankenhaus möchtest. Wahrscheinlich würde es auch nicht mehr bringen als eine Therapie in der Tagesklinik. Außerdem verpasst du dann deutlich weniger Unterricht in der Schule", fügte sie hinzu.

„Ich muss mich auch um La Kaya kümmern", fügte ich hinzu und stellte Leons und Mels Teller auf meinen. Dann schob ich sie auf die andere Seite.

„Das kannst du ja dann auch", Mama legte mir ihre Hand auf meine. Wahrscheinlich wollte sie mich trösten, aber ich wollte jetzt einfach mit meinen Gedanken alleine sein.

„Darf ich aufstehen?", fragte ich und schluckte die Tränen herunter.

Mama und Papa sahen sich erstaunt an, dann nickten sie. Eilig stand ich auf und verließ den Raum. Ich rannte die Treppenstufen in Zweierschritten hinauf und verkroch mich in mein Bett. Ich wollte jetzt nur noch heulen und mich vom Selbstmitleid auffressen lassen.

Natürlich hatte ich bemerkt, wie erstaunt meine Geschwister gewesen waren – sie hatten wohl nicht damit gerechnet, dass mir die Aussicht auf den Kliniktermin so nah gehen würde. Besonders Leon, der sonst immer so tat, als solle ich mich nicht so anstellen, war geschockt. Es war daher nicht überraschend, dass er der Erste war, der zu mir ins Zimmer kam und sich auf die Kante meines Bettes setzte.

„Hey, Lucy", meinte er und drehte mich auf den Rücken, um mich anzusehen. „Ich weiß, wie schwer das für dich ist", sagte er liebevoll und ich verzichtete darauf, ihm einen bissigen Kommentar an den Kopf zu werfen. „Aber manchmal geht es einfach nicht anders", er strich mir sachte mit der Hand über die Schulter. „Weißt du, ich würde dir gerne deine Krankheit abnehmen, weil ich mir vorstellen kann, wie schlimm das ist!"

Mir rannen die Tränen übers Gesicht und dann reichte er mir ein Taschentuch.

„Du wirst bald sechzehn und ich kenne kein Mädchen, das in diesem Alter nicht hübsch sein will. Und dann mit Schuppenflechte – das ist weiß Gott nicht leicht!"

Ich wischte mir die Tränen mit dem Tuch weg und schniefte einmal heftig hinein.

„Du kannst morgen gerne mitkommen, und vielleicht willst du ja auch mal wieder segeln?" Er spielte damit auf die Zeit vor der Psoriasis an, als ich das Segeln ebenfalls mal ausprobiert hatte.

„Ich finde Segeln langweilig, nimm's mir nicht übel. Ich fahre dann doch lieber mit Papa auf Aquarius!"

Leon lächelte und nahm mich in den Arm. Er war nicht oft so ein liebevoller Bruder, aber wenn er so war, hatte ich ihn richtig lieb. Ich beneidete das Mädchen, dass das Glück hatte, irgendwann mit ihm zusammen sein zu dürfen. Doch bis jetzt hatte er diese Möglichkeit noch keinem Mädchen gegeben. Mich wunderte das etwas, immerhin war er im Januar siebzehn geworden, aber ich konnte ja auch nicht in sein Gehirn reingucken. Dass er kein Interesse an Mädchen hat, konnte ich mir nicht vorstellen. Vielleicht hatte er sich bereits verliebt und war einfach zu schüchtern. Oder vielleicht stand er ja doch auf Jungs. Ich musste über meine Gedankengänge lachen und im nächsten Moment sah die Welt schon gar nicht mehr so schlimm aus!

Kapitel Zwei: Alles voll Ihhhhh

Am nächsten Morgen fuhr ich ganz früh los zum Stall, während alle noch schliefen. Nebelschwaden lagen über den Feldern, als ich mit dem Fahrrad in den Weg zum Reiterhof einbog. Es klackte, wenn die Steine gegen meine Speichen schlugen. Der Himmel leuchtete in einem unwirklichen Orangeton, in den die aufgehende Maisonne ihn tränkte.

Gestern Abend hatte ich noch lange mit Leon geredet, über die Vergangenheit und die Zukunft. Wir hatten uns an unsere Kindheit zurückerinnert, in der wir noch keine Sorgen gehabt hatten. Ich hatte ihm von meiner ersten Liebe zu einem Schauspieler erzählt, und er mir von seinem ersten Kuss, bei dem er das Mädchen ziemlich vergrault hatte. Ich hatte ihm gesagt, dass er mal mit zum Stall kommen müsse, wenn er Mädchen kennenlernen wolle, denn die gab es da schließlich im Überfluss. Allerdings musste ich einräumen, dass die Mädchen dort wahrscheinlich nicht nach seinem Geschmack waren. Außerdem glaubte ich gar nicht, dass Leon sooo auf der Suche war.

Alexa wartete bereits an der Hofeinfahrt auf mich, sie hatte ihren heiligen Samstagmorgen nur ungern geopfert. „Ich hab was gut bei dir, Lucy, merk dir das!", sagte sie, als wir hinüber zum Stall eilten, weil es doch noch ganz schön frisch draußen war.

„Ist okay", erwiderte ich dankbar und schloss schnell die Tür in der Stallgasse. Wir liefen hinüber zu den Boxen von Kaya und Andyamo. Die Pferde begrüßten uns leise schnaubend.

„Was wollen wir heute überhaupt machen? Gelände oder Platz?", fragte Alexa und holte ihren Wallach aus der Box.

Ich schnallte Kaya das Halfter fest. „Platz. Ich wollte gerne ein bisschen springen, weil heute Morgen mal nicht so viel los ist wie sonst", erwiderte ich.

Wir gingen mit den Pferden in die Putzhalle und holten uns dann unsere Sachen. Nachdem ich Kaya geputzt hatte, legte ich die gewaschene Satteldecke auf ihren Rücken und schnallte den Sattel fest. Dann holte Alexa unsere Helme und Gerten aus dem Spind, während ich auf die Pferde aufpasste. Als wir fertig waren, liefen wir hinüber zum Springplatz.

Die Hindernisse blieben eigentlich fast das ganze Jahr über draußen auf dem Platz stehen, nur wenn es richtig schneite, wurden sie abgebaut und das Training fand in der Halle statt. Alexa und ich bauten uns die Sprünge so um, wie wir sie brauchten, und ritten die Pferde warm.

Kaya hatte trotz der frühen Stunde gute Laune und lief willig vorwärts. Ich ritt zuerst ein paar Dressurübungen mit ihr, bevor wir mit den ersten Hindernissen begannen. Ich vergaß alles um mich herum: Die Uhrzeit, den anstehenden Termin in der Klinik, meine Schuppenflechte und das Segeln. Ich genoss die Stunden dieser inneren Ruhe jedes Mal. Und dieses entspannte Gefühl hatte ich wirklich nur, wenn ich im Stall bei La Kaya war.

„Das sah richtig prima aus, Lucy", lobte Alexa, nachdem ich mit Kaya über einen Oxer gesprungen war.

„Dankeschön", freute ich mich. „Es fühlt sich auch wirklich gut an", erwiderte ich dann und nach einigen weiteren Sprüngen ritten Alexa und ich im Schritt nebeneinander über den Springplatz.

„Noch 'ne Runde ins Gelände?", schlug Alexa zwinkernd vor und ich nickte.

Wir ließen die Plätze und den Hof hinter uns, als wir den Feldweg Richtung Wald entlangritten. Der Eichhof war eine kleine Ansammlung von Ställen, die sich im Laufe der Zeit immer weiter ausgebreitet hatten. Vor einem Jahr waren zwei neue Ställe und ein eigener Springplatz hinzugekommen. Die dunklen Innenboxen waren vergrößert worden und einige hatten sogar Außenpaddocks bekommen. Mittlerweile gab es sogar Grasweiden und nicht nur die häufig matschigen Paddocks.

Kaya streckte den Hals, als ich ihr die Zügel freigab. Ihr Schritt war raumgreifend, sie schnaubte ab. In dem Moment bekam Alexa eine wirklich fabelhafte Idee:

„Was hältst du davon, wenn du dich mit ihr bei einer E-Vielseitigkeit meldest?", schlug sie mir vor und ich sah sie ein paar Sekunden schweigend und völlig hirntot an.

„Ähh, hab ich dich grad richtig verstanden?", fragte ich sicherheitshalber noch mal nach.

„Ich glaube ja. Also? E-Vielseitigkeit?", sie machte eine kurze Pause, in der ich nichts sagte. „Ihr seid ein Spitzenteam. Du hättest euch vorhin springen sehen müssen", schwärmte Alexa. „Und im Gelände seid ihr auch verdammt sicher. Ich erinnere dich nur an letzten Herbst, als wir nach dem Gewitter die Wälle gefunden haben", sie zwinkerte mir zu.

„Ja, schon… aber in der Dressur sind Kaya und ich noch nicht soweit. Das liegt wohl an mir. Du weißt, dass ich daran keinen Spaß habe", lenkte ich ab.

„Aber dein Pferd. Mit ein wenig Training könnt ihr da locker mithalten", sie stupste mich aufmunternd an.

„Ich weiß ja nicht", murmelte ich und musste dann doch grinsen, weil ich die Vorstellung, an so einem

Turnier teilzunehmen, eigentlich doch ganz cool fand – was ich natürlich niemals zugegeben hätte.

„Ich bin aber überzeugt davon, dass ihr es schafft. Ich könnte dir dabei doch auch helfen. Und dann hättest du auch etwas, auf das du dich freuen kannst, wenn deine neue Therapie wieder anfängt", munterte sie mich theatralisch auf. „Komm, gib dir 'nen Ruck, Lucy." Alexa setzte ihr süßestes Bettelgesicht auf. Ich musste lachen.

„Na gut, ich kann's mir ja mal überlegen", gab ich schließlich nach und Alexa grinste wie eine Bekloppte. Dann stieß sie einen kurzen Jubelschrei aus und ich musste lachen.

Als wir nach der Schrittrunde durchs Gelände zurück zum Hof kamen, war der Parkplatz bereits etwas voller als zuvor. Und auch im Innenhof hatten sich einige Menschentrüppchen gesammelt.

„Hey, ihr beiden", winkte uns Mareike, Alexas jüngere Schwester, zu. Sie hatte dieselbe fröhliche Ausstrahlung wie ihre Schwester.

„Hey, Mareike", ich winkte lächelnd zurück und ließ mich am Putzplatz draußen aus dem Sattel gleiten. Ich war mit Mareike befreundet, auch wenn das Alexa nicht immer passte.

„Heute bist du aber früh unterwegs gewesen, Schwesterherz", bemerkte Mareike dann kichernd und band ihre Prinzessin Lillyfee neben Andyamo an.

„Was man nicht alles für seine Freunde tut", sagte Alexa spitz und machte den Sattelgurt auf.

„Danke, Alexa, du bist die wirklich beste Freundin auf der ganzen Welt", ich umarmte sie und schließlich lachte sie entspannt los.

Wir sattelten und trensten ab, dann spritzten wir den Pferden die Beine ab. Ich ließ Kaya in der jetzt wärmer werdenden Sonne trocknen, während ich in der Futterkammer ihr Frühstück mit ein paar Möhren und Äpfeln aufpeppte. Dann brachte ich sie damit in die Box und ließ sie in Ruhe fressen, während ich zurück zum Putzplatz lief. Ich wollte gerade meinen Sattel und die Trense schnappen, da fing Alexa an zu grinsen und sagte mir leise ins Ohr:

„Da kommt Aaron", sie grinste und ich stöhnte.

„Was will der denn hier?", fragte ich sie leise und hatte dann keine Gelegenheit mehr, mit ihr zu reden, denn Aaron blieb neben uns stehen und ließ es sich nicht nehmen, uns zur Begrüßung zu umarmen.

„Soll ich dir was helfen?", fragte er und sah auf Sattel und Trense.

„Musst du wirklich nicht", erwiderte ich freundlich und nahm die Trense über meine Schulter.

„Ach, lass mich dir doch ein Mal helfen", er zwinkerte mir zu und ich ließ ihn schließlich seufzend gewähren.

Er schnappte sich Kayas Sattel und trug ihn neben mir her Richtung Sattelkammer. Ich versuchte, mir möglichst nicht anmerken zu lassen, dass mir seine Hilfsbereitschaft absolut nicht passte. Er verstärkte dadurch nur Alexas Verdacht.

„Und, was hast du heute noch so vor?", wollte er wissen und gab mir freundlich lächelnd den Sattel, damit ich ihn in meinen Spind hängen konnte.

„Wir fahren mit der Familie zum Main. Leon hat Segeltraining", erwiderte ich und hängte auch die Trense weg. „Und du?"

„Meine Cousine Elena hat Konfirmation. Deshalb bin ich schon so früh hier", erklärte er.

„Alexa und ich haben uns schon um sieben hier getroffen", grinste ich, schloss die Tür meines Spinds wieder zu und machte mich auf den Weg zurück. Er folgte mir etwas zögerlich, was mich verunsicherte.

Er sagte nichts und als wir durch die Stallgasse zurück zum Hof liefen, packte er mich plötzlich am Arm und zog mich zu sich. Seine Lippen pressten sich auf meine und ich hielt erschrocken den Atem an. Was war das? Aaron küsste mich. Einfach so. Ich wusste nicht wie ich reagieren sollte und wollte ihn von mir wegschieben, da löste er sich schon von alleine von mir.

„Ähh", setzte ich an, weil ich meine Gedanken erst ordnen musste. Durch das Luftanhalten musste ich husten. Zum Glück hörte man in dem Moment Stimmen vor der Stalltür.

„Mensch, Aaron, wo bleibst du denn? Wir kommen sonst zu spät", rief seine Mutter von draußen und Aaron sah erschrocken in ihre Richtung.

„Komme", rief er hektisch zurück. „Lucy, ich ruf dich an", sagte er dann schon fast im Gehen zu mir. Schnell drehte er sich noch einmal um und gab mir einen Kuss auf die Wange. Dann verschwand er rennend durch die Stallgasse.

Ich wusste nicht, was ich davon halten sollte. Aaron hatte mich einfach geküsst. Stand er wirklich auf mich? Warum hatte er das einfach gemacht, ohne mich zu fragen?? Ich wusste nicht, was ich denken sollte, meine Gedanken überschlugen sich; mir war nur klar, dass Aaron mir gerade meinen allerersten Kuss gegeben hatte…

Ich war ziemlich durch den Wind, als ich zurück auf den Hof kam. Alexa und Mareike saßen mit drei weiteren Mädchen in unserem Alter am Tisch und tranken eine Cola.

„Was ist denn mit dir los?", wollte Alexa erstaunt wissen und machte mir Platz, damit ich mich neben sie setzen konnte.

„Äh… nicht so wichtig", winkte ich ab, weil ich das nicht an die große Glocke hängen wollte. Alexa verstand und hakte vor Kathlen, Tatjana und Jenny nicht weiter nach, die ich alle drei nicht so sonderlich leiden konnte, denn sie reduzierten alles und jeden auf Äußerlichkeiten.

„Wir gehen dann mal auf den Platz", Kathlen stand auf und machte damit den anderen beiden klar, dass sie mitzukommen hatten.

„Geht klar. Viel Spaß euch drein", winkte ihnen Mareike hinterher.

„Willst du nicht auch noch reiten?", fragte Alexa ihre Schwester. Man merkte meiner besten Freundin an, dass sie ziemlich neugierig war und die anderen unbedingt loswerden wollte.

„Ja, ja, ich geh ja schon", seufzend stand Mareike auf und machte Lillyfee fertig. Alexa zog mich mit sich in den Stall und dann verkrümelten wir uns mit Keksen und Cola auf den Heuboden, wo uns niemand hören konnte.

„Bevor ich es vergesse:", begann ich, „gib doch bitte Leon meine Hausaufgaben für Montag mit, ja?", bat ich sie und Alexa nickte.

„Mach ich. Aber jetzt raus mit der Sprache: Was ist passiert? Hat es was damit zu tun, dass Aaron wie von der Tarantel gestochen aus dem Stall gefetzt kam?" Alexas Worte überschlugen sich fast.

„Wie man's nimmt", fing ich an. „Er hat mich im Stall einfach geküsst."

„Wie bitte?", Alexa fiel alles aus dem Gesicht.

„Er. Hat. Mich. Geküsst!", ich verzog den Mund und ließ mich nach hinten ins Heu fallen.

„Ja, und??", Alexa begann zu grinsen und piekte mich in die Seite.

„Was *ja und*?", ich verstand nicht ganz, was sie nun von mir wissen wollte. Fakt war doch, dass mich Aaron einfach geküsst hatte, ohne mich vorher vielleicht mal zu fragen oder mir die Möglichkeit zu geben, ihn vorher schon abzuwehren. So hatte ich mir meinen ersten Kuss eigentlich nicht vorgestellt.

„Wie war's? Kann er gut küssen? Hat's dir gefallen? Stehst du auf ihn? Und: steht er überhaupt auf dich??", Alexa schien schier wahnsinnig zu werden und ihre Hektik machte mich fertig.

„Weder noch. Also außer, dass er vielleicht auf mich steht. Das wird wohl so sein, aber ich will garantiert nichts von ihm. Weißt du, wie doof das war?? Ich stand da und konnte das alles überhaupt nicht genießen und irgendwie war das auch alles voll *Ihhhhh*", ich hatte mich wieder aufgerichtet und saß nun senkrecht im Heu. Ich seufzte.

„Also findest du ihn nicht gut?", wollte Alexa resigniert wissen.

„Richtig", klärte ich meine Freundin schnell auf, bevor falsche Gerüchte in die Welt gesetzt werden konnten. „Aaron ist lieb und nett und ja… aber ich bin um Gottes Willen nicht in ihn verliebt. Hoffentlich denkt er jetzt nichts Falsches oder so", gab ich seufzend zu.

„Ich find ihn ja schon ganz süß, aber ich verstehe, dass du nichts von ihm willst. Entweder es passt oder es passt nicht", Alexa stand auf und schnappte sich die leere Keksschachtel und eine leergetrunkene Colaflasche.

„Das ist gut. Ich will nämlich auf keinen Fall belabert werden", ich stand auf. „Und jetzt muss ich echt los nach Hause, damit ich noch duschen kann", ich zwinkerte Alexa zu und wir kletterten vom Heuboden nach unten.

Nachdem ich Zuhause lange geduscht hatte, weil ich damit beschäftigt war, die Gedanken an den Kuss zu verdrängen, fuhren wir los zum Hafen. Leon saß neben mir im Auto und hörte auf seinem Handy Musik. Seine Hand wippte im Takt auf seinem Knie, während sein Blick durchsichtig aus dem Fenster gerichtet war. Mama und Papa unterhielten sich vorne über den anstehenden Termin in der Klinik. Saira und Mel saßen auf der Bank hinter mir und Leon und zankten sich.

„Ich nehme aber den Wasserfloh", hörte ich Saira mit Mel schimpfen. Wasserfloh war Sairas Lieblingssegelboot, auch wenn man es nicht wirklich als richtiges Segelboot bezeichnen konnte. Der Wasserfloh war ein kleines Boot mit nur einem Segel, ein sogenannter Optimist.

„Den will ich aber haben", beschwerte sich Mel.

„Ich dachte, du nimmst immer den Pythagoras", stellte ich erstaunt fest, als ich mich zu ihnen umdrehte.

„Ja, schon, der ist ja auch ganz cool. Aber seit Saira mir gesagt hat, dass das so ein Mathematiker war, mag ich Pythagoras nicht mehr", antwortete mir Mel fachmännisch.

„Ach ja? Hat Saira das?" Ich schaute meine Schwester prüfend an.

„Ja", meinte Mel, blickte dann aber fragend.

„Hat sie dir denn auch erzählt, was der gemacht hat?"

„Nö, ist ja auch egal. Ich hasse Mathe!" Mel besuchte gerade mal die erste Klasse und bezeichnete Mathematik bereits jetzt als ihr Hassfach. Da war gewaltig etwas schief gegangen.

„Weißt *du* was? Pythagoras war ein sehr schlauer Mann, der etwas erfunden hat, das dir Mathe später mal ziemlich erleichtern wird. Aber wenn du lieber auf Saira hörst, die davon noch weniger Ahnung hat, als mein Pferd – bitte!"

Jetzt schien sich Mel schließlich doch daran zu erinnern, dass *Pythagoras* ihr Herz im Sturm erobert hatte. „Okay, Saira, du kannst den Floh haben. Ich bleibe bei meinem Mathegenie!" Sie grinste zufrieden.

Nach einer halben Stunde Fahrt lenkte Papa das Auto auf die große Wiese des Segelclubs. Sobald der Motor erstarb, hatte Leon schon die Tür aufgerissen und stand draußen in der leichten Brise, die heute aufgekommen war und alle Wolken davonziehen ließ, sodass die Sonne warm vom Himmel lächelte. Mein Bruder blickte sich um, ein Strahlen im Gesicht. Ich fragte mich sofort, ob nicht doch ein Mädchen dahintersteckte. Deshalb nahm ich mir vor, Leon im Auge zu behalten.

Saira und Mel waren direkt hinter ihm und rannten angestrengt mit ihren Taschen hinter Leon her, der in großen Schritten leichter Hand die Treppe zum Vereinsheim hinauflief und dort seine Tasche unter dem großen Baum abstellte, wo bereits der Rest der Jugendgruppe wartete. Der Großteil bestand aus männlichen Seglern, es waren nur wenige Mädchen dabei. Leon begrüßte seinen Kumpel Lukas mit Handschlag.

Nach kurzer Einweisung der beiden Jugendtrainer holten sie sich aus einer der beiden Hallen ihre Segel und gingen damit nach unten in den Jollengarten, wo ihr Segelboot neben den anderen stand. Leon korrigierte mich immer ganz eingebildet, dass es eine

Jolle und kein Segelboot sei. Ich konnte mit beiden Begriffen nicht sonderlich viel anfangen, nur der Unterschied war zu erkennen.

Weil die kleinen Kinder mit ihren Optimisten länger brauchten, als die Größeren mit ihren Zwei-Mann-Booten, setzte ich mich zu Lukas und Leon ins Gras vor die Vereinsboote. Eine leichte Brise wehte uns um die Nase – ideal für Leons Segeltraining. Ich war mir in diesem Moment sicher, dass sich der Wind für ihn genauso schön anfühlte, wie für mich, wenn ich mit Kaya in den Wald ritt.

„Bevor wir es vergessen", meldete sich Matthias noch mal zu Wort. Er war einer der Jugendtrainer. „Nächste Woche findet das Jugend-Matchrace der 420er statt und heute ist Meldeschluss. Ihr könnt euch oben noch in die Liste eintragen, wenn ihr nächstes Wochenende dabei sein wollt", er deutete aufs Vereinsheim.

Leon und Lukas tuschelten leise, dann klatschten sie sich ab und brachten das Boot zu Wasser. Sie würden teilnehmen, was besonders meinen Vater glücklich machte. Das würde sicherlich spannend werden, auch wenn ich mir unter einem Matchrace nicht sonderlich viel vorstellen konnte.

„Das ist total unfair", beschwerte sich Saira, die Hände in die Seiten gestemmt. „Wieso dürfen wir da nicht auch teilnehmen?"

„Ihr segelt derzeit noch Opti, erst wenn ihr in die 420er passt, könnt ihr mitmachen. Aber vielleicht wäre es mal ein Plan, eine Regatta für die Opti-Segler auszuschreiben." Matthias sah Konstantin, den Nachwuchstrainer, zwinkernd an. Dieser nickte grinsend.

Saira ließ es damit gut sein, eine wirklich reelle Chance hatte sie eh nicht auf die Starterlaubnis. Beleidigt zog sie den *Wasserfloh* hinüber zur Rampe. Leon und Lukas hingegen segelten los und fuhren kreuz und quer über den Main. Für mich sah das alles ziemlich sinnlos aus: Ständig änderten sie die Richtung, sprangen unnötig im Boot hin und her. Die Segel flatterten immer wieder. Ab und zu zogen sie ein weiteres Segel hoch, das ganz vorne war und ihnen mehr Speed brachte.

„Sie segeln gerade den sogenannten Spinnacker", erklärte mir Papa, der mit mir und dem Motorboot aufs Wasser gegangen war. Er hatte sich durch Leons Wunsch nach einer eigenen Segeljolle viel mit der Technik beschäftigt und sogar angefangen, einen Segelführerschein zu machen.

Wir tuckerten im Standgas über das leicht böige Wasser, auf dem die Segler hoch und runter fuhren. „Es ist eine Art Ballon. Immer, wenn der Wind von hinten oder von der Seite kommt, dann nutzen sie dieses Segel, weil es ihnen deutlich mehr Geschwindigkeit verleiht."

Ich konnte mit den Infos zwar nicht viel anfangen, hatte aber nun eine grobe Vorstellung davon.

„Und das hier ist eine Rollwende. Sie können ja schlecht immer gegen den Wind fahren. Nur annähernd und damit sie trotzdem an den gewünschten Punkt kommen, müssen sie kreuzen und immer wieder wenden. Bei wenig Wind verhilft sich der Segler durch das starke Rollen des Bootes. Sie bekommen mehr Druck im Segel und verlieren so nicht so viel Speed", Papa zeigte mir anhand eines vorbeifahrenden Bootes, was er meinte. Ich brauchte ein bisschen, bis ich die mir fehlenden Grundsätze des Segelns endlich verstand.

Nach fast drei Stunden Training kamen Leon und Lukas wieder an Land. Sie sahen ziemlich erschöpft, aber auch glücklich aus. Sie ließen die Schwimmwesten, die sie aus Sicherheitsgründen tragen mussten, ins Gras fallen und bauten ihr Boot ab. Ich saß derweil auf einer Bank im Jollengarten und schaute allen zu. Saira und Mel taten sich schwer, ihre Optis mit den kleinen Slipwagen auf der Wiese vorwärts zu bewegen, als sich Matthias zu mir setzte.

„Hallo, Lucy. Schön, dich auch mal wieder zu sehen", sagte er lächelnd zu mir.

„Hi, Matthias", erwiderte ich freundlich.

„Und du? Auch mal wieder Segeln?", wollte er wissen und sah mich erwartungsvoll an. „Als Mädchen muss man sich zwar den Respekt der Jungs erst erarbeiten, aber dann ist man in der Gruppe schnell akzeptiert." Wollte er mich locken?

„Ich glaube, meinem Bruder würde das nicht so gefallen", entgegnete ich und stellte mir Leon vor, wie er gucken würde, wenn ich tatsächlich wieder mit dem Segeln anfangen würde.

„Ach, der würde sich da schon dran gewöhnen", winkte Matthias ab.

„Außerdem habe ich ein Pferd zu versorgen. Das wären dann zwei ziemlich aufwendige Hobbys. Ich glaube, dann werde ich La Kaya nicht mehr gerecht", dachte ich laut nach. Das ausschlaggebende Argument, dass ich einfach keine Lust auf Segeln und vor allem Wasser hatte, ließ ich beiseite. Matthias schien auch so zu bemerken, dass er bei mir nicht weiterkam. Er verabschiedete sich freundlich von mir und half dann Konstantin mit dem Schlauchboot der Betreuer. Auch Papa griff zu.

Ich stand auf und lief hinüber zu Leon, der mit Lukas mehrfach die verschiedenen Leinen drehte, das Segel wendete, weil es der Wind immer wieder anders hinlegte und die Boote abdeckte. „Und? Dürft ihr jetzt auch das ach-so coole neue Boot segeln oder doch nicht?", fragte ich ihn neckend.

„Klar dürfen wir. Wir bauen nur noch ab und dann geht's raus", erwidert er empört. Es ist doch eine Selbstverständlichkeit!

„Und ihr nehmt nächste Woche an diesem Match-Dings teil, nehm ich an", fiel mir dann noch ein.

„Logo", grinste Lukas und faltete das Segel zusammen, das Papa vorhin als Spinnacker bezeichnet hatte.

„Außerdem heißt das Matchrace. Da segeln immer zwei Boote gegeneinander und aus den sich daraus ergebenden Punkten errechnet sich, wer zum Schluss als Sieger hervorgeht. Es gibt eine Vorrunde, ein Halb- und schließlich ein richtiges Finale. Kannst ja zuschauen", schlug Leon schulterzuckend vor und ich überlegte.

„Kann ich mir ja mal überlegen", sagte ich nur, dann lief ich los zu Papa und Mama, die oberhalb des Hafens am Vereinsheim saßen. Ich setzte mich zu ihnen und bekam von Mama mit einem Lächeln einen Teller Kuchen rübergeschoben.

Als Leon und Lukas auch endlich nach oben kamen, verschwanden sie in den Umkleidekabinen und zogen sich um. Danach setzten sie sich zu uns an den Tisch.

„Kann ich mir auch ein Bier holen?", fragte mein Bruder dann Papa, als er dessen Radler auf dem Tisch entdeckte.

„Nichts hier. Du bleibst alkoholfrei", mischte sich Mama ein, nachdem Papa genickt hatte.

„Mama, du bist voll verklemmt", beschwerte sich mein Bruder murrend.

„Ich bin nicht verklemmt, nur vernünftiger als du", entgegnete sie. „Kein Alkohol!"

„Ein Alkoholfreies?", wollte er dann wissen und Mama nickte nachgebend. Leon verschwand mit Lukas im Vereinsheim an der Theke und trug sich danach mit ihm in die Meldeliste ein, die ihnen die Starterlaubnis für nächste Woche gab.

Wie erwartet, fand Papa die Idee von der Regatta super. Saira verschränkte nur die Arme und sagte keinen Ton mehr. Leon und Lukas überlegten sich währenddessen bereits eine Taktik und machten aus, wer was mitbringen würde: Uhr, Proviant, Wasser.

„Mama, Papa, ich wollte auch mal was mit euch besprechen", sagte ich dann, als mir Alexas Idee wieder einfiel.

„Was ist denn, mein Schatz?", fragte Mama aufmerksam.

„Alexa hatte die Idee, dass ich mit Kaya mal an einer Vielseitigkeitsprüfung teilnehme. Sozusagen als Ziel jetzt, wenn das in der Klinik wieder anfängt", erzählte ich ihnen, in der Hoffnung, dass sie darauf anspringen würden.

„Also ich finde die Idee auch super. Dann hast du etwas Ablenkung, was dir sehr gut tun würde." Mama war begeistert.

Papa hingegen hatte wieder nur die ganze Fahrerei im Kopf. „Wo ist das überhaupt und wie lang geht das?", wollte er skeptisch wissen.

„Ich wollte Marie fragen, ob bei ihrem Turnier in Frankfurt auch eine E-Prüfung angeboten wird", erwiderte ich.

„Frag mal, und wenn Papa nicht fährt, dann fahre ich euch", sagte Mama und legte mir eine Hand auf den Oberschenkel. „So schwer sollte das mit dem Hänger ja auch nicht sein!"

„Danke, Mama", ich drückte ihr liebevoll einen Kuss auf die Wange.

„Och, nee, schau mal, Lukas. Juli und Fabian melden sich auch. Na klasse", beschwerte sich Leon genau in diesem Moment und ich blickte mich erstaunt um. Zwei Jungs standen an der Liste und trugen ihre Namen ein.

„Was ist denn mit den beiden?", fragte ich verständnislos nach.

„Das verstehst du nicht, Lucy", winkte Leon ab.

Und wie ich das verstehen würde! Das wusste zu diesem Zeitpunkt nur noch keiner…

Kapitel Drei: Stunde der Wahrheit

Am Montag ging ich nicht zur Schule. Stattdessen fuhren Mama und ich recht früh zur Klinik nach Darmstadt. Meine Laune war dementsprechend mies und ich hatte keine Lust, mich dem zu stellen, was ich bis jetzt erfolgreich verdrängt hatte. Ich wusste sowieso schon, was kommen würde. Und wenn ich ehrlich zu mir selbst war, dann wollte ich mir nicht eingestehen, dass es so nicht weitergehen konnte.

„Die Frau Doktor kommt sofort. Nehmt noch mal Platz", sagte die Sekretärin in der Ambulanz und schickte uns ein Zimmer weiter. Ich setzte mich hin und packte mein Handy aus. Ich verabredete mich für später mit Alexa am Stall. Derweil fragte ich Marie auf WhatsApp wegen des Turniers und sie antwortete mir sofort.

Also neben der A findet auch eine E-Vielseitigkeit statt. Das Turnier ist in Frankfurt und Meldeschluss ist Mitte Juli. Das Turnier ist erst im August. Ich würde mich freuen, wenn du mitkommst. Wir können uns den Pferdehänger gerne teilen. Das wird bestimmt cool! Liebe Grüße, Marie ☺

Ich zeigte die Nachricht Mama und sie nickte. „Wir melden dich nachher an, wenn wir wieder zuhause sind, okay, mein Schatz?", sie lächelte mir aufmunternd zu.

„Geht klar", erwiderte ich und schrieb Marie, dass meine Eltern zugestimmt hatten und ich mich anmelden würde.

„Lucy? Du kannst jetzt mitkommen", rief mir die Schwester von der Rezeption zu und wir standen auf.

Im einem der Ärztezimmer wartete Frau Doktor Schlichte. Sie war schon seit Jahren meine zuständige Ärztin und sah mich mit wissendem Blick an, als ich hereinkam. Sie wusste genauso gut wie ich, dass heute eine Entscheidung getroffen werden musste. Jedenfalls fürs Erste.

„Wie geht es dir?", fragte sie mich zunächst.

„Ehrlich gesagt, nicht so toll", gab ich zu und seufzte. Die ganze Zeit hatte ich die Gedanken daran verdrängt, jetzt schlug die Stunde der Wahrheit.

„Zeig mal, wie deine Haut aussieht", bat mich Frau Dr. Schlichte dann und ich schlüpfte mit einem unwohlen Gefühl aus den Klamotten. „Lucy, das sieht nicht gut aus", sagte sie, während sie die Haut fachmännisch untersuchte.

Das wusste ich auch schon, dachte ich mir. „Und was heißt das jetzt?", wollte ich wissen.

„Wir müssen uns schleunigst etwas überlegen. Wir könnten wieder auf ein systemisches, ein innerliches Mittel umsteigen, dann wärst du in wenigen Wochen beschwerdefrei. Oder du kommst wieder für ein oder zwei Wochen zu mir auf die Station", schlug Frau Doktor Schlichte vor.

„Keins von beidem. Ich nehme keine Biologicals mehr. Und auf Station kann ich nicht", wehrte ich ab.

„Wieso kannst du das nicht?", wollte Frau Dr. Schlichte erstaunt wissen.

„Ich habe ein Pferd zuhause im Stall stehen. Ich muss da jeden Tag hin", erklärte ich mich dazu zwingend, ruhig zu bleiben.

„Wir könnten das mit dem Pferd schon irgendwie regeln, aber gäbe es vielleicht die Möglichkeit, uns in die Tagesklinik aufzunehmen", Mama schaltete sich ein.

„Die Möglichkeit können wir tatsächlich in Betracht ziehen. Dann können wir dich jeden Tag äußerlich mit Salben und Bädern behandeln, aber du kannst trotzdem zu deinem Pferd gehen", stimmte sie Mama zu und sah mich erwartungsvoll an.

„Ja, das wäre okay", gab ich schließlich nach. Natürlich wusste ich, dass es die einfachste Variante war, auf ein systemisches Medikament umzusteigen, aber das wollte ich nicht. Mein Bauchgefühl sagte mir aus irgendeinem Grund, dass es nicht gut sein würde.

„Ich rufe eben in der Tagesklinik an, die haben sicherlich noch einen Platz für dich", lächelte mir Frau Dr. Schlichte aufmunternd zu und ich nickte. Was blieb mir auch anderes übrig?

Mama und ich warteten ein paar Minuten, in denen meine Ärztin telefonierte. Währenddessen begegnete mir der Chefarzt, der sich auf der einen Seite freute, mich wiederzusehen, auf der anderen aber auch wusste, was mein Besuch hier bedeutete. Danach überbrachte Frau Doktor Schlichte mir die Nachricht, dass ich ab morgen sofort in Behandlung ging. Ich würde von nun an jeden Werktag – außer eben am Wochenende – zur Klinik fahren und mich behandeln lassen. Begeistert war ich nicht, aber alle anderen Optionen waren nicht besser.

Bevor wir nach Hause fahren durften, musste ich erst zu Eckbert Hansen, dem Klinikfotografen. Er hatte die schlimme und wirklich anstrengende Eigenart, von jeder Stelle Schuppenflechte gleich dreitausend Bilder aus wirklich jedem Winkel zu machen und immer noch nicht zufrieden zu sein. Ein Stöhnen konnte ich mir deshalb nicht verkneifen, als Frau Doktor Schlichte das kleine Zettelchen für mich ausfüllte und mit dem Kuli leider auch noch das Wort *Detailansicht* umkreiste.

Eigentlich hatte ich protestieren wollen, aber Mama hatte mir nur zugeflüstert, dass sich ein Aufstand überhaupt nicht lohnen würde. Bereits vorgespannt lief ich die Treppen nach unten in den Keller, in dem Eckbert mit seinem weißen Kittel sein ganz eigenes Paradies hatte: das Fotolabor.

„Ach, die Lucy", freute er sich wie ein Kind, als er mich erblickte.

„Hallo", ich zwang mich zu einem Lächeln. Meine Motivation ging gegen null.

Eckbert Hansen studierte den Zettel und zeigte mir dann bestimmt zum hundertsten Mal, an welche Linie ich mich stellen sollte. Mehrfach rückte er mich zurecht.

„Kannst du nicht die Socken ausziehen?", fragte er, nachdem er bereits zehn Bilder von meinen Beinen gemacht hatte.

„Nee, die bleiben an", erwiderte ich genervt.

„Aber…", wollte er anfangen, doch ich unterbrach ihn.

„Da ist keine Psoriasis, ich lass die Socken an!"

„Okay… aber da… diesen BH", Eckbert deutete auf meinen Sport-BH.

Ich stöhnte. „Auch den zieh ich nicht aus!" Das würde mir gerade noch fehlen!

„Ach, Lucy, du machst es mir wirklich nicht leicht", Eckbert wandte sich wieder dem Auslöser seiner Kamera zu.

Das beruht auf Gegenseitigkeit, dachte ich mir, hielt aber den Mund. Mehr Ärger wollte ich jetzt auch nicht machen. Zum Glück schaffte ich es, ihn nach fünfzig Bildern davon zu überzeugen, dass es genug waren. Ich lief angenervt wieder nach oben.

Mama machte die ersten Termine mit der für mich in den nächsten Monaten zuständigen Schwester aus und ich versuchte, die Gedanken rund um die Schuppenflechte auszublenden. Es klappte nicht zufriedenstellend. Auf dem Heimweg sagte ich kein Wort. Mama setzte mit dem Thema Reitturnier noch mal an, doch auch damit hatte sie keine Chance.

„Lucy-Maus. Wir kriegen das hin, du wirst sehen. Wir haben dich auf jeden Fall alle lieb", sagte sie an einer Ampel und legte mir eine Hand auf den Arm. Sie wollte mich aufmuntern und mich glücklich sehen. Nur konnte ich das jetzt einfach nicht sein.

Ich wollte meinen Tränen freien Lauf lassen und fuhr deshalb als erstes zu La Kaya, als wir zu Hause ankamen. Auch wenn Mama eigentlich sofort die Meldung fürs Turnier machen wollte, ließ sie mich fahren. Ich raste mit dem Fahrrad den Feldweg entlang und auf dem Schotterweg zum Stall. Es war ein Wunder, dass ich nicht stürzte. Meine Stute stand auf der Koppel und hob wiehernd den Kopf, als sie mich kommen sah. Ich schnallte ihr ein Halfter um und setzte mich dann mit ihr auf die Wiese gegenüber von den Reitplätzen. Kaya begann zu grasen, während ich anfing zu weinen und die Emotionen mich übermannten. Es tat gut, mein Kopf leerte sich langsam. Mein Gesicht war nass. Kaya kam aufmerksam auf mich zu und bettete ihren Kopf in meinem Schoß, sodass meine Tränen in ihre Mähne tropften.

„Danke, Kaya. Du bist und bleibst meine einzige Freundin… okay, neben Alexa", ich musste selbst ein wenig lachen, auch wenn mir nicht nach Lachen zumute war.

„Lucy", rief Aaron vom Weg aus, als er mich dort sitzen sah.

„Aaron", erwiderte ich erschrocken und wischte mir schnell die Tränen weg.

Er kam mit seinem Pferd Pablo auf mich zu und setzte sich neben mich. Als er meine geröteten Augen sah, war er erschrocken. „Lucy, was ist los?"

„Nichts", sagte ich schnell.

„Ich wollte dir nämlich was sagen", begann er dann, ohne auf mich einzugehen, und wurde auf einmal nervös. Oh Gott, was würde jetzt kommen? „Und zwar… Okay, es war nicht gerade die feine englische Art am Samstag… also, du weißt doch, was ich meine, oder?"

„Wenn du meinst, dass du mich einfach ohne zu fragen geküsst hast, dann ja", ich verzog den Mund.

„Ja, das meinte ich. Es tut mir leid, aber ich… ich stehe eigentlich schon voll lange auf dich und ich habe schon so viele Chancen vertan, ich wollte mich hinterher nicht mehr ärgern", gab er zu und nahm meine Hand.

Ich riss die Augen auf. „Ich kann das nicht", ich sprang auf, völlig erschrocken. Ich konnte mit dem hier nicht umgehen und hatte einen Fluchttrieb, wie nur sehr selten zuvor.

„Aber… warum denn nicht?" Aaron sah mich verständnislos an.

„Ich steh nicht auf dich. Du bist ein guter Freund… Aber mehr eben auch nicht", ich brach schon wieder in Tränen aus und klammerte mich verzweifelt um Kayas Führstrick.

„Hey, Lucy, was ist denn jetzt los?" Aaron stand erstaunt auf und legte mir einen Arm um die Schulter. Vergessen war sein schnelles Liebesgeständnis. „Wieso weinst du denn jetzt?"

„Das kann ich dir nicht sagen", erwiderte ich und wollte mich zurückziehen, doch Aaron hielt mich fest.

„Natürlich kannst du das. Du kannst mir alles sagen", entgegnete er. Der hatte ja auch keine Ahnung! Wenn er bloß wüsste, wie ich unter meiner Schutzhülle aussah. Ich wollte nicht, dass er bis auf den Grund meiner Seele gucken durfte, aber er ließ nicht locker. Also nahm ich meinen ganzen Mut zusammen:

„Ich war in der Hautklinik. Und das war nicht so besonders schön da", meinte ich dann, weil ich nicht fand, dass er jedes Detail wissen musste.

„Ach, deswegen musst du doch nicht so weinen." Sicherlich wollte er mich aufmuntern, aber ich fühlte mich von ihm einfach nicht verstanden.

„Und wie ich da weinen muss", ich hob den Saum meines T-Shirts bis unter den BH hoch und ließ nun den Blick auf meinen Bauch zu, der übersät war von Psoriasis.

„Ihh, Lucy. Was ist denn das?" Sofort sprang Aaron erschrocken einige Schritte nach hinten und schien mich auf Abstand halten zu wollen. Seine Augen waren ganz dunkel geworden vor Schreck. Ich ließ das Shirt resigniert sinken.

„Das ist Psoriasis, oder umgangssprachlich auch Schuppenflechte. Deswegen war ich da. Ich bin ab morgen jeden Tag in der Klinik zur Behandlung", erklärte ich ruhig, auch wenn ich innerlich ziemlich aufgewühlt war. Meine Seele glich einem Meer in einem Sturm.

„Ist das ansteckend?", fragte Aaron dann und verzog angeekelt den Mund.

„Nein, natürlich nicht. Sonst wäre ich wohl kaum hier", entgegnete ich schroff. Was eine Annahme!

„Das ist so widerlich, Lucy. Dass du dich so überhaupt raustraust. Und dass du so überhaupt Freunde hast. Dass dich deine Familie nicht schon längst weggegeben hat, kann ich nicht verstehen! Lieber würd ich sterben!" Aaron holte Luft, dann hielt er kurz inne. „Und dich hab ich geküsst!", spuckte er aus. Er wich zurück und drehte sich schließlich um. Mit Pablo im Gepäck verschwand er blitzartig und ich blieb mit offenem Mund zurück. Nur langsam verstand ich, was er da eben gesagt hatte.

Nun konnte ich die Tränen nicht mehr zurückhalten. Ich heulte und sank ins Gras, als meine Beine nachgaben. Noch nie in meinem ganzen Leben hatte ich mich so mies gefühlt. Es hatte schon viele unschöne Momente gegeben, aber eine so niederschmetternde Reaktion hatte ich noch nicht erlebt. In diesem Moment hätte ich mein Leben in die Mülltonne werfen können. Doch genau in diesem Moment kam Alexa auf mich zugelaufen.

„Ach du Scheiße, Lucy", sofort saß sie neben mir und nahm mich feste in den Arm. „Was ist denn mit dir los?"

„Aaron", schniefte ich, kaum Luft bekommend.

„Ist gut. Beruhig dich erst mal und dann erzählst du mir alles von vorne", sie streichelte mir mitfühlend über den Rücken. „Alles wird gut, Lucy."

Alexa meinte es lieb. Sie wartete ab, bis ich wieder ruhig atmete und nicht mehr nach Luft schnappend japste. Sie konnte es nicht fassen, als ich ihr erzählte, was Aaron gesagt hatte und wollte mir ganz schnell klarmachen, dass er ein Vollidiot ohne Hirn sei und ich seinen Kommentar einfach vergessen solle. Das war ja auch so einfach gesagt! Er würde für immer in meinem Kopf bleiben. Denn eins hatte mir Aaron damit gelehrt: Es würde niemals einen Jungen geben, der mich so lieben könnte. Ich nahm mir fest vor, meine kranke Haut niemandem mehr zu zeigen…

Kapitel Vier: Frontalangriff

Ich verkroch mich im Bett. Ich erzählte nur Alexa von dem Vorfall mit Aaron, meine Eltern verschonte ich. Sie mussten erst mal nicht wissen, was passiert war. Dazu war mir die ganze Angelegenheit viel zu persönlich und zu verletzend.

Als Mama und ich am Dienstag aus der Klinik zurückkamen, setzten wir uns hin und meldeten Kaya und mich für die E-Vielseitigkeit, da ich am Montag keine Nerven mehr dazu gehabt hatte. Danach googelte Mama nach ein paar Trainern, weil wir uns unsicher waren, ob ich das bis August alles alleine hinkriegen würde. Eine Vielseitigkeit erforderte schließlich viel Training. Außerdem, so vermutete ich, wollte Mama mich ein wenig ablenken und mir mit dem Training etwas Aufbauhilfe schenken. Sie wusste schließlich, wie wichtig mir La Kaya war.

Wir fanden niemanden im Internet, der uns wirklich überzeugte, deshalb rief Mama noch am selben Tag bei Kayas Züchtern an, die sie auch ausgebildet hatten. Sie empfahlen uns einen Trainer, der ganz bei uns in der Nähe war und seine eigene Anlage hatte. Sofort rief Mama ihn an und erzählte ihm, was sie wollte. Der Trainer machte einen Termin bei uns am Reitstall aus. Am Freitag würde er nachmittags vorbeikommen und sich mein Reiten anschauen. Dann würden wir entscheiden, ob wir zusammenarbeiten konnten. Ich freute mich riesig. Es war ein kleiner Lichtblick.

Ich fuhr mit einem guten Gefühl zu Kaya in den Stall. Als ich ankam, wartete Alexa bereits auf mich und nahm mich noch vorm Stall in Empfang.

„Aaron ist da, deshalb", sagte sie seufzend und nahm mich bestärkend in den Arm, noch bevor ich reagieren konnte. „Ich bin für dich da!"

„Danke", erwiderte ich leise. Wir holten Andyamo und Kaya von den Koppeln und nahmen sie mit zum Putzplatz. „Meine Eltern haben mit mir die Meldung abgeschickt und Mama hat sogar einen Trainer besorgt. Am Freitag kommt er zum ersten Mal vorbei."

„Echt?? Oh, wie cool", Alexa fiel mir um den Hals. Sie grinste und jubelte.

„Was geht denn bei euch Freaks ab?", fragte Kathlen dann abfällig, als sie mit ihrem 100.000 Euro-Pferd vom Reitplatz kam.

„Das wüsstest du wohl gern, ne?" Alexa grinste und sah Kathlen angriffslustig an.

„Ja, schon", erwiderte diese hochnäsig vom Pferderücken aus.

„Lucy nimmt an einem Turnier teil. Und das wird der Wahnsinn!", Alexa zog die Augenbrauen hoch.

„Dass Kaya dich überhaupt noch auf ihrem Rücken akzeptiert. Also ich an ihrer Stelle würde flüchten",

Kathlen deutete auf mich. „Mit so einer ekeligen Haut. Ich habe mich ja schon immer gefragt, was du da an den Ellenbogen hast."

„Deswegen bist du ja auch ein Mensch und kein Pferd", entgegnete Alexa mit verdrehten Augen.

„Zze", machte Kathlen dann nur und zog samt Pferd ab.

„Danke, Alexa", sagte ich, mal wieder völlig am Ende mit den Nerven.

„Kein Problem", sie lächelte mir aufmunternd zu. „So eine blöde Kuh! Komm, wir reiten jetzt in den Wald. Du musst mal den Kopf frei kriegen!" Alexa schnappte mich am Arm.

Wir machten die Pferde fertig, dann ritten wir hinaus in den kühlen Wald. Kaya war locker.

„Ich frage mich ja auch, warum mich Kaya überhaupt noch auf ihrem Rücken reiten lässt", sagte ich nach einer ganzen Weile.

„Mensch, Lucy. Jetzt sag nicht, dass du den Kommentaren von Kathlen Glauben schenkst." Alexa war fassungslos.

„Naja..."

Sie unterbrach mich. „Lucy, hör auf damit! Kaya urteilt doch nicht nach deinem Aussehen. Sie erkennt den lieben Menschen in dir. Deshalb bis du auch meine beste Freundin. Du kannst doch nichts für deine Krankheit! Die blöde Kathlen ist doch nur eifersüchtig!" Alexa war energisch und sah mich eindringlich an.

„Worauf denn bitte? Worauf sollte sie denn *bei mir* eifersüchtig sein?", entgegnete ich schnaubend.

„Darauf, dass du trotz Schuppenflechte ein wunderschönes Mädchen bist! Sie ist künstlich und unecht. Und die Jungs fliegen trotz der Kohle ihres Vaters nicht auf sie. Aaron hat sich nicht umsonst in *dich* verliebt!"

Ich war still. Okay, ein wenig musste ich Alexa Recht geben. Kathlen war wirklich unecht und meiner Meinung nach auch keine Schönheit. Sie sah eben genauso oberflächlich und aufgemotzt aus wie viele Mädchen aus ihrer Clique.

„Und jetzt sagst du, dass ich Recht habe", forderte mich Alexa auf.

„Okay", erwiderte ich nach kurzer Pause. „Du hast Recht!"

„Geht doch", sie zuckte die Schultern. „Und jetzt galoppieren wir um die Wette. Andyamo bräuchte mal wieder einen ordentlichen Sprint!"

Alexa wusste, was ich tun würde. So gaben wir ohne ein weiteres Wort unseren Pferden die Zügel frei und sie fegten durch den Wald. Es tat gut, einfach mal alles hinter sich zu lassen.

Am Ende des Weges parierten wir außer Atem durch und ritten am langen Zügel Schritt. Meine negativen Gedanken waren verflogen und ich genoss jede Sekunde. Und dann entdeckte Alexa eine alte Geländestrecke.

„Schau mal! Die Bergers haben wohl bei Schließung ihres Hofes die Strecke nicht abgebaut." Alexa deutete nach rechts. Hinter einem Zaun sammelten sich tatsächlich eine Menge Naturhindernisse. „Lass uns mal schauen, ob wir auf das Gelände kommen."

Ich wollte schon was sagen, da war Alexa bereits losgeritten. Sie fand den Eingang, ein altes Tor, recht schnell. Sie rüttelte kurz an der Klinke, dann sprang das Tor sofort auf.

„Hereinspaziert", grinste sie und ich musste ebenfalls lachen. Dann warf ich alle Bedenken über Bord und galoppierte mit Kaya im gestreckten Galopp über die Wiese und über ein paar Hindernisse hinweg.

„Wenn ihr beim Turnier auch so reitet, dann gewinnt ihr sofort", jubelte Alexa, als ich neben ihr zum Stehen kam.

„Ach, quatsch. Die Geländestrecke hier ist doch niemals turniergetreu aufgebaut", winkte ich schüchtern ab.

„Äh… das war ein A-Parcours", meinte Alexa dann und ich sah sie ein paar Sekunden sprachlos an.

„Du verarscht mich doch jetzt", sagte ich.

„Nein. Dieser Parcours ist eine Strecke aus einer A-Vielseitigkeitsprüfung", erwiderte sie todernst.

„Oh… cool", ich fand keine Worte mehr, denn der Parcours war mir so leicht gefallen, dass ich meine Schwestern dafür verwettet hätte, dass er maximal zur E-Klasse gehörte.

„Dann bist du ja jetzt perfekt für dein Turnier gerüstet", grinste Alexa, obwohl sie wusste, dass man von einem Mal Reiten bestimmt nicht für ein Turnier fit war. Sie ritt Andyamo an und wir machten uns auf den Weg zurück zum Hof.

Dort hatte Aaron inzwischen alle um sich herum versammelt und verbreitete mein Geheimnis überall. Klar, daher hatte auch Kathlen vorhin von meiner Psoriasis gewusst. Ich fühlte mich verraten und völlig hilflos. Schnell zog mich Alexa in den Stall.

„Lass die Leute einfach reden! Die haben echt nichts Besseres zu tun", sie packte mich an den Schultern und schüttelte mich so lange, bis ich bejahend nickte.

„Lucy?" Linda, die Besitzerin des Hofes, tauchte in der Stallgasse auf. „Könnte ich mal kurz mit dir reden?"

„Ja klar." Froh über eine Ablenkung wandte ich mich Linda zu.

„Ich komme mit", beharrte Alexa und ich nickte.

Linda sah mich ernst an. „Ich habe schon ein paar Beschwerden über dich bekommen. Ein paar ist gut… Ziemlich viele sogar. Ich würde mir an deiner Stelle überlegen, den Hof zu wechseln. Es tut unserem Ruf nicht gut!"

„Bitte was?" Alexa war fassungslos. „Was bilden die sich ein? Und vor allem: Was bildest du dir ein, Lucy so anzugehen!" Alexa ging auf Frontalangriff und ich sah mich nicht im Stande, sie zurückzupfeifen. Sie stritt mit Linda, ich hörte ihnen nicht mehr zu, sondern drehte mich nur noch wortlos um und rannte heulend zu meinem Fahrrad und dann nach Hause.

Zuhause lag gerade Leon meinen Eltern in den Ohren, als ich durch die Tür hereinkam. Meine Augen waren sicherlich rot, aber die Tränen waren verschwunden.

„Lasst mich doch bitte da mitmachen. Schaut doch mal, Lucy darf auch auf ein zweitägiges Turnier fahren! Da darf ich ja wohl auch mal auf eine Regatta! Und so weit ist das ja wohl jetzt auch nicht", beschwerte sich Leon lautstark.

Ich lief leise an ihnen vorbei und gelangte unbemerkt nach oben in mein Zimmer. Ich wollte duschen und mich dann unter der Decke verkrümeln. Das Leben war scheiße. Ich war scheiße. Und vor allem war ich allein! Aaron hatte mich ganz schön hintergangen und ich wollte mich am liebsten an ihm rächen, aber ich hatte keine Ahnung, wie ich das anstellen sollte.

Als ich zum Abendessen runterkam, hatte Leon seine Diskussion noch immer nicht eingestellt.

„Worum geht es überhaupt?", wollte ich irgendwann wissen.

„Im Juni findet am Baldeneysee in Essen eine Regatta für 420er statt. Matthias hat sie ausgeschrieben und ich will da gerne mit Lukas hin. Das wäre ideal. Bitte, Mama, bitte, Papa!" Leon bettelte regelrecht.

„Ich fahre doch auch aufs Turnier. Und ich kann mir vorstellen, dass es für Leon wirklich wichtig ist", wollte ich meinem Bruder ausnahmsweise mal helfen, obwohl Essen auch nicht gerade ein Katzensprung war.

„Hat sich noch jemand gemeldet?", fragte Papa dann.

„Ja, Juli und Fabian. Matthias fährt auch als Trainer mit. Bitte, Dad!" Leon legte ein echtes Bettelgesicht auf und sah Mama und Papa so mitleidig an, dass ich an ihrer Stelle sofort nachgegeben hätte.

„Na gut. Ihr dürft euch melden. Und ich fahre dann auch meinetwegen mit euch dahin", gab Papa nach und Mama nickte.

„Danke, Schwesterchen", flüsterte mir Leon liebevoll ins Ohr, als er sich herüberbeugte, um seinen Teller zu füllen.

„Kein Problem", grinste ich und hoffte, dass er sich daran erinnerte, wenn er mal wieder sauer auf mich war.

„Ich habe auch von Alexa deine Schulsachen erhalten. Sie liegen bei dir auf dem Schreibtisch", zwinkerte er mir dann zu. Ich konnte sein Zwinkern nicht einordnen und dachte den ganzen restlichen Tag darüber nach.

Am Freitag hatte ich nach der Klinik mein erstes Training mit Kaya. Ich war schon den ganzen Tag aufgeregt gewesen, am Abend davor hatte ich nicht schlafen können.

Am Morgen hatte ich in der Klinik einen ersten Fortschritt erfahren: Die Therapie mit CSV schlug an, sodass wir die Dosis sofort steigern konnten. Die Haut tat zwar weh und spannte, aber die sichtbaren Fortschritte stimmten mich auch innerlich zufrieden. Ich hatte mit Papa meine Mathehausaufgaben und den Stoff aus dem Unterricht nachgearbeitet. Meine Lehrer hatten in einer Konferenz gemeinschaftlich entschieden, dass ich keine der Klausuren nachschreiben musste und nahmen mir damit viele Ängste und den Druck.

Doch als das erste Training losgehen sollte, kam Alexa zu meiner Unterstützung und half mir beim Putzen. Ich wollte Kaya auf Hochglanz bringen und wusch sogar ihren Schweif und die weißen Beine. Sie ließ das alles mit sich machen, döste in der Sonne. Alexa wischte den Sattel mit einem nassen Lappen ab und dann sattelten wir auf.

„Hallo, ihr beiden", sagte plötzlich jemand hinter uns. „Eine von euch beiden muss Lucy sein."

„Ja, das bin ich", ich reichte dem jungen Mann mit den pechschwarzen Haaren und einem strahlenden Lächeln im Gesicht die Hand. „Ich bin Lucy, das ist meine La Kaya, und das da vorne ist meine beste Freundin Alexa."

„Schön, euch kennenzulernen. Ich bin Maik Bergmann. Du kannst ruhig du sagen." Er lächelte freundlich und begrüßte dann auch Kaya, die neugierig die Ohren spitzte. „Seid ihr fertig, sodass wir anfangen können?"

„Klar. Der Platz ist frei. Oder lieber in die Reithalle?", fragte ich Maik, als ich mir den Helm aufsetzte.

„Wie ihr wollt. Ich würde allerdings sagen, dass wir eher auf den Platz gehen, weil das Turnier auch auf einem Platz stattfinden wird", erwiderte er und ich nickte.

Nachdem ich Kaya warmgeritten hatte, bat mich Maik, ein paar Bahnfiguren zu reiten und sie zu lösen. Mein Pferd war spitzenmäßig drauf und ließ sich richtig schön an die Hilfen reiten. Maik war zufrieden und baute ein paar Hindernisse auf, die ich anreiten sollte. Auch hier war Kaya vorbildlich. Sie ließ mich nicht hängen und zeigte sich von ihrer besten Seite.

„Also, Lucy", meinte Maik, als wir zum Ende kamen. „Das sah richtig super aus. Ihr habt beide Talent. Daraus lässt sich bis zum Turnier auf jeden Fall etwas machen", lächelte er und ich grinste breit. Mit so viel Begeisterung hatte ich nicht gerechnet. Ich vergaß all meine Sorgen, Aaron und die Schuppenflechte. „Ich werde einen Trainingsplan aufstellen, in dem du dann auch die Trainings- und die Ruhephasen sehen kannst. Außerdem wirst du einige Sachen auch alleine üben. Am besten wäre es, wenn du mit La Kaya zu mir auf die Anlage ziehst, dann kann ich euch zwei besser trainieren. Nach dem Turnier darfst du selbstverständlich wieder zurück in deinen Heimatstall", schlug er mir vor.

„Wenn ich ehrlich bin, wäre es mir lieber, wenn ich für immer hier weg könnte. Zurzeit läuft es hier nicht besonders gut für mich. Ich müsste das aber mit meinen Eltern besprechen", gab ich zu und Maik nickte.

„Kein Problem. Ich habe noch Plätze frei. Meine Tochter Amelie und meine Frau Sally würden sich bestimmt freuen", Maik war auf meiner Seite und stellte keine unnötigen Fragen. Er verabschiedete sich von mir und sagte, dass er mit meiner Mutter den Rest klären würde.

Alexa war sofort klar, dass ich wegen Linda, Aaron und Kathlen hier weg wollte.

„Am liebsten würde ich ja mitkommen. Ohne dich wird es hier garantiert voll scheiße", sie verzog den Mund.

„Frag doch deine Eltern, ob ihr auch umziehen dürft. Maik hat sicherlich nichts dagegen", schlug ich meiner besten Freundin schulterzuckend vor.

„Mach ich. Ich müsste aber erst wissen, wie teuer das Unterstellen bei Herrn Bergmann wäre. Ich werde ja schon ganz neidisch, wenn ich nur dran denke. Du hast einen so tollen Trainer, du und Kaya, ihr werdet bei dem Turnier allen zeigen, wie man richtig gut reitet!"

„Jetzt übertreib doch nicht gleich", erwiderte ich beschämt.

„Tu ich doch gar nicht", Alexa schubste mich grinsend und dann brachen wir in Lachen aus.

Kapitel Fünf: Jugend-Matchrace

Am Samstag war Leon bereits um halb neun auf den Socken. Da er es am Abend vorher nicht mehr geschafft hatte, all seine Segelsachen zu packen, weil er mir bei meinem Bericht vom Reiten zugehört hatte, machte er jetzt einen Riesenstress Zuhause.

Mama hatte, nachdem sie sich ganz fürchterlich aufgeregt hatte, dem Vorschlag, mit Kaya auf Maiks Reitanlage zu wechseln, zugestimmt. Ich hatte ihr von der Situation auf Lindas Hof erzählt. Die Tränen konnte ich nicht mehr zurückhalten, als ich ihr sagte, dass Linda mich nach dem Training abgefangen hatte. Sie hatte mir mehr als deutlich zu verstehen gegeben, dass ihr die anderen Einsteller wichtiger seien als ich. Sie behauptete, dass meine ekelige Hauterkrankung womöglich dafür sorgen würde, dass Aarons Familie oder Kathlen ihren Stall verlassen würde. Sie hatte mich ohne zu Zögern aufgefordert, möglichst schnell nach einem anderen Stall für mich und Kaya zu suchen. Unter Tränen hatte ich Mama von Lindas Auftritt berichtet und sie war nur mit Mühe davon abzubringen, direkt zu Linda zu fahren und sie zur Rede zu stellen. So würde ich am Montag zum ersten Training mit Kaya auf Maiks Anlage umziehen.

„Mensch, verbreitest du eine Hektik hier", sagte ich zu Leon, der seine Segeltasche komplett auf dem Boden leerte und die Sachen sortierte. Ein paar Sandkörner landeten ebenfalls auf der Erde.

„Wirst du sicherlich auch bei deinem Turnier", erwiderte er auf seine Sachen konzentriert.

„Da hast du wohl recht", gab ich zu und sah auf die Uhr. „Jetzt schaff ich es gar nicht mehr zu Kaya. Ich bitte am besten Alexa, sie kurz etwas laufenzulassen, und fahr dann heute Abend noch mal schnell zum Stall", überlegte ich laut.

„Und morgen nimmst du sie dann einfach mit zum Hafen", Leon lachte spöttisch, weil er ganz genau wusste, dass ich das nicht machen würde. „Vielleicht will Alexa ja auch mit", mein Bruder zuckte die Schultern und packte ein Handtuch nach dem anderen ganz nach unten in die Tasche.

Ich realisierte, dass er bald unseren ganzen Badezimmervorrat geplündert haben würde. „Das ist eine gute Idee, aber lass uns noch ein bisschen was hier. So oft wirst du wohl kaum ins Wasser fallen", neckte ich ihn und verschwand in meinem Zimmer, um mich fertig zu machen.

„Hoffentlich gewinne ich das", sagte Leon, als er mit seiner prallgefüllten Tasche die Treppe runterwankte. Dabei hätte er fast das Familienfoto von der Wand gerissen. Mama hielt erschrocken die Luft an.

„Ist dir der Spaß denn nicht viel wichtiger?", wollte ich erstaunt von ihm wissen, hinter ihm herlaufend und das Bild vorm Fall rettend.

„Nein!", sagte er entschlossen. „Ich werde dich dran erinnern, wenn du auf dem Turnier bist", erwiderte Leon, bevor ich weiter nachhaken konnte.

Um halb zehn saßen wir dann endlich alle im Auto und fuhren gemeinsam als Familie los zum Hafen. Leon hibbelte auf dem Sitz herum wie ein Dreijähriger und hörte über sein Handy Musik. Saira beschwerte sich durchgehend bei Mama, die ihr irgendwann wohl nicht mehr zuhörte. Mel fragte Papa ein paar Sachen und ich tippte meine Nachricht an Alexa, die versprach, sich heute kurz um Kaya zu kümmern.

„Also, Alexa kann morgen nicht", sagte ich zu Leon, der eines seiner Ohren freimachte, damit er mich besser hörte. Er nickte und wandte sich sofort wieder ab. Ich hatte auch kurz ein bisschen Enttäuschung in seinen Augen aufblitzen sehen. Erst da fiel mir auf, dass es ihm wohl darum gegangen war, dass gerade Alexa morgen beim Finaltag dabei gewesen wäre...

„Lucy?", sprach mich Mel in diesem Moment an. „Kann ich Kaya denn auch mal reiten?"

„Wenn ich mit dem Turnier durch bin und das ernste Training abgeschlossen ist, dann können wir ja mal zusammen auf den Platz gehen. Ist das okay?", fragte ich meine kleine Schwester und diese nickte heftig. Mit ihren sechs Jahren war sie zwar eigentlich noch etwas zu klein, um auf dem großen Pferd zu reiten, aber ein paar Runden würden sicherlich gehen. Mel hatte immerhin viel Geduld bewiesen und lange auf den Moment gewartet.

Als Leon aus dem Auto sprang und in den Jollengarten rannte, schwenkten meine Gedanken wieder zu dem Umzug. Ich war innerlich sehr erleichtert, dass ich am Montag in einem neuen Stall von vorne anfangen könnte. Dort wusste keiner von meiner Schuppenflechte, und das würde auch erst mal so bleiben, hatte ich beschlossen. Denn dort gab es keinen enttäuschten Aaron und keine Zicken wie Kathlen oder Stallbesitzer wie Linda.

Meine Gedanken wandten natürlich auch wieder Richtung Haut. Die Therapie der Haut hatte ziemlich gut angeschlagen. Frau Dr. Schlichte war sehr zufrieden gewesen über den ersten Fortschritt, der sich innerhalb einer Woche bereits eingestellt hatte. Jetzt am Wochenende versorgten wir die Haut selbst.

Mama hatte mir vorgeschlagen, mit Leon ins Schwimmbad zu gehen, aber ich hatte mich geweigert. Seit Jahren war ich nicht mehr im Schwimmbad gewesen. Nur am einsamen Strand in Dänemark war ich schwimmen gegangen, wenn niemand zusehen konnte. Es war mir einfach unangenehm, die Psoriasis öffentlich zu zeigen und zu wissen, dass mich jeder anstarrte. Ich tauchte wieder aus meinen Gedanken auf und wandte mich dem Geschehen am Wasser zu.

Ich wünschte Leon und Lukas viel Glück. Leon tat es mit einer Handbewegung ab. Er hatte das nicht nötig, doch Lukas hatte sich über den Zuspruch gefreut und mich dafür sogar umarmt.

Es starteten fünf Teams gegeneinander. Die beiden Boote *Monsun* und *Mistral*, die der Verein stellte, wurden zu Wasser gelassen und gelost, wer als erstes startete.

Leon verlor den ersten Lauf und war dementsprechend demotiviert. Ich wollte ihm jetzt lieber nicht begegnen und setzte mich zu den restlichen Schaulustigen auf einen freien Platz. Oben im Vereinsheim war das Matchrace natürlich Thema Nummer eins.

Als Leon das zweite Mal an den Start ging, kam Wind auf und der trieb die Wolken davon. Die Sonne kam raus und spiegelte sich wunderschön im leicht aufgewühlten Wasser des Mains. Die Spannung stieg.

„Zehn Sekunden bis zum Start", hörte ich den Regattaleiter durch sein Megaphon rufen und schaute, wo Leon war. Er befand sich kurz vor der Linie, und als das laute Startsignal ertönte, segelte er sofort darüber. Ich schaute ihnen zu, wie sie bald wendeten und eine heftige Böe ihr Segel erfasste. Einen Augenblick schaute ich noch konzentriert zu, dann wurde es mir zu anstrengend und mir wurde bewusst, dass Segeln nicht mein Thema war. Aus diesem Grund lief ich zum Auto und holte mir mein Handy. Damit machte ich mich auf den Weg zurück zum Vereinsheim, in der Hoffnung, mich mit etwas Essen ablenken zu können oder jemanden zum Reden zu finden. Gerade als ich um die Ecke rannte, stieß ich mit jemandem zusammen und wir landeten beide auf dem Boden.

„Upps, das tut mir jetzt leid", sagte die Frau, mit der ich zusammengestoßen war, und half mir auf die Beine.

„Ich hätte auch aufpassen können", erwiderte ich beschämt und sah in ein unglaublich strahlendes Lächeln. Ich mochte solche Situationen nicht.

„Ach", die Frau klopfte sich abwinkend die Sandkörner vom Rock und rückte die Bluse wieder leicht zurecht. „Ist doch total egal." Sie legte mir kurz eine Hand auf die Schulter. „Wieso bist du eigentlich nicht unten? Segelst du nicht mit?" Sie sah mich neugierig an.

„Nee, ich nicht", winkte ich lächelnd ab. „Aber mein Bruder segelt", erzählte ich.

„Mein Sohn ist auch einer der Segler. Derzeit ist er aber nicht auf dem Wasser. Es ist der da mit der roten Schwimmhilfe. Der sich grad die Haare rauft", die Frau deutete auf einen der Jungs, die an der Rampe standen und den anderen zusahen.

„Ah, der hat doch den ersten Lauf gewonnen, oder?", fragte ich und sie nickte erfreut.

„Das stimmt. Er ist zwar ehrgeizig, aber dieses Matchrace ist eher ein Training für ihn", sie lächelte mir im Sonnenschein zu. „Ich bin übrigens Jeanette."

„Lucy. Habt ihr ein Segelboot hier?" Ich schüttelte ihr brav die Hand.

„Ja. Meinem Mann gehört die *Libelle*. Er und mein Sohn sind sehr begeisterte Segler. Ich bin eigentlich nur ihr Anhängsel", sagte sie leise zu mir herübergebeugt. Sie zwinkerte mir zu. „Und ihr? Habt ihr auch ein Segelboot?"

„Nein. Meinem Vater gehört eines der Motorboote. Mein Bruder hätte wirklich gerne eine Jolle, aber ansonsten segelt bei uns niemand. Meine Mutter würde einem eigenen Segelboot nur zustimmen, wenn meine Geschwister auch irgendwann mal richtig gut segeln und klar ist, dass sie auch dabeibleiben. Und auf meine jüngeren Schwestern ist da nicht unbedingt Verlass." Ich grinste schief und warf einen Blick aufs Wasser.

Jeanette lachte. Sie war mir sympathisch und hatte eine sehr positive Ausstrahlung. Sie war hübsch und außerdem war sie keine von diesen typischen Seglern. Das gab ein paar Extrasympathiepunkte!

„Komm, setzen wir uns hin und schauen unseren Jungs zu", schlug Jeanette dann vor und ich nickte.

Wir setzten uns an einen Tisch und unterhielten uns solange, bis die Jungs schließlich vom Wasser kamen. Jeanette erzählte von einem Sommerurlaub, bei dem ihr Sohn und ihr Mann das erste Mal gesegelt waren. Dieses Vergnügen war in einem richtigen Chaos geendet und trotzdem waren sie dabei geblieben. Ich erzählte von La Kaya und davon, dass ich demnächst ein Turnier reiten würde. Jeanette hatte nicht nur einen Sohn, sondern noch eine kleine Tochter, die ebenfalls begeistert ritt.

„Und?", fragte ich Leon, der erschöpft aber mit einigermaßen zufriedenem Gesicht vom Wasser kam.

„Morgen segeln wir als Erstes gegen Adriana und Jana. Und danach, wenn wir gewinnen, gegen Juli und Fabian, die derzeit ganz vorn stehen", er verzog den Mund und deutete nach hinten. „Erst nach diesen Siegen haben wir den endgültigen Sieg in der Tasche."

„Aber das klingt doch schon mal super. Den dritten Platz habt ihr sicher. Und bis zum ersten ist ja alles drin", ich umarmte meinen großen Bruder, der mich erst abwehren wollte, dann aber doch seine Arme um mich legte. Ich freute mich für ihn.

„Ich geh mal meinen Sohn beglückwünschen", Jeanette winkte mir lächelnd zu und ich winkte zurück, dann war sie verschwunden.

Nachdem sich alle Jugendlichen umgezogen hatten, setzten sie sich an einen langen Tisch und tranken gemeinsam Cola. Sie quatschten und ich durchsuchte die Masse nach Jeanettes Sohn, erkannte ihn aber nicht. Es sahen mehrere Jungs so aus wie der, den sie vorhin beschrieben hatte. Und da er jetzt nicht mehr seine Weste trug, konnte ich ihn nicht identifizieren. Ein bisschen enttäuscht war ich schon.

Als es langsam dunkel wurde, wollten Mama und Papa aufbrechen. Ich war froh, dass Alexa versprochen hatte, sich um Kaya zu kümmern. So würde ich morgen früh hinfahren und sie longieren, bevor wir am Montag nach der Klinik alle Sachen packen würden, um mit ihr zu Maik zu ziehen.

Zuhause ging ich duschen und cremte die Haut ein. Dann legte ich mich ins Bett und schlief sofort ein. Was ich genau geträumt hatte, wusste ich am nächsten Morgen nicht mehr…

Kaya war super drauf, nachdem ich sie longiert hatte und sie ihr Frühstück bekam. Ich packte derweil alle Sachen in den Sattelschrank und räumte für Montag soweit auf, bis ich losmusste, damit ich Leon nicht in Schwierigkeiten brachte.

Auf dem Weg nach Hause fuhr ich beim Bäcker vorbei, worüber sich alle freuten, als ich mit noch warmen Brötchen nach Hause kam. Leon hatte Hunger, stopfte das Essen in sich hinein, aß drei Brötchen. Danach packten wir alle Taschen ins Auto und ich setzte mich wie immer neben Leon.

Hey, Lucy, gib mir mal bitte Leons Nummer, schrieb Alexa.

Wofür brauchst 'n die?, fragte ich zurück.

Will ihm viel Glück wünschen. Nun gib schon, drängte mich meine Freundin weiter.

Na gut, warte, ich schick dir den Kontakt. Ich glaubte Alexa zwar nur die Hälfte, sendete den Kontakt dann aber trotzdem an meine Freundin und wenige Minuten später blickte Leon erstaunt auf und mich fragend an. Ich zwinkerte ihm zu, dann ließ ich ihn mit seinen Gedanken allein.

Am Hafen angekommen, versammelten sich die heute startenden drei Teams unter dem großen Baum vorm Vereinsheim. Matthias und Konstantin gaben gemeinsam mit dem Wettsegelwart noch mal alle Infos durch, dann wurde ausgelost, wer mit welchem Boot den ersten der drei Läufe fuhr, denn – soweit es mir Leon erklärt hatte – wurde *Best of Three* gesegelt, also gewinnt der, der am Ende zwei von drei Läufen gewonnen hat.

Dann starteten sie gegen die beiden Mädels. Es war mehr Wind als gestern und zunächst hatten Leon und Lukas Anlaufschwierigkeiten, mit dem Boot vorwärts zu kommen. Dann zog Leon das Segel zu sich ins Boot und sie gewannen an Geschwindigkeit.

Den ersten Lauf verloren sie gegen die Mädels, doch dann schienen sie sich eingesegelt zu haben und gewannen konzentriert die beiden weiteren Läufe. Zufrieden kamen Leon und Lukas vom Wasser.

„Super", ich fiel ihm um den Hals. „Platz Zwei ist sicher."

„Da hast du Recht", auch er freute sich. „Jetzt nur noch gegen den Angeber und dann haben wir gewonnen." Leon nickte nach hinten und dann erkannte ich wieder Jeanettes Sohn.

„Wer ist das?", wollte ich harmlos wissen.

„Der Angeber? Julien heißt er", erwiderte Leon abfällig. Der Konkurrenzkampf zwischen den beiden schien eine größere Dimension zu haben, als ich befürchtet hatte. Bauchschmerzen bereitete mir vor allem, dass ich wusste, wie Leon in einer solchen Situation reagierte.

Ich wusste daher nicht, wem ich mehr Glück wünschen sollte, als Leons Team gegen das von Jeanettes Sohn startete. Sie verhielt sich wie ein Teenager, sprang neben mir von ihrem Stuhl und war genauso aufgeregt wie ich.

„Das ist richtig spannend. Ich würde es Juli so sehr gönnen, auch mal wieder einen Erfolg zu haben. Genauso gönne ich es deinem Bruder, denn er segelt wirklich gut", sagte Jeanette völlig ehrlich.

„Ich gönne es auch beiden", erwiderte ich erfreut über das Lob für meinen großen Bruder.

Den ersten Lauf gewannen Juli und Fabian. Jeanette jubelte. Doch den zweiten Lauf gewannen dann Leon und Lukas. Es war ein erbitterter Kampf, als sie nun den letzten und alles entscheidenden dritten Lauf starteten. Schon in der Vorstartphase fuhren sie auf Krawall gebürstet, immer nur auf den eigenen Vorteil bedacht. Es wurde geschrien, geflucht und Proteste eingelegt. Dann schallte das Startsignal durch die windige Luft.

Bis zur Tonne fuhren sie ziemlich parallel. Dahinter zogen Juli und Fabian mit dem Spinnacker etwas mehr nach vorne. An der zweiten Tonne kämpften sich Leon und Lukas jedoch durch ein geschicktes Manöver an ihnen vorbei. Auch in der zweiten Runde konnte sich niemand mit genügend Abstand an die Spitze setzen. Kurz vor der Ziellinie waren sie wieder gleich auf. Uns hielt es nicht mehr auf den Stühlen, ich reckte den Hals in die Höhe, um nichts zu verpassen. Ich hielt die Luft an, wusste nicht, wem ich nun den Sieg mehr gönnte. Leon würde einerseits wahnsinnig schlechte Laune haben, wenn er verlor, andererseits bräuchte er mal wieder einen kleinen Denkzettel, weil er einfach zu eingebildet geworden war.

Kurz vorm Ziel – es war noch immer nicht entschieden – kam eine heftige Böe und Julis Boot schoss vorwärts, weil er auf der günstigeren Seite war und den Wind für sich nutzen konnte. Das erklärte mir Jeanette jedenfalls. Die Spitze der Monsun überquerte die Ziellinie ein bisschen vor der Mistral. Juli und Fabian hatten gewonnen, Leon und Lukas wurden Zweitplatzierte. Jeanette und ich jubelten und fielen uns um den Hals. Beide Teams konnten stolz auf sich sein, denn es war ein wirklich spannendes und faires Rennen gewesen.

Leon sah das allerdings alles ziemlich anders. Aggressiv und wütend und enttäuscht kam er vom Jollengarten zurück, als sie die Boote abgebaut hatten. Er pfefferte seine Schwimmweste energisch in die Ecke. Seine Handschuhe folgten.

„Hey, Leon. Herzlichen Glückwunsch. Das war eine super Runde. Ihr seid Zweite geworden", ich lief auf ihn zu.

Doch mein Bruder schubste mich fies zur Seite. „Eben! Zweite. Nur zweite!" Er schnaubte.

„Aber das ist doch super. Außerdem war es nur ganz, ganz knapp", wollte ich ihn besänftigen.

„Ganz genau! Ich hätte gewinnen können! Knapp vorbei ist auch daneben!" Er zog sich das nasse T-Shirt über den Kopf und es landete wild auf der Schwimmweste, die es sofort abbremste.

„Du schon mal gar nicht. Ohne Lukas hättest du nicht mal den Zweiten gemacht. Ihr seid als Team wirklich spitze gewesen. Sei doch mal stolz auf deine Leistung. Ihr ward gut! Nur du siehst in allem immer das Negative", warf ich ihm vor.

„Ja und du wirst auch sauer sein, wenn du nur bei deinem Turnier knapp am Sieg vorbeirauschst", schrie er mich an.

„Nun hör mal. Du musst mich hier gar nicht so angehen! Außerdem wäre ich schon mehr als froh, wenn ich überhaupt zum Gelände zugelassen werde", erwiderte ich sauer. Langsam wurde er wirklich ungerecht!

„Ach, du hast ja gar keine Ahnung", Leon schnappte sich sauer seine Sachen und lief los Richtung Umkleide.

„Die brauch ich auch gar nicht. Dich durchblicke ich echt nicht mehr. Und sowas will mein Bruder sein", ich drehte mich enttäuscht von ihm um und lief nach unten zu Papa, der am Auto stand und sich mit Matthias und Konstantin unterhielt. Nach kurzer Zeit liefen wir nach oben.

Nachdem sich alle Teilnehmer umgezogen hatten, begann die Siegerehrung. Alle, die am Vereinsheim waren, versammelten sich um die Teilnehmer herum. Die beiden Teams, die heute nicht mehr gestartet waren, bekamen dennoch ihren verdienten Applaus. Dann wurden die beiden Mädchen Adriana und Jana geehrt. Sie bekamen eine Urkunde und für jeden gab es einen kleinen Pokal. Sie grinsten breit und ich fand es super, dass auch Mädchen als Team mitgesegelt waren.

Danach kamen Leon und Lukas. Lukas war sehr zufrieden und grinste mindestens genauso wie seine Eltern, die heute auch da waren. Leon setzte ein Lächeln auf und ich machte hinter dem Fotografen ein paar peinliche Gesichtsausdrücke, damit er vor der Kamera wenigstens ein echtes Lächeln hinbekam. Es funktionierte zufriedenstellend. Auch Leon und Lukas bekamen Urkunde und Pokal, allerdings fielen die etwas größer aus. Und dann wurde es spannend, denn die diesjährigen Sieger des Jugend-Matchrace' wurden geehrt. Julien und Fabian wurden unter tosendem Beifall aufgerufen und bekamen ihre Riesenpokale und die leuchtenden Urkunden überreicht. Sie lächelten fürs Foto. Es war ein ehrliches Lächeln, und auch die Freude war nicht gespielt, als sich Juli schließlich von seiner Mutter in den Arm nehmen und beglückwünschen ließ.

„So ein Mist", beschwerte sich Leon, der die Urkunde auf seine Segeltasche legte und den Pokal daneben fast in die Erde zu rammen schien. Er hatte mich aus meinen Gedanken gerissen.

„Nun mach aber mal halblang. Eure Leistung ist prima gewesen. Wir sind stolz auf euch", meinte auch Papa, dem Leons Unzufriedenheit nicht entgangen war.

„Davon kann ich mir auch nichts kaufen", entgegnete mein Bruder pessimistisch.

„Vom ersten Platz genauso wenig", konnte ich mir den Kommentar nicht verkneifen.

„Kannst du dich vielleicht ein Mal daraus halten, Lucy? Du hast null Plan davon und mischst dich immer ein, wenn du nichts zu melden hast!", flippte Leon aus und ging nun mich an.

„Und du wirst gerade mächtig unfair, Leon. Ich hasse es, wenn du so bist! Und du wunderst dich, dass kein Mädchen auf dich abfährt. Ich weiß jetzt warum!" Ich drehte mich ohne ein weiteres Wort um und schnappte mir unseren Hund und die Leine.

Ich lief mit ihm zur Wasserrampe, an der vorhin alle Teilnehmer gestanden hatten. Ich setzte mich auf die von der Sonne aufgewärmten Steine und warf für unseren Hund Jack einen Ast ins Wasser. Er rannte los und sprang in die leichten Wellen, die von vorbeifahrenden Booten ans Ufer geschwemmt wurden.

Mir hatte Leon die Laune verdorben. Ich stützte meinen Kopf in die Hände und warf den nassen Ast noch mal, als Jack ihn mir zurückbrachte. Ich atmete tief durch und schloss die Augen in der untergehenden Sonne, die jetzt im Juni deutlich an Power dazubekommen hatte. Der aufgefrischte Wind von vorhin war vorbei, das Wasser war wieder ruhig.

„Na, was machst du denn so alleine hier?"

Ich drehte mich erschrocken um. Ein Junge mit dunklen wuscheligen Haaren kam auf mich zu. Erst, als ich sein Gesicht sehen konnte, erkannte ich Juli, Jeanettes Sohn und den Sieger des heutigen Wettbewerbs. „Hi." Mir hatte es die Sprache verschlagen, als ich seine golden leuchtenden Augen sah, die ursprünglich mal hellbraun gewesen waren.

„Darf ich mich zu dir setzen?", wollte er dann wissen.

„Klar", erwiderte ich lächelnd und warf den Ast für Jack noch einmal. Dann beobachtete ich Juli, wie er sich neben mir auf den Boden sinken ließ. Er trug ein hautenges braunes Shirt, das ihm perfekt stand. Eine knielange Hose ließ den Blick auf seine Wadenmuskeln frei. Der Kerl war schon echt mega süß.

„Und? Was machst du hier?", fragte er dann erneut. Er beugte sich vor und schlang die Arme um seine Beine.

„Ich ärgere mich über meinen Bruder", gestand ich.

„Du hast ihn ja ganz schön stramm stehen lassen", erwiderte er anerkennend. Als ich ihn erstaunt ansah, nickte er. „Das war ehrlich gesagt nicht zu überhören. Aber ich möchte dir sagen: Lass ihn. Das ist es gar nicht wert. Zerbrich dir nicht deinen süßen Kopf seinetwegen", meinte er dann und ich konnte im ersten Moment überhaupt nicht mit diesem Spruch umgehen.

„Herzlichen Glückwunsch übrigens. Ich kenn mich zwar nicht wirklich aus, aber ich fand, dass es ein schöner Sieg war", grinste ich schief.

„Danke. Ich bin übrigens Julien, aber sag ruhig Juli", er hielt mir seine Hand hin.

Ich zögerte kurz, als mein Herz auf einmal zu rasen begann. „Lucy. Einfach Lucy", sagte ich leise, völlig neben der Spur, als ich sie nahm. Julis Augen leuchteten mir entgegen, seine Hand lag eine gefühlte Ewigkeit in meiner.

„Schön, dich kennenzulernen, Lucy", meinte er dann. „Ich habe dich noch nie hier gesehen."

„Ich bin eigentlich auch nicht oft hier. Ich bin auch keine Seglerin. Eher Reiterin. Meine ganze Freizeit verbringe ich im Stall", gab ich dann zu.

„Pferd? Hat dann das mit dem Gelände und dem Turnier was damit zu tun?", wollte Juli neugierig wissen.

„Ja. Ich reite im August ein Turnier mit meinem Pferd", erklärte ich ihm.

„Du hast ein eigenes Pferd?" Juli schien erstaunt.

„Ja. La Kaya heißt sie… Moment, ich hab ein Foto auf dem Handy", ich kramte mein Smartphone aus der Hosentasche und suchte schnell ein schönes Bild. Dann zeigte ich ihm das Foto, das Alexa beim Springen von mir und Kaya gemacht hatte. Dabei beugte sich Juli ganz nah zu mir herüber. Mein Herz klopfte schneller.

„Wow, das sieht nach Action aus", fand Juli und hielt grinsend den Daumen hoch.

„Ist es auch irgendwie", erwiderte ich und steckte das Handy weg.

„Ich würde mir das ja super gerne mal ansehen. Meine Schwester Fiona reitet auch, aber längst nicht sowas wie du", er sah mich schief grinsend an.

„Also, wenn das so ist… wenn du magst, könntest du ja mal irgendwann mitkommen. Ich trainiere mit La Kaya jetzt auf einer neuen Anlage. Mein neuer Trainer Maik Bergmann hat gesagt, dass es dort echt nett ist", schlug ich vor. Mein Herz flatterte in der Aussicht darauf, ihn wiederzusehen.

„Och, gerne. Wollte mich nicht selbst einladen", er beugte sich nach hinten und raufte sich durchs Haar. Seine Finger umspielten die dunklen Locken und sein leicht gebräuntes Gesicht leuchtete im orangenen Licht der untergehenden Sonne.

„Juli?", rief Jeanette in diesem Moment von oben. Sie blickte zu uns herunter und schien sofort zu kapieren. „Wir wollen bald fahren. Mach dich bitte darauf gefasst", sie zwinkerte uns winkend zu und verschwand dann wieder.

„Schade", fand Juli. „War grad so schön."

„Ja", ich grinste breit.

„Ich finde dich nämlich echt super nett und sympathisch. Also ich würde mich wirklich freuen, wenn ich dich bald wieder hier sehen würde", er stand auf und hielt mir seine Hand hin.

Erst verstand ich nicht, dann nahm ich sie und ließ mir von ihm auf die Füße helfen. „Wir werden sehen. Ich mag dich nämlich auch irgendwie." Das war ein riesiges Geständnis ihm gegenüber. Für eine Zeit vergaß ich meine juckende Schuppenflechte, spürte nur noch mein rasendes Herz. Er nahm mich in den Arm und hielt mich eine gefühlte Ewigkeit fest, bevor er sich widerwillig von mir zu lösen schien.

„Bis dann, schöne Lucy!" Er zwinkerte mir zu und lief dann los zum Auto seiner Eltern.

„Bis dann, süßer Juli", sagte ich nur zu mir selbst und lief dann mit einem völlig verrücktspielenden Kopf zurück zu Leon und meinen Eltern. Mir war überhaupt nicht klar, dass das hier der Beginn eines völlig neuen Lebens bedeutete...

Kapitel Sechs: Neuanfang

Eigentlich ließ ich die Stunden in der Klinik nur so über mich ergehen, wollte die Gedanken an die Psoriasis einfach nur verdrängen. Doch diesmal hing ich mit den Gedanken Juli hinterher. Seine leuchtenden Augen würde ich so schnell nicht mehr vergessen. Und sein Lächeln hatte sich ebenfalls frech in mein Gedächtnis eingebrannt. Ich dachte an nichts anderes mehr als an diesen aufmerksamen Jungen, den ich doch eigentlich noch gar nicht kannte.

Doktor Schlichte kam an diesem Tag gutgelaunt zu mir in die Tagesklinik. Sie wollte sich die Haut ansehen und die Therapie angleichen. Außerdem hatte sie einen Flyer dabei, den sie mir in die Hand drückte und dessen Wichtigkeit ich erst überhaupt nicht verstand.

„Der deutsche Psoriasis Bund ist ein Verein für Selbsthilfe bei Schuppenflechte und führt jedes Jahr extra für Jugendliche mit Schuppenflechte ein Jugendcamp an verschiedenen Orten in Deutschland durch. Dieses Jahr findet das Camp am Biggesee statt und Anmeldeschluss ist bereits am Donnerstag. Das Camp hat bis jetzt nur positive Rückmeldung erhalten und ich kann mir gut vorstellen, dass es auch für dich eine gute Erfahrung wäre. Ein Arzt und ein Psychologe begleiten das Camp und sind für Fragen offen. Hier ist der Flyer mit der Anmeldung. Ich kann es dir wirklich nur sehr empfehlen", Frau Dr. Schlichte drückte mir den Flyer in die Hand und ich warf einen Blick darauf. Ein paar Kinder spielten vor einem Zelt. Darunter war aufgelistet, was an den vier Tagen Camp ungefähr passieren würde. Die Teilnahme war dank der Unterstützung von dem Pharmazieunternehmen Klever kostenlos.

Ich wusste zwar nicht wirklich, was mich dort erwarten würde und wofür das genau gut sein sollte, aber Mama war so begeistert von dem Flyer, dass sie sofort beschloss, dass es eine super Gelegenheit war, andere Jugendliche mit Psoriasis kennenzulernen. Und so ließ ich mich von ihr und Papa überreden, es wenigstens auszuprobieren.

Als wir am frühen Nachmittag nach Hause kamen, saß Leon im Wohnzimmer auf der Couch und zog sich irgendeine Serie im Fernseher rein. Nebenbei hatte er seinen Laptop auf dem Schoß und klickte Chips futternd die Bilder vom Matchrace durch.

„Hey, Brüderchen", sagte ich und beugte mich über die Rückenlehne, damit ich einen Blick auf den Laptop erhaschen konnte. In dem Moment klickte er das Bild an, auf dem Juli und Fabian mit dem Pokal in der Hand in die Kamera grinsten. Ich musste sofort grinsen, konnte meine Emotionen nicht unterdrücken.

„Hallo, Schwesterherz", Leon drehte sich um und sah in mein strahlendes Gesicht. Mittlerweile konnte er sich nun doch über seinen zweiten Platz freuen. „Du grinst ja so, was ist denn mit dir los?", wollte er wissen und sah mich an, als ob ich einen Schlag auf den Kopf bekommen hätte.

„Nichts", erwiderte ich schnell, aber immer weiter grinsend. Mein Herz raste wie bescheuert.

„Bist du verknallt, oder was?", fragte er, eine Augenbraue hochgezogen.

„Äh, nee, ich doch nicht", winkte ich schnell ab und musste aus irgendeinem Grund sofort an Juli denken.

Ich drehte mich um, weil ich mit dem Gefühl total überfordert war. Verliebt? Ich doch nicht! Und schon gar nicht nach einem Tag! Und auch nicht Juli… oder etwa doch? Er war wirklich süß… und er hatte gesagt, dass er auch mich süß fand… was hatte all das zu bedeuten?

Ich hatte keine Zeit mehr, darüber nachzudenken, denn Mama rief mich, damit wir zum Stall fahren konnten. Das Schönste war, dass Maiks Anlage noch viel einfacher von meinem Zuhause zu erreichen war und ich mit dem Fahrrad nur fünf Minuten und keine fünfzehn mehr fahren musste. Ich freute mich, als Mama, Leon und ich in den Wagen stiegen.

„Warum muss ich denn bitte mitkommen?", maulte mein Bruder, als er sich auf den Beifahrersitz setzte und sofort die Radiosender durchsuchte.

„Weil wir ein paar starke Hände brauchen", erwiderte Mama und fuhr den Wagen die Einfahrt herunter. Sie stellte die Musik leiser, mein Bruder protestierte, doch Mama ignorierte das.

Als wir am Stall ankamen, stiegen wir aus und Mama machte sich auf den Weg zu Linda. Das würde bestimmt kein nettes Gespräch werden. An der Einfahrt wartete Alexa ebenfalls zur Unterstützung. Sie umarmte mich grinsend, und als sie Leon sah, begann sie zu strahlen. Ich wusste nicht, damit umzugehen, und ließ die Tatsache einfach so stehen. In genau diesem Moment tauchte Aaron auf.

„Ach, Lucy", ein freches Grinsen breitete sich in seinem Gesicht aus. „Wie schade aber auch, dass du uns verlässt. Dich wird hier sicher niemand mehr vermissen!" Er piekte mich in die Seite und ich wollte seine Hand wegschieben, doch er ließ sich nicht einfangen.

„Hey, du kleiner Pisser!" Leon stellte sich vor mir auf. „Lass sie sofort in Ruhe."

„Bist du ihr Freund oder was?" Aaron lachte höhnisch, völlig unbeeindruckt.

„Nein, ihr Bruder. Und wenn du jetzt nicht die Klappe hältst, dann schlag ich dir so oft darauf, dass du nicht mehr weißt, ob du Männlein oder Weiblein bist!" Leon packte Aaron am Kragen seines Hemdes und sah ihn böse funkelnd an. Nur selten hatte ich meinen Bruder so erlebt.

„Hey, Leon, chill mal", meinte Alexa und legte eine Hand auf Leons Schulter. „Ich glaub, der Angeber hat's kapiert."

„Das will ich aber auch hoffen!" Leon ließ ihn los und versetzte Aaron noch mal einen so heftigen Schups, dass er auf dem Hintern landete. Er stand unsicher auf und machte sich aus dem Staub. Ich hätte Leon umarmen können.

Auf uns wartete Arbeit und wir gingen in den Stall. Ich holte als erstes Kaya aus der Box. Sie spitzte neugierig die Ohren, als wir sie an der Putzstelle in Transportgamaschen und eine Decke packten. Während Alexa und Leon in der Sattelkammer verschwanden, um alles auszuräumen, führte ich Kaya durch den Stall hinüber zum Parkplatz, wo Mama bereits den Pferdehänger ans Auto gekuppelt hatte. Sie öffnete die Rampe und ich führte La Kaya hinein. Ich verzichtete darauf, Linda und den anderen im Anschluss noch Tschüss zu sagen. Mama meinte, dass Linda bestimmt keinen Wert mehr darauflegen würde, noch einmal mit uns zusammenzutreffen. Als ich Mama nach dem Gespräch fragte, lächelte sie nur leise vor sich hin und sagte:

„Genaue Details erspare ich euch lieber. Nur so viel: Sollte uns Linda irgendwann mal begegnen, wird sie einen großen Bogen um uns machen."

Im gleichen Moment kamen Leon und Alexa lachend aus dem Stall und brachten mir alle Sachen mit, die sie aus meinem Spind holen konnten. Ich stellte grinsend fest, dass sich die beiden ziemlich gut verstanden, ahnte aber beim besten Willen nicht, was wirklich in ihnen vorging.

„Ich komme noch eben mit zur Anlage von Maik, dann helfe ich dir auch beim Einräumen", meinte Alexa zu mir und legte einen Haufen Satteldecken in den Kofferraum.

„Das ist gut. Ich muss dir nämlich was erzählen", flüsterte ich ihr zu und Alexa wurde hellhörig.

„Was Schlimmes?", wollte sie erschrocken wissen.

„Wie man's nimmt", erwiderte ich und schloss den Kofferraum.

„Du machst mir Angst, Lucy", sagte Alexa und kletterte auf die Rückbank.

„Diesmal darfst du nach vorne", Leon verbeugte sich scherzhaft vor mir, als ich mich nach hinten zu meiner besten Freundin setzen wollte. Er hielt mir die Tür zum Beifahrersitz auf und ich runzelte die Stirn. Konnte es wirklich sein, dass er neben Alexa sitzen wollte?

Mama startete den Motor und dann fuhren wir mit dem Anhänger wieder los Richtung zu Hause. Die Junisonne schien hell am Himmel und ich musste meine Sonnenbrille suchen. Mama bog nicht wie gewohnt in die Straße ein, die zu unserem Wohngebiet führte, sondern fuhr weiter geradeaus. Irgendwann kamen wir am Wohngebietsende an und fuhren einen asphaltierten Feldweg entlang. Bald konnte man die großen Stallungen schon sehen. Als wir näher kamen, erkannte ich die weiß umzäunten Koppeln. Alles wirkte irgendwie wie bei einem amerikanischen Vollblutgestüt. Die Stallungen waren riesig groß, die Dächer mit roten Ziegeln belegt, und ich konnte einen kurzen Blick auf die breiten Stallgassen erhaschen. Der Dressurplatz war groß und ordentlich gezogen. Die Umzäunung war ebenfalls weiß und der Springplatz hob sich mit seinen vielen bunten Hindernissen sehr hervor. Die Hallen waren luftig und gewährten den Pferden einen Blick nach draußen. Ich kam gar nicht mehr aus dem Staunen heraus, als ich die Paddocks und schließlich die aufwendig errichtete Geländestrecke hinter all den Gebäuden erblickte. Ich freute mich wahnsinnig auf meinen Neuanfang.

„Hallo, Lucy", begrüßte mich Maik, nachdem wir auf dem Parkplatz gehalten hatten, und schüttelte erst mir, dann meiner Mutter die Hand. Die beiden hatten sich bis jetzt nur am Telefon gesprochen.

„Sie sind also die Mutter dieser bezaubernden Tochter", stellte Maik fest. „Sie ist wirklich sehr talentiert und Sie haben ein wirklich sehr gut ausgebildetes Pferd erstanden", lobte er mich und Kaya im höchsten Maß. Ich verspürte puren Stolz und machte schnell den Hänger auf, um die aufsteigende Röte zu verbergen. Kaya drehte den Kopf nach hinten und stellte neugierig die Ohren auf. Als ich sie mit Maiks Hilfe auslud, wurde sie von den anderen Pferden bemerkt und diese wieherten. Kaya riss den Kopf hoch wie ein Araber und wieherte zur Begrüßung zurück.

„Ihr scheint der Hof ja schon mal zu gefallen", stellte Leon grinsend fest, ganz so als sei er ein Pferdekenner.

„Das ist gut", ich klopfte ihren Hals und führte sie dann mit Maiks Hilfe zu den Stallungen. Im Innenhof machte ich sie fertig und sattelte sie für mein erstes richtiges Training auf, nachdem wir die ersten Sachen eingeräumt hatten.

„Darf ich euch meine Frau Sally vorstellen?", wollte Maik irgendwann wissen und wir drehten uns erstaunt um.

„Hallo, ich bin Sally", eine junge Frau mit langen braunen Haaren, die zu einem Dutt gedreht waren, und in Reithosen stand vor uns und schüttelte uns allen lächelnd die Hände.

Mama und Leon blieben noch bis nach dem Training, das heute wieder genauso gut klappte wie am Freitag. Kaya zeigte sich von ihrer besten Seite und reagierte auf all meine Hilfen. Ich konnte es gar nicht glauben, wie begeistert mein Pferd schon zum zweiten Mal lief. Ich hatte ein breites Grinsen im Gesicht, als ich abstieg und sie zu den Boxen führte. Meine Gedanken an die Schuppenflechte waren für einen Moment Geschichte.

Während sich Mama und Leon mit Maik und Sally unterhielten, ging Alexa mit mir. Wir spritzten Kayas Beine ab und liefen dann mit ihr zum Grasen auf eine freie Wiese hinter den Stallungen.

„So, jetzt aber raus damit! Was ist passiert?" Alexa setzte sich ins Gras und verschränkte die Beine zum Schneidersitz. Sie sah mich abwartend an.

„Ich hab da am Wochenende einen kennengelernt", gab ich zu und sofort schoss mir die hitzige Röte ins Gesicht.

„Wie jetzt? Einen Kerl?" Alexa war sprachlos – und das kam echt nicht häufig vor.

„Ja, beim Segeln. Er heißt Juli und ist echt mega süß. Und wenn ich seine Worte richtig interpretiere, dann mag er mich auch", erzählte ich mit klopfendem Herzen.

„Ja und? Was ist das Problem dabei?" Alexa krallte ihre Fingernägel in meinen Unterarm. Sie war fast aufgeregter als ich selbst.

„Er ist Leons Erzfeind. Juli hat ihn nämlich besiegt... und außerdem weiß er nichts von meiner Psoriasis." Ich ließ den Kopf hängen.

„Ach, Lucy", Alexa nahm mich in den Arm. „Lass Leon mal meine Sorge sein, ich kümmere mich darum... und du sieh zu, dass – falls es wirklich ernster wird – er von deiner Krankheit erfährt. Wenn er wirklich so toll ist, wie du meinst, und er dich wirklich so gut findet, dann wird ihn das nicht abschrecken", wollte sie mir gut zureden.

„Danke, Alexa", ich drückte sie fest. „Was würde ich bloß ohne dich machen?"

„Im Bett sitzen und dich fragen, wie du an deinen Traumtypen herankommst", grinste sie und musste laut loslachen.

Ich lachte auch und schubste sie zur Seite. „Du bist echt ein Freak!"

„Das weiß ich", Alexa kugelte sich über die Wiese und lachte sich dabei kaputt.

Kapitel Sieben: Wie Verlieren

Mama und Papa fanden die Idee von Frau Dr. Schlichte mit dem Psoriasis-Camp richtig super und so schickte Mama die Anmeldung am Dienstag los. In der Klinik hatte der Chefarzt vorgeschlagen, jetzt Schwefelbäder auszuprobieren, weil die Therapie mit CSV alleine einfach zu lange dauerte.

„Möchtest du wirklich kein Cröstal nehmen, Lucy? Du weißt doch, wie gut du damals darauf reagiert hast", wollte mich Doktor Schlichte am Mittwochmorgen überreden.

„Ich weiß", sagte ich gequält. Schon vor ein paar Jahren hatte ich das Biological Cröstal für ein halbes Jahr genommen und auch eine wirklich entspannte Zeit damit verbracht, bis wir es wieder abgesetzt hatten. Nach zwei Jahren Pause hatte ich einen erneuten Schub bekommen, der bis jetzt andauerte. Und jetzt konnte ich mich nicht dazu durchringen, die Therapie wieder aufzunehmen. Es fühlte sich wie Verlieren an.

Meine Ärztin sah mich mitleidig an. Ihr ging mein Fall besonders nahe, da ich die einzige Jugendliche in der Klinik war. „Überleg es dir! In ein paar Wochen wär' die Schuppenflechte schon so viel besser und du könntest den Sommer genießen!"

Da hatte Frau Dr. Schlichte allerdings Recht. Ich könnte nicht nur den Sommer genießen, sondern hätte vielleicht auch eine einigermaßen reelle Chance bei Juli. Denn wenn er erfahren würde, wie ich unter Shirt und Hose aussah, würde er mich garantiert nicht mehr so süß finden wie noch am Wochenende. Und eine zweite Abfuhr, noch dazu eine von ihm, würde ich nicht ertragen. Denn das Gespräch mit Alexa hatte mir gezeigt, dass ich mich über beide Ohren in ihn verliebt hatte.

Zuhause setzte ich mich erst mal an meine Hausaufgaben, die sich mit der Zeit auf meinem Schreibtisch türmten. Das schlechte Gewissen war irgendwann unerträglich gewesen und so hatte ich mich dazu durchgerungen, heute wenigstens mal ein bisschen was zu machen und die ersten Sachen nachzuarbeiten.

Plötzlich machte sich mein Laptop bemerkbar und ich blickte erschrocken auf. Ich hatte auf Facebook eine Freundschaftsanfrage erhalten. Eigentlich war mein Account bei dem Netzwerk bereits eingeschlafen, nur für wenige Freunde hatte ich ihn noch behalten, weil sie kein WhatsApp hatten oder nur auf Skype erreichbar waren. Ab und zu postete ich etwas von Kaya oder verfolgte das Geschehen ihres Gestüts. Aber für andere Aktivitäten war Facebook mittlerweile abgehakt.

Ich öffnete Facebook und die Anfrage. Mein Herz blieb stehen, als ich den Namen las: *Julien Klimke*. Ich klickte das Bild an und kam auf seine Chronik. Sein Titelbild zeigte ihn beim Segeln auf einem See. Es war ziemlich viel Wind, Fabian stand auf der Bootskante, um das Boot gerade zu halten. Auf Julis Profilbild saßen zwei Personen auf der NATO-Rampe vom Segelverein. Die Sonne ging gerade unter. Die beiden schienen sich zu unterhalten. Ich wurde neugierig. Hatte er etwa eine Freundin? Wundern würde es mich nicht, weil er echt gutaussehend war. Aber es würde mir das Herz brechen.

Ich klickte das Bild an und bekam einen halben Herzstillstand. Die zweite Person, die neben ihm an der Rampe saß, das war ich! Das Foto war am Wochenende aufgenommen worden. Juli hatte es am Montagabend hochgeladen!

Noch bevor ich die Anfrage annahm, öffnete ich die Seite vom Segelverein und klickte ebenfalls alle Bilder vom Matchrace durch. Und dann fand ich das Bild, das sein Profilbild darstellte. Unglaublich.

Wieder auf Facebook konnte ich sehen, was er dazu geschrieben hatte. *Ein unglaublich schöner Tag* stand nur als Beschreibung da. In den Kommentaren fragten die Leute, wer die zweite Person sei, doch bis jetzt hatte Juli nichts Konkretes dazu geschrieben.

Ich überlegte kurz, dann nahm ich die Anfrage an. Dann meldete ich mich ab und fuhr den Laptop herunter, weil ich zum Stall musste. Maik hatte Springtraining geplant und ich hatte mal wieder total die Zeit vergessen.

Schnell schlüpfte ich in meine Reithosen, in ein T-Shirt und schnappte mir Helm und Sicherheitsweste. Unten vor der Haustür warteten meine Reitstiefel. Mit einem Rucksack auf dem Rücken radelte ich zum Reitstall. Kaya stand auf der Weide, als ich ankam. Sie hob den Kopf und wieherte.

„Hey, meine Große", rief ich ihr entgegen, als ich das Fahrrad abschloss und danach zur Weide marschierte. Ich holte mein Pferd von der großen Koppel und band sie im Innenhof an. Ich schnallte gerade den Sattel fest und sortierte die Trense, da erlebte ich eine wirklich unfassbare Überraschung:

„Hallo, schöne Lucy", sagte jemand hinter mir und ich drehte mich erschrocken um. Vor mir stand: Juli! Am Zaun lehnend.

„H-hey", stotterte ich nur, völlig überrumpelt. „W-wie bist du denn hergekommen? Und überhaupt… w-woher weißt du, d-dass…" Ich brach ab.

„Du hast doch am Wochenende gesagt, dass du bei Maik auf der Anlage reitest. Ich hab meine Schwester gefragt. Die kennt sich mit den Reiterhöfen hier in der Umgebung aus. Und recht schnell wusste ich, wo ich dich finden kann", grinste er und stieß sich geschickt vom Zaun ab. Dann kam er auf mich zu. „Schön, dich wiederzusehen." Er blieb zögernd vor mir stehen.

„Ich… ich weiß gar nicht, was ich sagen soll", stammelte ich. Mein Herz raste, als ich ihm in die Augen blickte.

„Sag gar nichts, sondern lass dich umarmen", erwiderte Juli und zog mich eng an sich. Meine ganze Anspannung fiel von mir ab und ich nahm nur noch ihn, mich und mein klopfendes Herz wahr. Was hier gerade passiert war – sowas passierte doch nur im Märchen!

„Das ist also deine La Kaya", bemerkte Juli, als er mich losließ und meine Stute am Putzplatz erblickte.

„Jap", ich machte ihm Platz. Kaya spitzte die Ohren und ließ sich von ihm streicheln.

„Ganz schön groß", fand er und zog die Hand zurück, als Kaya daran schnuppern wollte.

„Es geht. Eigentlich ist sie völlig durchschnittlich", ich zuckte lächelnd die Schultern. „Ich muss jetzt auf den Platz… Aber du kannst gerne mitkommen und zuschauen", bot ich ihm an.

„Gerne", Juli grinste begeistert.

Ich packte Kayas Zügel und lief los. Juli begleitete mich bis zum Platz, hielt mir das Tor auf und ließ mich hindurchlaufen. Maik kam ein paar Minuten später.

Ihm sagte ich auf sein Nachfragen hin, dass Juli ein Freund von mir war und schon immer mal beim Reiten zuschauen wollte. Maik begrüßte ihn und dann begannen wir mit dem Training. Als Kaya die Hindernisse sah, war sie sofort begeistert.

Als wir zum Ende kamen, strahlten nicht nur Maik und ich, sondern auch Juli. Maik verabschiedete sich von mir, weil er noch ein anderes Mädchen trainieren musste, und ich lief mit Kaya und Juli zurück zum Stall.

„Ich kann es gar nicht glauben. Das war wirklich voll Action", freute sich Juli. „Ich kenn mich zwar damit nicht aus, aber es sah verdammt super aus."

„Danke", ich war total verlegen, als ich Kaya absattelte und in die Box brachte. Ich fütterte sie, dann schnappte ich mir meine Sachen und wir liefen den Weg zur Einfahrt entlang.

„Du bist echt total mutig, Lucy", sagte Juli, als er vor dem Stall sein Fahrrad griff.

„Äh, naja", erwiderte ich. Weil eigentlich war ich überhaupt nicht mutig. Ihm gegenüber zum Beispiel. Er schaffte es, mich mit jedem Satz, mit jedem Blick und mit jeder Handbewegung verlegen zu machen, sodass ich alles vergaß.

„Du wirst ja rot", grinste er und hob mein Gesicht mit zwei Fingern wieder hoch. Mein Herz raste gefühlte hundert Mal schneller als sonst. Ich war einer Ohnmacht nahe.

„Du bist schuld", entgegnete ich schüchtern und spürte die Hitze in mein Gesicht aufsteigen.

„Das weiß ich doch", Juli zwinkerte mir zu. „Ich muss los. Vielleicht sehen wir uns ja am Wochenende…" Er dachte nach: „Oder noch davor."

Bevor ich ihn fragen konnte, was er damit meinte, drückte er mir einen Kuss auf die Wange und fuhr winkend davon. Ich stand wie angewurzelt da und brachte keinen Ton mehr heraus. Meine Beine zitterten, waren weich wie Gummi. Mir war schlecht vor lauter Verliebtheit und dann musste ich ein paar Mal tief durchatmen, damit ich nicht ohnmächtig wurde. Krass, was dieser Kerl mit mir gemacht hatte. Dabei kannten wir uns erst seit Sonntag!

Ich war fertig mit der Welt. Meine Nerven waren am Ende. Ich wusste nicht mehr, was ich noch glauben sollte. Als ich nach Hause kam, ging ich erst mal duschen. Mein Kopf war so voll, meine Gedanken drehten sich so stark um Juli, dass ich die Schuppenflechte, die auf meinem Körper verteilt war, total vergaß. Erst als ich aus der Dusche stieg und die kühle Creme auf die erhitzte Haut auftrug, wurde mir das wieder schmerzhaft bewusst. Und auch, dass ich mit einer Erklärung Juli gegenüber diese schöne Zeit verlieren würde. Die Zeit, die jetzt erst so richtig anfing. Juli machte mich so glücklich, wie niemand zuvor. Er war der Erste, der mich meine Krankheit vergessen ließ. Bei ihm war die Schuppenflechte einfach mal Schuppenflechte.

In meinem Zimmer zog ich mir etwas an und sortierte dann meine Reitsachen. Ich wollte die Reithose in die Wäsche werfen, als mir aus meinem Rucksack ein kleiner Zettel entgegenfiel. Erstaunt hielt ich inne und las erst beim zweiten Blick genauer: Es war eine Handynummer. Davor stand *Juli*. Und darunter: *Ich hab übrigens auch WhatsApp ;)*

Mein Herz flatterte los. So schnell ich konnte, warf ich meine Reithose in die Wäsche. Dann setzte ich mich grinsend aufs Bett, schnappte mir mein Handy und faltete den Zettel ein zweites Mal auseinander. Ich tippte mit zittrigen Fingern die Nummer in mein Telefonbuch und speicherte sie unter *Julien Klimke* ein. Drei Mal vertippte ich mich, bis ich es endlich geschafft hatte. Dann öffnete ich WhatsApp und suchte ihn unter meinen Kontakten. Mit rasendem Herzen schrieb ich ihn an:

Hey ☺ *War 'ne gute Idee mit dem Zettel in meinem Rucksack ;)*

Nur Sekunden später erhielt ich auch schon eine Antwort: *Musste mir bei dir was einfallen lassen.*

Schön, dass du dich meldest. Bist du gut zu Hause angekommen?

Wir schrieben hin und her und es war so viel lockerer, als wenn er direkt vor mir stand, was hauptsächlich daran lag, dass ich ihm nicht in seine tollen Augen schauen musste. Juli erzählte von seinem Hobby: Er spielte Gitarre in einer eigenen Band und schickte mir gleich ein Foto.

Bekomme ich auch eins von dir? ;), schrieb er und ich durchsuchte minutenlang mein Handy nach einem geeigneten Foto. Dann schickte ich ihm eins aus dem letzten Sommerurlaub. Mein Cousin Ben und ich standen am Strand und formten mit den Armen ein Herz.

Wer ist denn der Kerl da? :o Sag nicht, du hast einen Freund…, schrieb er und mir wurde bewusst, dass es auch ihn verletzen würde, wenn ich bereits in einer Beziehung wäre.

Nein, keine Sorge. Das ist mein Cousin. Und du? Vergeben? Ich war ganz aufgeregt, als ich auf eine Antwort von ihm wartete. Die Zeit des Wartens fühlte sich wie eine Ewigkeit an.

Doch dann die Erleichterung: *Nein, ich hab keine Freundin*.

Direkt dahinter: *Ich habe mir ja jetzt dein Hobby Reiten angesehen. Hättest du Lust, mit mir mal zu unseren Bandproben zu kommen?* ☺

Äh, joa, eigentlich schon. Nur, wann sind die denn?, schrieb ich. Konnte es sein, dass er mich wirklich besser kennenlernen wollte? Das war alles so neu, mir war ganz schlecht.

Immer Montag und Freitag nach der Schule, antwortete er mir sofort. *Also wenn du Bock hast, ich würde mich sehr freuen!*

Ich überlegte. Mit der Klinik müsste das auch passen. Deshalb schrieb ich: *Klar. Würde mich auch freuen.* Und das war ernst gemeint.

Soll ich dich am Freitag bei dir Zuhause abholen? Oder treffen wir uns woanders?

Kannst gerne zu mir kommen. Ich gab ihm meine Adresse, dann wünschten wir uns eine gute Nacht, denn Juli musste ins Bett. Er hatte – im Gegensatz zu mir – morgen Schule und schrieb auch noch eine wichtige Klausur. Er hatte mir erzählt, dass er nach den Ferien in sein letztes Jahr an der Schule ging. Er war also wie Leon in der Q-Phase. Ende August würde Juli achtzehn Jahre alt werden.

Mit einem Lächeln auf dem Gesicht, einem Kribbeln im Bauch und in Gedanken an ihn schlief ich schließlich ein...

Kapitel Acht: Ganz schnell wieder futsch

Wie versprochen holte mich Juli am Freitag von Zuhause ab. Meinen Eltern sagte ich, dass ich mich mit Alexa treffen wolle und wir ins Kino gingen. Ich war gerade umgezogen, weil sich der Termin in der Klinik heute mal wieder total hingezogen hat, als mich Julis Nachricht erreichte.

„Tschüss. Bis später", rief ich noch ins Wohnzimmer, dann war ich auch schon aus der Tür geschlüpft.

An der Straßenecke wartete Juli auf mich. Wir hatten ausgemacht, uns hier zu treffen. Ich hatte nämlich keinen Bock auf dumme Fragen meiner Eltern oder Kommentare von Leon. Das würde mir gerade noch fehlen.

„Hey", Juli ließ es sich nicht nehmen, mich zur Begrüßung zu umarmen. „Schön, dich zu sehen."

„Hi. Wie geht's?", fragte ich. Ich musste mich schwer zusammenreißen, meine Freude nicht ganz so offensichtlich zu zeigen. Mein Herz raste wieder wie bekloppt und mir war ganz schlecht.

„Gut. Und dir?"

„Auch", entgegnete ich. Das war nur halb gelogen. Gerade jetzt – in diesem Moment – ging es mir fabelhaft. Aber ansonsten ging es mir nicht so sonderlich prima.

„Komm, wir laufen los. Es sind nur ein paar Minuten zu Fuß bis zum Probenraum", Juli lief los und nahm nach ein paar Metern sachte meine Hand. Er sah mich fragend an, doch ich sagte nichts. Stattdessen verschloss ich meine Finger mit seinen.

Juli erzählte mir, dass seine Band Skarabäus bereits seit zwei Jahren bestand und er nicht nur Gitarre spielte, sondern auch noch der Frontsänger war. Vier Mitglieder umfasste die Band.

„Also seid ihr eine typische Boyband?", fragte ich.

„Nein. Wir werden für unsere Musik bejubelt und nicht, weil wir Jungs sind. Wir haben nicht nur weibliche Fans", Juli hob den Finger und grinste mich an.

„Und… wo seid ihr bekannt?", hakte ich nach, weil ich von der Band noch nie was gehört hatte.

„Wir spielen in der Kirchengemeinde von Jonas, dem Keyboarder. Und wir haben auch schon mal bei einem Stadtfest gespielt."

„Klingt gut. Es macht euch Spaß, oder?", wollte ich wissen und gewöhnte mich langsam an meine Hand in seiner.

„Und wie!" Juli grinste.

„Schreibt ihr eigentlich selbst oder covert ihr nur?", ich sah ihn neugierig an.

„Wir schreiben auch selbst. Am Anfang haben wir viel gecovert, aber inzwischen schreiben wir eigene

Songs", erklärte er mir. „Ich hoffe, dass es dir gefällt, was wir machen", er wurde etwas zittrig, als wir den Probenraum erreichten. Es war eine selbst eingerichtete Scheune auf einem alten Hof.

„Wem gehört der Hof?", fragte ich und blickte mich um. Auf einer Wiese entfernt standen Kühe und ich hörte Schafe. Pferde konnte ich jedoch nicht finden, nur ein Hund bellte hinterm Haus.

„Justins Eltern. Er ist unser Schlagzeuger", erwiderte Juli und schob die Scheunentür zur Seite. Seine Hand ließ meine dabei los.

„Hey, Alter. Schön, dass du endlich da bist", ein mittelblonder Junge mit wilden Locken begrüßte Juli mit Handschlag.

„Justin, das ist Lucy. Ich hab dir von ihr erzählt. Lucy, das ist Justin, seinen Eltern gehört der Hof!", stellte Juli uns gegenseitig vor.

„Hi, ich bin Lucy." Ich reichte ihm höflich die Hand.

„Hey, Lucy. Du bist also das Mädchen, das ihren großen Bruder zusammengefaltet hat, weil er ungerecht wurde. Ganz schön tapfer", grinste er und zwinkerte Juli zu. Der Schlagzeuger trug eine ausgewaschene Jeans und ein kariertes Hemd, das in dieser Kombination ein wenig gewagt aussah. Aber seine positive Ausstrahlung machte alles wieder wett.

Ich lernte auch recht schnell noch Johannes, den Vierten im Bunde, kennen. Er war der Tontechniker der Band. Sie waren alle super nett und freuten sich, mich kennenzulernen. Ich setzte mich auf eine alte Couch gegenüber der Bühne, als die Jungs mit dem Proben anfangen wollten.

Juli schlug einen Song beim Namen vor, die anderen nickten. Dann stimmten sie ihre Instrumente und stellten die Mikros auf die richtige Höhe. Jonas gab mit den Schlagzeug-Sticks den Takt an, dann begannen sie. Die Töne erfüllten meine Ohren und mein Gehirn. Live hatte ich noch nie einer Band beim Spielen zugehört und das fröhliche Lied stimmte mich positiv. Ich vergaß alles um mich herum. Das erste Mal seit langem fühlte ich mich wieder geliebt und akzeptiert. Juli war der Erste, der wirkliches Interesse hatte... okay, er wusste ja auch noch nichts von meiner Psoriasis. Ich musste mir dringend etwas einfallen lassen. Irgendwann würde ich es ihm sagen müssen – er würde mit mir ins Schwimmbad gehen wollen, mich berühren wollen und erwarten, dass ich mehr mit ihm machte, als nur Händchenhalten. Und wenn ich nicht sagte, was los war, dann würde er es nicht verstehen. Und dann wären diese schönen Momente ganz schnell wieder futsch. Und das wollte ich auch nicht. Am besten würde ich Alexa fragen, ob sie eine gute Idee hatte. Denn Leon, der ja eigentlich auch immer eine große Hilfe für mich war, würde mir hier garantiert nicht helfen. Und Mama war einfach viel zu neugierig. Und Papa hatte nicht genug Einfühlungsvermögen, um mir bei meiner ersten großen Liebe einen Rat zu geben. Nee, Alexa war da schon Ansprechpartner Nummer eins.

Ich konzentrierte mich wieder auf die Band. Juli suchte immer wieder meinen Blick, hielt den Kontakt aufrecht. Er hatte eine wirklich tolle Stimme und spielte Gitarre auch nicht gerade erst seit einem halben Jahr; im Gegenteil: er war ziemlich gut. Mein Grinsen wurde immer größer und am Ende applaudierte ich begeistert.

„Das klingt super. Ihr macht tolle Musik", ich stand auf und stellte mich vor die hölzerne Bühne, die einen Meter über dem Boden stand.

„Freut uns, dass es dir gefällt", sagte Johannes, legte die Kopfhörer weg und kam vom Mischpult herüber.

Die Jungs spielten noch ein wenig und ich schrieb Alexa schnell eine Nachricht, doch sie sagte, dass sie im Moment keine Zeit hatte und mir später antworten würde.

Dann schlug Juli vor, dass wir noch Eis essen gingen, doch die anderen drei Jungs hatten keine Zeit mehr. Justin musste noch seinem Vater mit den Kühen helfen und auch die anderen zwei hatten bereits etwas vor.

„Wollen wir dann alleine gehen?", wollte Juli von mir wissen und sah mich erwartungsvoll an.

„Gerne… Wo wollen wir denn hin?", fragte ich zurück.

„Hier um die Ecke ist unsere Stammeisdiele. Komm, ich zeig sie dir", Juli packte die Gitarre ein und nahm dann meine Hand. „Jungs, ihr schließt ab?"

„Machen wir. Viel Spaß euch noch", riefen sie uns nach und wir verkrümelten uns.

„Und?", fragte er völlig aufgeregt. „Wie hat es dir gefallen?"

„Richtig super. Ich hab mir das am Anfang gar nicht vorstellen können, also dass du Musik machst. Aber es war wunderschön", gestand ich und bekam eine Gänsehaut, die ich auch vorhin gehabt hatte, als die Jungs gespielt hatten.

„Das freut mich richtig", er ließ grinsend meine Hand los und legte mir stattdessen den Arm um die Schulter. Er zog mich kurz mal fester zu sich.

„Wie heißt eigentlich das erste Lied, das ihr gespielt habt?", fragte ich dann nach einer Weile.

„First", erwiderte er. „Es ist noch gar nicht fertig, aber es geht grob um die Liebe auf den ersten Blick. Er lernt sie kennen und verliebt sich sofort in sie, weiß aber nicht, ob sie auch so empfindet, und hat auch Angst, dass sie nicht mehr als Freundschaft mit ihm will."

Ich musste lächeln. „Wann habt ihr es denn geschrieben, wenn es noch nicht fertig ist?" Mein Herz klopfte.

„Also den Text und die Grundakkorde hab ich geschrieben, Anfang der Woche ungefähr. Wir haben erst an diesem Montag das Grundkonzept fertiggestellt", gestand er. Mein Herz machte einen Luftsprung. Konnte es sein, dass er das Lied für mich geschrieben hatte? – Nein, das war zu viel! Niemals würde ein Junge so etwas für mich tun!

Kapitel Neun: In der Seele

Am Samstag fuhr ich natürlich wieder mit zum Hafen und es war das erste Mal, dass nicht nur Leons Herz vor Aufregung schneller klopfte – sondern auch meins. Ich hatte Juli gesagt, dass ich es gut finden würde, wenn Leon erst mal nicht wüsste, dass wir uns besser kennen, weil ich nicht wusste, wie er reagieren würde. Juli hatte das sofort verstanden und mich zum Abschied wieder auf die Wange geküsst.

Alexa hatte mir vorgeschlagen, Juli um ein persönliches Gespräch zu bitten, wenn er zum Beispiel mit mir ins Schwimmbad gehen wollen würde oder in irgendeiner ähnlichen Situation, in der ich mir keine Ausrede mehr leisten konnte. Ich nahm mir zwar fest vor, ihren Vorschlag in die Tat umzusetzen, wenn es soweit war, hegte aber inzwischen schon wieder Zweifel, ob ich das so können würde.

Ich setzte mich mit Papa nach oben und wartete darauf, dass Juli nach oben kam. Er zwinkerte mir zu, als wir uns sahen und ich grinste in mich hinein. Er hielt sich also an unsere Abmachung und wollte mir trotzdem zeigen, dass er mich wahrgenommen hatte. Es machte mich sehr glücklich.

Nachdem sich Papa mit Konstantin, dem Jugendtrainer, unterhalten hatte und dieser zum Wasser musste, fragte er mich, ob ich mit aufs Motorboot kommen wollte. Ich nickte und schlenderte mit ihm mit. Als wir am Jollengarten vorbeikamen, erwischte ich Juli dabei, wie er mich beobachtete. Ich zwinkerte ihm selbstbewusst zu, auch wenn ich es überhaupt nicht war. Dann stieg ich hinter Papa die steile Treppe zum Hafenbecken herunter und fuhr mit ihm hinaus auf den Main zwischen Hessen und Bayern.

Irgendwann befanden sich auch endlich alle Jollen auf dem Wasser, auch die meiner beiden Schwestern. Für Juli und Leon stand Training auf dem Plan, weil sie nächstes Wochenende mit ihren Segelbooten *Ariel* und *Südsee* auf Regatta fahren würden. Mama hatte kurzerhand beschlossen, dass wir als Helfer in einem zweiten Auto mitfahren würden. Ich freute mich, aber nicht wegen Leon, sondern wegen Juli. Wir würden nämlich alle in der Jugendherberge schlafen und so hatten wir ein ganzes Wochenende gemeinsam. Dass er fast die ganze Zeit auf dem Wasser oder mit den Jungs beschäftigt sein würde, störte mich nicht.

Bis der Wind etwas heftiger wurde, ging auch alles gut, aber dann machte Leon den Fehler, zu nah an Julis Boot heranzufahren, obwohl Juli wohl Vorfahrt hatte.

„Hey, Raum", schrie Juli, um meinen Bruder auf das Fehlverhalten aufmerksam zu machen. Doch Leon wich nicht aus.

„Leon, verzieh dich da! Julien hat Vorfahrt", rief auch Matthias vom Schlauchboot aus, doch mein Bruder reagierte nicht.

„Es geht nicht, wir haben uns verheddert", brüllte er stattdessen zurück.

„Beide beidrehen, damit ihr steht. Konstantin kommt rüber", gab Matthias das Kommando, auch wenn ich keinen Plan hatte, was er mit *Beidrehen* meinte. Er fuhr davon und gab dem Nachwuchstrainer ein Zeichen über das Funkgerät.

Leon und Juli wendeten gleichzeitig und parallel die Boote. Doch anstatt das kleine Segel vorne mit rüberzuschieben, ließen sie es stehen und machten das große Segel ganz weit auf. Als sie standen, legten sie ihre Ruder quer zur Fahrtrichtung. Nun lagen die Boote auch bei heftigerem Wind fast still im Wasser.

Konstantin fuhr herüber und legte sich neben Julis Jolle, konnte aber nicht helfen, weil er nicht an die Leinen kam, die sich verheddert hatten. Papa lenkte unser Boot neben Leons Jolle.

„Kann ich helfen?", fragte ich.

„Du kennst dich damit nicht aus. Verzieh dich lieber!", fluchte Leon.

„Na, hör mal", beschwerte ich mich über seine unfaire heftige Reaktion.

„Lucy kennt sich in Sachen Leinen relativ gut aus, Leon. Auch beim Pferd hat man eine Menge davon und du weißt, wie oft sie uns zu Hause schon helfen konnte. Lass es sie wenigstens versuchen", schlug Papa vor und nachdem Konstantin zustimmend genickt hatte, gab mein Bruder schließlich nach.

So kletterte ich über den Rand des Motorbootes auf Leons Jolle. Es schwankte alles ganz anders und ich musste mich erst mal ausbalancieren. Dann kletterte ich über das ganze Leinenchaos herüber zu der Stelle, wo sich die Leinen verheddert hatten. Damit das Boot nicht kippte, setzten sich Lukas und Leon auf die andere Seite.

„Das haben wir gleich", erwiderte ich und sortierte die unterschiedlich gefärbten Leinen. Die eine hatte sich verknotet und mit dem Knoten um die andere gedreht. Doch ich bekam es gut auseinander.

„Was brauchst du denn so lange?", quengelte Leon ungeduldig und mit schlechter Laune.

„Übe dich in Geduld, so schnell geht das nicht", entgegnete ich genervt und bekam die Leinen los.

„Lucy! Werde ja nicht frech!" Leon sprang auf und durch die Gewichtsverlagerung legte sich das Boot auf meine Seite. Das Wasser kam näher und ich rutschte über den nassen Rumpf. Ich fand keinen Halt mehr.

„Ach, du Scheiße", rief Juli und zog sich sofort wieder an Leons *Ariel*. Bevor ich im Wasser landen konnte, rammten die Boote leicht aneinander und schlossen so die Lücke. Ich plumpste unsanft auf den Rumpf der *Südsee*, landete direkt neben Juli. „Lucy? Alles okay?" Er war direkt über mir.

„Alles gut", sagte ich leise und musste mich erst wieder sammeln. Mir war schwindelig und der Rücken tat mir weh. Langsam richtete ich mich auf.

„Wirklich?" Besorgt sah er mich an und wischte mir eine Strähne aus dem Gesicht hinters Ohr. Ich war ihm plötzlich ganz nahe.

„Ja. Danke. Ohne euch wäre ich wohl im Wasser gelandet", erwiderte ich verlegen.

„Kein Problem", er strich mir über die Schulter und hielt mir dann die Hand hin, damit ich über Leons Boot wieder zu Papa klettern konnte.

„Lass deine Drecksfinger von meiner Schwester", zischte Leon zu Juli, als ich an ihm vorbei zu Papa kletterte.

„Mach mal halblang, Leon. Ich tu ihr doch gar nichts", erwiderte Juli und genau in diesem Moment wurde mir klar, warum ich Juli gebeten hatte, unsere Freundschaft vor meinem Bruder zu verbergen. Es tat mir in der Seele weh zu wissen, dass Leon ihn niemals als meinen Freund akzeptieren würde…

Die nächste Woche über hatten Juli und ich nur über WhatsApp Kontakt, weil er Arbeiten schrieb, die fürs Abitur wichtig waren, und dann auch noch vorlernen musste, damit er am Wochenende die Regatta mitfahren durfte. Als ich mit dem Fahrrad auf dem Weg zu La Kaya in den Stall war, schrieb er mir eine Nachricht, dass er sich sehr über die Tatsache freue, dass ich am Wochenende ebenfalls mitkommen würde. Dahinter schickte er mir einen Zwinker-Smiley. Ich war mindestens genauso glücklich wie er.

Als ich Kaya diesmal im Innenhof aufzäumte, begegnete ich einem jungen Mädchen mit ihrem Endmaßpony. Der zierliche Dunkelbraune schnupperte interessiert an La Kaya, die kurz vor ihrer Rosse stand.

„Mensch, Jamiro, jetzt hör doch mal auf. Das ist voll nervig", das Mädchen zog das Pferd energisch weiter und band es auf der anderen Seite an. „Ich muss mich entschuldigen. Jamiro ist ein Hengst und echt aufdringlich. Ich bin übrigens Hera", sie streckte mir grinsend die Hand hin.

„Hallo, Hera. Ich bin Lucy. Das ist La Kaya… und es ist ja nichts passiert", winkte ich ab. „Du reitest einen Hengst?" Ich war verwundert.

„Ja", sie verzog den Mund. „Ist 'ne Menge Training, aber mit Jamiro habe ich eine reelle Chance im Kader. Und mit Maik als Trainer habe ich es dieses Jahr in die Mannschaft für die Hessenmeisterschaft meiner Altersklasse geschafft."

„Wow, du bist also richtig gut", ich war positiv überrascht.

„Naja, wie man's nimmt. Und du? Was machst du hier?" Sie grinste mich offen an. Dieses Mädchen war ein echtes Energiebündel. Ich konnte mir schon vorstellen, dass sie mit ihrem Hengst eine Menge Ärger auf dem Hof anrichtete.

„Ich reite im August meine erste Vielseitigkeitsprüfung und Maik ist mein Trainer", erklärte ich ihr.

„Cool. Übrigens ist deine Kaya eine sehr Hübsche", grinste mir Hera entgegen.

„Öhm, danke", ich war etwas überrumpelt. Doch dann wurde ich noch mehr überrumpelt:

„Lucy?" Juli stand plötzlich am Zaun und winkte mir zu.

„Juli? Was machst du denn hier?" Ich blieb wie angewurzelt stehen.

„Ich wollte dir die Sachen geben, die dein Bruder noch für die Regatta braucht", er drückte mir ein paar Zettel in die Hand.

„War bei uns Zuhause keiner da?" Ich war erstaunt.

„Keine Ahnung… Wenn ich ehrlich bin, habe ich auch nur einen Grund gesucht, dich wiederzusehen", er grinste schief und etwas verlegen. Das war ja süß!

„Ach, so ist das… Ja, also ich gebe ihm die Sachen natürlich trotzdem. Also ich werfe sie in den Briefkasten, dann fällt 's nicht so auf", ich zwinkerte Juli zu und er verstand sofort.

„Perfekt", er grinste.

Dann verabschiedeten wir uns wieder und er verschwand. Ich stand nun da und hätte beinahe vergessen, dass Hera ja immer noch mit Jamiro dastand.

„Na, der hat's dir aber ganz schön angetan", grinsend stellte sie sich vor mich hin und rammte die Hände in die Hüfte.

„Ja… und wie", ich seufzte.

„Hey, was ist denn los? Er scheint ja auch auf dich abzufahren… Wo liegt das Problem?" Hera setzte sich neben mich auf die runde Bank in der Mitte des Innenhofes, in dessen Mitte sich eine Wasserstelle befand. Für ihr Alter war die Kleine schon ganz schön fix im Denken. Hatte sie mich durchschaut?

„Es gibt da ein Problem… von dem er nichts weiß", sagte ich schließlich und fühlte mich plötzlich unwohl.

„Welches?" Hera ließ nicht locker.

„Du musst mir versprechen, hier zu bleiben und nicht abzuhauen. Es ist nichts Gefährliches oder so… Ja?"

„Äh, klar. Was ist denn jetzt?" Sie war total ungeduldig.

„Das hier", ich hob mein Shirt hoch, „ist Schuppenflechte, eine Hauterkrankung. Und er weiß nicht, dass ich das habe!"

„Dann musst du es ihm sagen. Ich denke nicht, dass er damit ein Problem haben sollte", meinte Hera ganz locker und lächelte mich aufmunternd an.

„Und… du… du findest das gar nicht schlimm?", ich sah sie erstaunt und überrascht an.

„Nö. Meine Cousine hat das auch", sie deutete auf meine Flecken. „Und sie hat einen Freund. Die beiden gehen damit völlig locker um", erklärte sie mir schulterzuckend.

„Oh… okay", ich war wie vor den Kopf gestoßen. Damit hatte ich wirklich nicht gerechnet. Es gab also auch Jungs, denen das egal war… Aber was war, wenn Juli nicht zu ihnen gehörte?

Bevor am Freitagabend das Regattaabenteuer losgehen konnte, musste ich noch mal in die Klinik. Die Schwefelbäder, die ich jetzt jeden Tag hatte, taten der Haut sehr gut und es zeigte sich langsam eine Wirkung. Dennoch ließen die Ärzte nicht locker, denn mit anderen Medikamenten hätte ich einen schnelleren Erfolg gehabt.

„Wenn du kein Cröstal nehmen willst… Wir hätten noch Mesocaderm als Alternative. Das sind Tabletten, die du einnimmst", erklärte mir Frau Dr. Schlichte.

„Echt?" Mama wurde hellhörig. „Das wusste ich ja gar nicht."

„Mesocaderm ist auf eine körpereigene Substanz aufgebaut und wird vom Menschen in den Mitochondrien gebildet. Warum das bei der Psoriasis so gut funktioniert, ist noch unklar", erklärte Frau Doktor Schlichte.

„Gibt es dort andere Nebenwirkungen als bei Cröstal?", hakte Mama nach, auch wenn ich schon längst für mich selbst entschieden hatte.

„Ja. Die weißen Blutkörperchen reduzieren sich stark, weshalb eine Langzeitanwendung auch nicht vorgesehen ist. Am Anfang hat man vor allem mit Übelkeit und Problemen im Magen-Darm-System zu kämpfen. Das wirkt sich bei jedem Menschen unterschiedlich aus", meine Ärztin rollte auf ihrem Stuhl hinüber zu Schwester Juliane, die für meine Behandlung mitverantwortlich war, und suchte in einer Schublade nach einem Prospekt.

„Müssen wir genauso viele Voruntersuchungen machen wie bei Cröstal?", wollte Mama noch wissen und nahm Frau Doktor Schlichte dankend die kleine Broschüre ab.

„Wir müssen auf jeden Fall einen Vitamin-A-Mangel ausschließen, bevor die Therapie begonnen werden könnte. Aber wichtig ist mir vor allem, was

Lucy dazu sagt", Doktor Schlichte sah mich erwartungsvoll an.

„Das Zeug ist erst ab achtzehn zugelassen. Hab davon schon mal was im Internet gelesen", erwiderte ich.

„Es gibt jetzt aber eine Studie, bei der du mitmachen dürftest. Man will herausfinden, ob Mesocaderm bei Jugendlichen auch so gut wirkt wie bei erwachsenen Patienten", entgegnete Doktor Schlichte.

„Das will ich aber nicht so gerne", entgegnete ich. „Mit Übelkeit kann ich nicht gut umgehen und wenn ich schon wieder ein systemisches Medikament nehmen muss, dann wäre ich für Cröstal. Das kenn ich wenigstens schon."

„Es ist deine Entscheidung, Lucy. Wir geben unser Bestes, dir die bestmögliche Therapie zu bieten und auf deine Wünsche einzugehen", sagte Frau Dr. Schlichte ruhig. „Möchtest du wieder Cröstal verschrieben bekommen?"

„Können wir nicht noch versuchen, lokal was rumzureißen?", hakte ich vorsichtig nach.

Frau Doktor Schlichte nickte verständnisvoll. „Wenn du das möchtest, noch sind wir nicht zu lang an der Therapie. Verbleiben wir so?"

Ich nickte erleichtert.

Kapitel Zehn: Knapp daneben ist auch vorbei

Am Freitagabend fuhren wir mehr oder weniger als Familie zum Segelverein, um die beiden Segeljollen für die Regatta fertigzumachen, auch wenn ich mir darunter nicht viel vorstellen konnte. Leon hatte ganz hochnäsig gesagt, dass die Masten gelegt und alle Sachen in den Booten verstaut werden müssten. Ich beließ es dabei, weil ich ihm nicht schon wieder den Erfolg geben wollte, mal wieder Recht zu haben und schlauer zu sein.

Saira hatte sich geweigert, mitzukommen, und Mel war aus Schwesternsolidarität – etwas ganz neues bei den beiden – mit Saira zu Hause geblieben. Ich war stattdessen mitgefahren, unter anderem auch wegen Juli. Aber das musste schließlich niemand wissen.

Am Hafen war es noch hell, als wir ankamen, dennoch gingen die Scheinwerfer am Vereinsheim schon an, als wir die Treppe hochliefen und in den Bereich des Bewegungsmelders traten. Noch war niemand da, aber als ein Auto ankam, erkannten wir den Jugendtrainer. Matthias fuhr das Auto rückwärts in den Jollengarten hinein. Leon und Lukas besorgten den Autotrailer, auf dem die Boote transportiert werden würden.

Juli kam zu mir herüber und beugte sich vorsichtig vor. „Und? Bist du die Zettel losgeworden?" Er zwinkerte mir zu.

„Bin ich. Hab den Briefkasten freiwillig geleert", grinste ich.

„Prima", Juli lachte herzhaft und klatschte mich ab, als niemand uns bemerkte.

Während die Jungs scheinbar katastrophal ihre Boote auseinandernahmen, ging ich mit Matthias nach oben zu den Hallen und half ihm beim Tragen sämtlicher Sachen: Segel, Persennings, Messbriefe und Bootspapiere, Spanngurte und allerhand Kleinteile. Wir verstauten den Großteil der Sachen in Matthias' Wagen, der sich immer weiter füllte, und in den Booten. Als die Jungs auch die beiden Boote auf den Trailer geladen hatten, koppelten wir ihn an das Auto und verabschiedeten uns voneinander.

„Ich hole Juli und Fabian morgenfrüh um sieben bei ihnen zu Hause ab. Leon fährt bei seinen Eltern mit. Lukas kommt zu mir nach Hause. Dann hätten wir alle untergebracht", schloss Matthias zufrieden ab.

„Machen wir's so", nickte mein Bruder.

Wir fuhren nach Hause. Ich war total müde. Und dann die Tatsache, dass wir morgen so früh losfahren würden. Es dämpfte ein wenig meine Vorfreude.

„Dann bringen wir die beiden Mädels morgen zu deinen Eltern?", fragte Mama Papa leise, als er das Auto auf die Autobahn lenkte.

„Ja. Wenn sie nicht mitwollen, können wir sie ja nicht alleine zu Hause lassen oder dazu zwingen, mitzufahren", erwiderte mein Papa.

Ich schloss die Augen und döste weg. Zuhause krabbelte ich schnell in mein Bett und war sofort eingeschlafen.

Als am Samstagmorgen um halb sieben der Wecker bei mir klingelte, hätte ich am liebsten einfach weitergeschlafen und die Jungs mit ihrer doofen Regatta alleingelassen. Doch dann vibrierte mein Handy genau in dem Moment, als ich gerade den Wecker stillgeschaltet hatte. Müde und noch mit verschwommenem Blick tastete ich nach meinem Handy und entsperrte den Bildschirm.

Aufstehen, Lucy! ;) hatte Juli geschrieben und ich musste grinsen. Das war ja süß von ihm. Ich überlegte kurz, ob ich ihm schreiben sollte, dass er der Grund war, warum ich samstags so früh aufstand und mein heiliges Wochenende für ihn opferte, entschied mich aber dagegen. Das war mir dann doch zu peinlich. Schließlich wusste ich nicht, ob er nicht einfach nur Freundschaft im Sinn hatte.

Ich stand auf und schlüpfte in Jogginghose, T-Shirt und eine Sweatjacke. Inzwischen war die Schuppenflechte an den Armen fast ganz verheilt, sodass ich wieder ohne Sorge im Shirt rumrennen konnte. Aber so früh am Morgen war es dafür eh noch zu kalt. Alexa hatte zwar gesagt, dass ich das mit den Beinen auch machen müsse und vielleicht auch mal im Bikini in den Garten gehen müsste, aber das war mir zu krass. Wir hatten ziemlich neugierige Nachbarn.

Pünktlich um sieben fuhren wir los. Leon saß mit den Ohrstöpseln in den Ohren neben mir und malte auf einer Karte herum. Nebenbei googelte er die Windvorhersagen für Essen und las einen Zettel, auf dem so viel stand, dass es meine müden Augen nicht lesen konnten.

Wir brachten Saira und Mel zu unseren Großeltern und fuhren dann auf die Autobahn Richtung Essen. Ich lehnte mich irgendwann an Leons Schulter und schlief ein. Mein Bruder legte mir einen Arm um die Schulter und das erste Mal seit unserem Gespräch bei mir am Bett hatte ich wieder das Gefühl, dass wir ein enges Geschwisterverhältnis hatten. Ich hätte ihm gerne anvertraut, dass ich mich in Juli verliebt hatte. Aber das Thema war ein wunder Punkt in seinem Leben, weil mein Bruder von Natur aus sehr ehrgeizig war und immer der Beste sein wollte. Es wurmte ihn, dass Juli knapp gegen ihn gewonnen hatte. Sollte er nun auch noch erfahren, dass ich auf ihn abfuhr, wäre das Chaos perfekt.

Ich schlief so lange, bis die Sonne draußen hoch am Himmel stand und wir nur noch 50 Kilometer bis zum Ziel hatten. Ich hatte die Augen noch halb zu und bewegte mich nicht, sodass ich sehen konnte, wie Leon mit seinem Handy ein Bild von uns machte – ich schloss schnell die Augen – und es an… Alexa schickte. Ich wurde neugierig und versuchte zu erkennen, was er schrieb: *Lucy ist hier eingeschlafen. Süß, oder?* ☺

Alexas Antwort kam relativ schnell, aber Leon legte sein Handy wieder in den Schoß, sodass ich es nicht mehr lesen konnte, ohne mich verrenken zu müssen und dann wäre aufgefallen, dass ich wach war. Also unterdrückte ich meine Neugier. Alexa würde früher oder später eh damit rausrücken.

Eine Dreiviertelstunde später hatten wir endlich einen Stallplatz auf dem überfüllten Parkplatz gefunden und parkten. Matthias und die Jungs erreichten uns nur zehn Minuten später, sodass wir sofort zur Meldestelle laufen konnten, während die Jungs mit Matthias die Boote aufbauten. Ich hatte zwar keine Ahnung, was wir alles mit den vielen Papieren machen mussten, aber Mama schien den Überblick zu haben. Oder sie tat einfach nur so.

Als wir zurückkamen und Frühstück mitbrachten, waren die Boote fast aufgebaut. Ich half Matthias mit dem Rest, während die Jungs in den Umkleidekabinen verschwanden, um sich für das Wetter warm einzupacken. Der Wind war bissig und brachte eine frische Kälte mit, die auch die Sonne nicht groß ausgleichen konnte. Ich fror.

Sobald die Jungs auf dem Wasser waren, langweilte ich mich zu Tode. Soweit ich es erkennen konnte, waren Juli und Fabian immer vor Leon und Lukas. Ich freute mich für Julis gute Position im Feld, aber anderseits hätte es auch meinen Bruder etwas mehr motiviert, etwas weiter vorne mit dabei zu sein – allerdings lief er gleich wieder Gefahr, mit seiner Leistung anzugeben. Irgendwie war mir seine Prahlerei peinlich.

Irgendwann drückte mir Mama die Kamera in die Hand und ich machte ein paar Fotos. Dafür lief ich am ganzen Baldeneysee am Ufer mit, um die besten Aufnahmen zu erwischen. Der Wind frischte auf und es wurde spannender. Da ich in Bewegung war, hörte auch das Frieren auf und mir wurde schnell wärmer.

Die Jungs waren begeistert von den Bildern, als wir nach dem Abendessen in die Jugendherberge fuhren und uns dort die Bilder auf meinem Laptop ansahen.

„Schau mal, da, Leon. Da sieht man richtig schön, wie ihr am Limit segelt. Richtig cooles Bild!", Juli deutete auf den Bildschirm.

„Stimmt, aber wir hätten hier besser trimmen müssen", er verzog das Gesicht und ich klickte weiter. „Aber hier ihr. Euer Spi steht echt super. Seht ihr, wie ihr das Wasser verdrängt?" Mein Bruder war freundlich? – Mein Bruder war freundlich! Und das zu Juli! Es war unfassbar!

Wir saßen noch zusammen und spielten im Aufenthaltsraum Karten; als die Erwachsenen dazukamen, wurde das Kartenspiel *Werwolf* gespielt. Um zehn waren die Jungs dann aber so müde, dass wir uns in Richtung der Zimmer aufmachten, um schlafen zu gehen.

„Ich bin sooo müde", gähnte Leon und hielt sich die Hand vor den Mund. Dann raufte er sich seine verwuschelten Haare. Er hatte Ränder unter den Augen und sah erschöpft aus.

Vor dem Zimmer der Jungs verabschiedeten wir uns. Da alle drum herumstanden, umarmten Juli und ich uns nur ganz kurz. Ein wenig resigniert ging ich herüber in das Zimmer von Mama, Papa und mir, und putzte Zähne. Ich legte mich gerade ins Bett und knipste das Licht aus, als ich eine Nachricht bekam:

Kann nicht schlafen, schrieb Juli.
Ich auch nicht :/, schrieb ich zurück.

Wollen wir noch einen Spaziergang machen?, schlug er mir dann vor und mein Herz flatterte.

Klar. Ich warte vor deinem Zimmer! Als die Nachricht abgeschickt war, steckte ich das Handy ein, schnappte mir meine Jacke und verschwand aus dem Zimmer. Mama, Papa und Matthias waren noch ein Bier zusammen trinken, deshalb würde es erst mal nicht auffallen, wenn ich weg war. Ich schloss den Raum ab und schlich ein Zimmer weiter zu den Jungs. Juli kam gerade heraus, grinsend.

„Hey", sagte er leise.

„Hey", erwiderte ich schüchtern.

„Lass uns rausgehen." Juli nahm meine Hand und ich lief stillschweigend neben ihm her.

Draußen war es kühl geworden, der Wind von vorhin hatte sich etwas gelegt. Die Bäume raschelten im Wind und ein Käuzchen schrie, während nur noch vereinzelte Grillen im Gras zirpten. Eine Gänsehaut huschte über meinen Rücken.

„Wie war der Tag für dich?", wollte Juli nach einer Weile von mir wissen, in der niemand etwas gesagt hatte.

„Naja, etwas langweilig schon, um ehrlich zu sein. Ich kann mir Spannenderes vorstellen, als euch beim Segeln zuzusehen, wenn ich doch keinen Plan davon hab. Aber als ich dann die Fotos machen konnte, hat es mir richtig Spaß gemacht", gab ich zu.

„Auf dem Wasser ist so eine Regatta auch spannender als vom Land aus", gab er mir Recht. „Ich freue mich übrigens sehr, dass du trotzdem dabei bist." Sah er mich gerade an?

„Und ich freue mich, dass Leon heute mal keinen bissigen Kommentar von sich gegeben hat", erwiderte ich. Juli hingegen erwiderte nichts.

„Du, Lucy?" Dann blieb er stehen. „Ich mag dich wirklich sehr", begann er, doch genau in diesem Moment klingelte mein Handy los.

„Ich lass es bimmeln", sagte ich sofort.

„Nein, geh ran. Womöglich ist es was Wichtiges", winkte Juli ab. Ich wollte aber, dass er weiterredete!

„Ja, Alexa", stöhnte ich in den Hörer, als ich abnahm. Mit Kaya konnte ihr Anruf um solche Uhrzeiten nicht mehr zu tun haben. Was wollte sie also?

„Oh, störe ich grad? Du, das tut mir leid! Aber ich kann am Montag nicht mit dir shoppen. Hab vergessen, dass ich da schon 'nen Termin hab", quasselte sie drauf los. War das ihr Ernst? Dafür?

„Termin? Was denn für 'nen Termin?", wollte ich wissen.

„Frauenarzt", sagte sie nach einer Weile. Ich glaubte ihr zwar kein Wort, aber im Grunde war es ihre Entscheidung. Ich beließ es beim Frauenarzt.

„Okay… Bau keinen Scheiß. Wir schreiben uns", sagte ich.

„Richtig", erwiderte Alexa, dann legten wir auf.

„Was ist los? Du verziehst ja das Gesicht", bemerkte Juli, als er mein Gesicht im grellen Schein des Handybildschirms sah.

„Meine beste Freundin Alexa und ich waren am Montag eigentlich zum Shoppen verabredet. Aber jetzt hat sie da schon einen Termin und kann nicht", ich steckte das Handy weg.

Juli nahm wieder meine Hand. „Also wenn du willst, können wir gemeinsam in die Stadt fahren. Wie wär's mit Darmstadt? Da kenn ich mich ganz gut aus. Oder Frankfurt, das ist auch nicht so weit weg. Also wirklich nur, wenn du auch willst. Sonst nicht." Er drückte meine Hand. Das war eine großartige Idee!

„Super gerne", sagte ich strahlend. „Aber… wie kommen wir hin?"

„Meine Mom fährt bestimmt mit. Ich darf ja noch nicht alleine Auto fahren", er lachte leise.

„Hast du denn schon deinen Führerschein?", ich war total erstaunt.

„Klar. Seit 'nem halben Jahr schon. Dein Bruder etwa nicht? Der ist doch nur ein halbes Jahr jünger", überlegte Juli.

„Ähm, ja, der fängt jetzt erst an", erklärte ich.

„Lass uns nicht über deinen Bruder reden", meinte Juli dann und zog mich plötzlich in seine Arme.

„Sondern?" Mein Herz raste. Mir wurde ganz schlecht.

Juli sagte nichts, sondern richtete sich nur wieder auf. Leicht beugte er sich vor, ich konnte in der Dunkelheit sogar schon seine Gesichtszüge sehen. Er konnte nur noch wenige Zentimeter von meinen Lippen entfernt sein.

Doch genau in diesem Moment kamen Matthias, Mama und Papa zurück zu uns herüber. Wir taten so, als wollten wir gerade ins Haus gehen. Damit war der Moment vorbei. Ich konnte meine Enttäuschung nur mit Mühe verbergen.

Na toll!, dachte ich, als ich das Licht ausmachte und mich in meine Decke kuschelte. *Knapp daneben ist auch vorbei…*

Kapitel Elf: Wie Aaron

Am nächsten Morgen mussten wir viel zu früh raus. Ich drückte den Wecker aus und drehte mich noch mal auf die andere Seite, um noch kurz die Augen zu schließen. Dabei schlief ich wohl wieder ein.

Mama sagte noch „Lucy, du musst aufstehen", war dann aber nach draußen verschwunden. Papa war ebenfalls schon vor mir aufgestanden. Ich schlief noch mal ein und hätte auch total den Start verschlafen, wenn Juli mich nicht irgendwann wecken gekommen wäre.

„Lucy? Du musst aufstehen! Bist du etwa wieder eingeschlafen?" Er lachte leise, als er an mir rüttelte. „Mensch, Lucy, du bist ja total neben der Spur!", stellte er grinsend fest und packte mich an der Schulter.

Ich drehte mich um. „Ich will weiterschlafen", brummelte ich in mein Kissen und zog die Decke bis zum Hals, bis mir auffiel, wer da gerade neben meinem Bett stand.

„Du musst aber aufstehen", Juli wollte die Decke wegziehen, doch auf einmal war ich hellwach und hielt sie krampfhaft zurück. Ich hatte kurze Hosen und ein Top an. Der Blick auf meine Psoriasis wäre ungehindert frei, sobald die Decke weg war. Er durfte sie mir auf keinen Fall entziehen!

„Ich stehe sofort auf. Wenn du weggegangen bist", sagte ich deshalb schnell und krallte mich an der Decke fest.

„Jetzt lass mich doch die Decke wegziehen. Lucy, du stehst sonst niemals auf", Juli fand das alles lustig. Dass ich panische Angst hatte, schien er gar nicht wirklich zu merken.

„Ich bin doch wach, also stehe ich auch auf... Ich kann nur nicht aufstehen, solange du hier bist", ich riss die Decke zu mir.

„Aber warum?" Juli ließ los, erstaunt über meine Reaktion.

„Weil…" Okay, ich weiß selbst, dass ich es jetzt hätte sagen müssen, aber ich konnte das nicht. „Weil ich nichts an hab", zischte ich. Es war eine Lüge. Aber eine Notlüge.

„Oh", Juli drehte sich um. „Das tut mir leid, Lucy. Das wollte ich nicht", stammelte er. „Ich gehe am besten. Wir sehen uns ja gleich beim Frühstück", er verschwand.

Es tat mir weh, dass ich ihn so hatte anlügen müssen. Ich war den Tränen nahe, als ich die Decke wegschlug und aufstand. Die Schuppenflechtestellen waren stark gerötet und schuppten, das ganze Bettlaken war voll von weißen Schuppen. Die Stellen juckten und taten höllisch weh. Wenn ich sie berührte, schmerzte es wie Feuer. Tränen rannen über meine Wange. Immer dann, wenn alles so schön war, wurde es zerstört. Ich wusste selbst, dass ich mit Juli hätte reden müssen, immerhin zeigte er ja wirkliches Interesse. Aber... ich konnte mich einfach nicht dazu durchringen. Würde er auch nur annähernd so reagieren wie Aaron... Es würde meinen seelischen Untergang bedeuten.

Ich schlüpfte in ein paar bequeme Klamotten, die die Haut nicht zu sehr reizten, und ging dann nach unten zum Frühstück. Die Jungs saßen schon dort und lachten. Konnte es sein, dass Juli und Leon ihr Kriegsbeil begraben hatten? Obwohl es ziemlich heftig von Leon ausgegangen war, schien ihm Juli nichts übel zu nehmen. Es würde mich sehr erleichtern.

Um elf war der erste Start. Es war am Sonntag noch mehr Wind als am Samstag und ich zog den Kragen meiner Kapuzenjacke weiter nach oben, um mich nicht zu erkälten. Irgendwann verzog ich mich ins große Vereinsheim des ETUF und besorgte mir etwas zu Essen, weil ich unterzuckert war. Danach schnappte ich mir die Kamera und machte für die Homepage des Vereins Bilder und Videos von beiden Teams, die sich im oberen Mittelfeld hielten.

Als der letzte Lauf beendet war, kamen die vier Jungs erschöpft aber gut gelaunt vom Wasser. Sie klatschten sich ab und gratulierten sich jetzt schon zu der Leistung, die sie an diesem Wochenende erbracht hatten. Matthias war ebenfalls zufrieden. Ich war innerlich ein wenig erleichtert, dass sich Leon und Juli an diesem Wochenende nicht wieder in die Haare gekriegt hatten, aber das sagte ich niemandem.

Wir halfen dabei, die Boote abzubauen und auf die Trailer zu laden, während sich die Jungs umziehen gingen. Matthias koppelte den Hänger an und wir räumten die rumfliegenden Sachen schon mal in den Kofferraum.

Gerade, als die Jungs mit ihrem Gepäck ankamen, erhielt ich einen Anruf. Es war Hera, die sich an diesem Wochenende gemeinsam mit Alexa um meine Kaya kümmerte. Ich hatte ihnen gesagt, dass sie mich im Notfall immer anrufen konnten.

„Kaya hat so Probleme mit den Fliegen hier. Und mit den Wespen, die sind hier überall. Was sollen wir machen?", wollte Hera wissen und schien während des Telefonats schon um sich zu schlagen.

„Pack sie von oben bis unten in die Fliegendecke ein und sprüh das Antimückenspray auf den Rest. Die Sachen sind in meinem Spind. Da hängt auch ein Name dran, den müsstest du finden. Ansonsten frag Alexa, die weiß, wo der Spind ist. Nur dann beruhigt sich Kaya", meinte ich.

„Prima. Danke", Hera lächelte anscheinend erleichtert.

„Ich muss mich bedanken! Ohne euch wäre ich echt aufgeschmissen gewesen."

„Das machen wir doch gerne", erwiderte Hera.

Wir legten auf und ich half mit, die Sachen im Auto zu verstauen, bevor die Siegerehrung beginnen würde. Juli legte beim Abspannen der Boote auf dem Trailer seine Arme um mich und ich ließ es erfreut geschehen. Einmal schob er mich mit den Armen eng um mich geschlossen sachte zur Seite. Wollte er mir damit zeigen, dass er mir nahe sein wollte oder wofür war das gut?

Ich hegte Zweifel und hörte bei der Siegerehrung kaum zu. Von fast dreißig Startern hatten es Leon und Lukas auf Platz fünfzehn geschafft und Juli und Fabian sogar auf den zehnten. Wir jubelten und klatschten begeistert. Die Jungs strahlten regelrecht. Ich umarmte alle. Leon küsste mich sogar begeistert auf die Wange, als ich ihm gratulierte. Das erste Mal schien er mit sich zufrieden zu sein. Und Juli ließ es sich nicht nehmen, mich ein paar Mal um die eigene Achse zu drehen. Ich lächelte verlegen, als er mich wieder auf der Erde absetzte.

Wir packten die Sachen ins Auto und verteilten dann alle Jugendlichen auf die Autos. Da Matthias direkt zum Hafen fuhr, um die Boote wieder abzustellen, würde er nur Lukas mitnehmen. Fabian und Juli sollten stattdessen diesmal bei uns im Auto mitfahren. Fabian quetschte sich zu Leon auf die Rücksitzbank, weil die beiden noch etwas besprechen wollten, was mit einem Computerspiel zu tun hatte, wovon ich keinen blassen Schimmer hatte. Juli krabbelte aus dem Grund zu mir nach hinten, wo sonst Saira und Melanie immer saßen.

Es war halb sechs, als wir endlich vom Parkplatz des ETUF-Regattahauses rollten und uns auf den Heimweg machten. Ich war genauso müde wie die Jungs, obwohl ich selbst gar nicht gesegelt war. Das musste die frische Luft gewesen sein.

Ich schrieb noch Alexa schnell eine WhatsApp, dann packte ich das Handy weg und lehnte mich mit dem Kopf nach hinten. Sonderlich bequem war das nicht und schlafen konnte ich so auch nicht. Und das merkte Juli auch, denn als es draußen langsam etwas dunkler wurde, wir McDonald's hinter uns ließen und das gleichmäßige Motorengeräusch mich langsam einschlafen ließ, legte er mir einen Arm um die Schulter und zog mich zu sich, sodass ich an seiner Schulter seelenruhig schlafen konnte. Ich dachte nicht mehr weiter darüber nach, sondern schlief sofort ein…

Kapitel Zwölf: Hundertprozentig

Weil Alexa angeblich beim Frauenarzt war, holte mich Juli am Montagnachmittag mit seiner Mutter zu Hause ab. Jeanette freute sich sehr, mich wiederzusehen und ließ Juli dann auch sofort ans Steuer des großen SUV. Ich war gespannt, wie er Auto fuhr, fühlte mich aber schon nach wenigen Minuten sicher.

Jeanette und ich unterhielten uns über die Pferde, weil Fiona ihr seit Wochen damit in den Ohren lag, ihr ein Pony zu kaufen, das bei ihnen am Reiterhof zum Verkauf stand. Sie selbst hegte Zweifel, weil sie nicht wusste, ob Fiona schon so weit war, um sich alleine um ein Pony zu kümmern, und außerdem gab es in der Familie niemanden, der sich sonst mit Pferden auskannte. Ich konnte ihr auch nur meine Erfahrungen mitteilen, gab ihr aber den Rat, mal mit meinen Eltern zu reden. Das hatte erstens den Vorteil, dass sie die Meinung von Erwachsenen einholen konnten. Und für Juli und mich war es von Vorteil, dass sich unsere Eltern schon mal kennenlernten. Für den Fall, dass wir wirklich mal irgendwann zusammen sein würden... wenn er nicht wegspringen würde, sollte er von meiner Psoriasis erfahren. Und schon waren die Gedanken wieder da. Die Anmeldung zum Psoriasis-Camp war bei mir durchgegangen, sodass ich Anfang August mit vielen anderen Jugendlichen an den Biggesee nach Olpe fahren würde. Ich wusste nicht, ob ich mich freuen oder lieber Angst haben sollte.

„Wo willst du als erstes hin?", fragte mich Juli, als wir ausgestiegen waren und Jeanette verabschiedet hatten.

„Also ich muss in ein Reitgeschäft, Kaya hat ihre alte Decke vor ein paar Tagen total auseinandergepflückt und jetzt brauch ich dringend eine neue", ich verzog den Mund.

„Dein Pferd macht ganz schön viel Scheiß, oder?", stellte Juli lachend fest.

„Oh, ja. Sie hat es faustdick hinter den Ohren", grinste ich und checkte noch mal schnell mein Handy.

„Ich würde auch mal so gerne reiten, also nur so ausprobieren. Das, was du da mit ihr machst, werde ich mich nie trauen, aber so langsam durch den Wald streifen, würde mir sicher auch gefallen", er grinste schief. Ich konnte mir das nur wenig vorstellen, dass er vor dem richtigen Reiten Angst hatte, denn immerhin segelte er auf einem recht hohen Niveau und vor einer kleinen Schale, das sich mit Hilfe der Naturgewalten steuern ließ, hätte ich deutlich mehr Angst gehabt.

„Also… Es ist nur so 'ne Idee…", dachte ich laut nach. „Aber ich könnte Mareike, Alexas Schwester, fragen, ob wir für einen Nachmittag ihre Lillyfee haben dürfen. Die ist ganz brav. Mit der können wir auch ins Gelände gehen", machte ich den Vorschlag.

Juli war begeistert. „Echt? Das würdest du tun?"

„Klar. Wenn du unbedingt mal reiten willst, dann werden wir das schon irgendwie möglich machen", ich zwinkerte ihm zu.

„Das ist super", Juli zog mich in seine Arme und umarmte mich fest. „Ich freue mich."

„Ich mich auch… Aber ich krieg keine Luft mehr", wisperte ich.

„Oh, tut mir leid", er ließ mich sofort los. „Wollen wir dann in dein Reiterladending da gehen und dann vielleicht noch Klamotten shoppen? Oder Schuhe? Darauf steht ihr Frauen doch", er grinste mit hochgezogenen Augenbrauen.

„Also ich fände Essen gehen zwischendurch auch nicht übel", lachte ich und Juli stimmte mit ein. Dann machten wir uns auf den Weg zum Reitgeschäft und ich besorgte mir eine neue Decke für Kaya und noch ein bisschen Schnickschnack, den ich eigentlich gar nicht brauchte, aber kaufte, weil er mir gut gefiel. Danach holten wir uns was zu Essen und liefen im Anschluss mit einem Eis in der Hand los zum Klamottenladen.

„Brauchst du eigentlich auch noch was?", wollte ich von Juli wissen, als ich mir den letzten Rest Eis in den Mund schob. „Wir haben ja bis jetzt nur für mich geshoppt", stellte ich mit einem schlechten Gewissen fest.

„Ich brauche bloß eine knielange Sommerhose", erwiderte er, dann betraten wir den Laden.

Ich schaute vor allem nach bequemen Sporthosen zum Chillen zu Hause, die meine Haut am besten vertragen konnte, und nach langen Sachen für unterwegs, wobei es da derzeit nicht sonderlich viel im Sortiment gab. Juli war währenddessen eher auf der Suche nach kurzen Klamotten für mich.

„Schau mal, das hier würde dir sicher stehen", er zog ein Top aus den Regalen. „Zusammen mit dieser Hose", eine Hotpants landete auch in meinen Armen. „Zieh mal an", er schob mich damit zu den Umkleiden, ohne dass ich etwas sagen konnte.

„Die sind doch etwas kurz, die Hosen, oder?", zweifelte ich.

„Ach, quatsch. Die sind genau richtig! Und glaub mir: ich würde nicht wollen, dass du mit zu kurzen Shorts durch die Gegend rennst. Das sieht sicher klasse aus!" Er lachte.

„Äh, Juli, ich bin mir da gar nicht so sicher", wollte ich ihn aufhalten, doch er ließ sich nicht beirren.

„Ach, natürlich. Ich weiß schon, dass das gut an dir aussieht", er zog den Vorhang zu und wartete.

Ich stand vor dem Spiegel und sah meinem Gegenüber hilflos entgegen. Ich seufzte. Was sollte ich denn jetzt machen? Ich hatte Schuppenflechte! Und er wusste es nicht! Ich begann zu verzweifeln und schon wieder war da eine Situation, in der ich es ihm hätte sagen oder wenigstens zeigen können, aber das traute ich mich zum wiederholten Mal nicht. Und nun musste ich schleunigst eine Entscheidung treffen!

Ich entschied mich dazu, die Sachen schnell anzuziehen. Die Schuppen, die sich von der Haut lösten, rieselten auf die schwarze Fußmatte wie Schnee im dicksten Winter. Scheiße! Wie bekam ich die denn da wieder weg? Schnell schlüpfte ich in Top und Shorts und sah mich kritisch im Spiegel an. Ohne die Schuppenflechte hätte es mir vielleicht schon gefallen – aber so? Ich fand einfach nicht, dass das zu mir passte.

„Bist du mal soweit?", fragte Juli vorm Vorhang, ohne ihn zu bewegen. „Lebst du überhaupt noch?"

„Ja, ja, aber ich bin noch nicht fertig", sagte ich hektisch und zog die Sachen wieder aus. So schnell ich konnte, schlüpfte ich wieder in meine eigenen Kleider. Sofort fühlte ich mich sicherer.

„Lucy, du brauchst ja echt voll lange! Werd mal fertig, ich will auch mal gucken", lachte Juli neckend.

„Das sieht überhaupt nicht aus", argumentierte ich sofort, als ich den Vorhang wegschob und ihm entgegenkam.

„Hey, stopp", hielt er mich auf, indem er mich am Arm griff. „Lucy", er machte eine Pause. „Ich bin mir sicher, dass du darin gut aussiehst. Ich weiß nicht, was du hast, aber ich kann mir dich in keinen schöneren Klamotten vorstellen. Du hast eine so super Figur, die Sachen müssten sitzen wie maßgeschneidert." Es tat gut, so etwas aus seinem Mund zu hören. Und dennoch schmerzte es wie tausend Messerstiche. Ich wusste, dass es jetzt erneut eine gute Gelegenheit wäre, ihm die Wahrheit zu sagen, aber ich traute mich nicht wirklich.

„Du, Juli…", ich hatte mich gerade dazu aufgerafft, ihm von der Schuppenflechte zu erzählen, da unterbrach er mich:

„Keine Ausreden mehr, schöne Lucy. Ich kauf dir den Kram. Und bevor du jetzt wieder mit Widerworten kommst: ich mach das gerne, weil ich der festen Überzeugung bin, dass dir die Sachen stehen", er nahm mir die Sachen aus der Hand und lief auf die Kasse zu. War das gerade sein Ernst?

„Aber…", ich lief hinter ihm her.

„Kein *Aber* mehr", er legte mir seinen Zeigefinger sachte auf die Lippen und ab dann hätte ich eh nichts mehr sagen können. Seine braunen Augen zogen mich in seinen Bann und mir wurde plötzlich ganz schwindelig.

Juli bezahlte die Sachen, auch wenn ich das nicht wollte. Er argumentierte, dass ich sie garantiert noch mal in meinem Leben anzog und mich dann an ihn erinnern sollte. Er hatte ja keine Ahnung, dass er mir sowieso nicht mehr aus dem Kopf gehen würde.

Wir verließen den Laden und mich verließ augenblicklich der Mut, ihn noch mal wegen der Psoriasis anzusprechen. Wir gingen dann in einen Drogeriemarkt, weil ich für zu Hause noch ein paar Sachen einkaufen musste. Während Juli bei den Herrensachen unterwegs war, kaufte ich schnell ein paar Kosmetikprodukte für meine Haut. Danach liefen wir noch in eine Buchhandlung.

„Meine Mom hat mir grad 'ne Nachricht geschrieben. Sie wartet schon auf uns", Juli nahm meine Hand und wir liefen zu dem Parkplatz, wo uns Jeanette Klimke schon erwartete.

„Na, ihr beiden. Erfolgreich gewesen?" Sie zwinkerte uns zu, als wir beide auf die Rückbank kletterten und sie den Motor startete.

„Joa, würde ich schon sagen", erwiderte ich und schnallte mich an.

„Mama, du wirst es nicht glauben", erzählte Juli sofort und beugte sich über den Beifahrersitz zu seiner Mutter nach vorne. „Lucy ist der Meinung, dass sie keine Shorts und Tops tragen kann. Ist das nicht unfassbar? Sie ist doch voll hübsch!"

„Also, so war das ja nicht. Ich habe nur gesagt, dass mir die Sachen nicht stehen", rechtfertigte ich mich.

„Aber sie stehen dir. Hundertprozentig", Juli legte mir eine Hand auf den Oberschenkel und nahm sie auch erst wieder runter, als wir bei mir zu Hause angekommen waren. Wir stiegen aus und blieben an der Ecke zu unserem Haus stehen.

„Ich find dann raus, ob wir Meikes Pferd kriegen, ja?", fragte ich, als er so vor mir stand.

„Meike? Mareike?" Juli runzelte die Stirn.

„Meike ist ihr Spitzname", grinste ich und er nickte.

„Wäre echt super. Aber sei nicht so streng mit mir, ich kann das nicht so sonderlich gut, ja?" Er nahm meine Hände in seine und auf einmal war alles anders als vorher.

„Keine Sorge, ich bin ja keine Reitlehrerin", zwinkerte ich ihm kichernd zu.

Zum Abschied küsste er mich auf die Stirn, dann winkte ich noch, bis das Auto um die Ecke verschwunden war. Oh mein Gott, war das alles aufregend. Ich war so verknallt, es war nicht möglich. Ich berührte kurz die Stellen, auf die er mich geküsst hatte und verzichtete auf den kindischen Gedankengang, mich jetzt nie wieder dort zu waschen. Mit einem Grinsen auf dem Gesicht lief ich zu unserer Haustür und kramte den Haustürschlüssel hervor.

„Bin wieder da", rief ich in die Küche, als ich meine Schuhe im Flur auszog.

„Und? War es schön?", wollte Mama wissen, die natürlich wusste, dass ich mit Juli unterwegs gewesen war. Aber sie hatte versprochen, es nicht weiterzusagen.

„Jap", ich lächelte versonnen und Mama nickte wissend. „Ich hab jetzt auch eine neue Decke für Kaya, die alte ist ja im Eimer. Die kann ich nur noch als Fetzen fürs Abwischen nehmen", ich verzog den Mund und Mama lachte.

„Zieh dich schnell um und wasch dir die Hände, gleich gibt es Essen", sie nickte Richtung Treppe und ich flitzte nach oben. Seit langem war ich schon nicht mehr so gut gelaunt gewesen. Nur die Tatsache, dass ich mich immer noch nicht getraut hatte, Juli die Wahrheit zu sagen, drückte meine Euphorie.

Als ich einen Blick auf die Einkaufstasche warf, konnte ich der Versuchung nicht widerstehen, die Klamotten noch mal hier alleine in meinem Zimmer anzuziehen; ohne die Angst im Nacken. Schnell schlüpfte ich aus meinen Klamotten und zog die kurzen Sachen an. Tatsächlich gefielen sie mir wirklich gut und ich hätte sie gerne getragen – wenn ich die Schuppenflechte an den Beinen und Armen hätte ausblenden können. Ich seufzte.

„Lucy? Kommst du zum Essen?", rief Mama von unten und ich schreckte zusammen.

Schnell zog ich die Klamotten aus, legte sie zusammen und verbannte sie in meinen Schrank. Ich schnappte mir meine Jogginghose und ein T-Shirt, dann lief ich nach unten. Am Esstisch saßen bis jetzt nur Papa und Leon.

Dann trödelte langsam die ganze Familie ein. Mama wünschte einen guten Appetit, dann luden sich alle die Teller voll. Ich hatte einen riesigen Kohldampf. Wahrscheinlich verbrauchte mein rasendes Herz neuerdings so viele Kalorien.

„Mama und ich, wir müssen im Juli an einem Wochenende nach Norddeutschland", begann Papa, als es mal ruhig war und jeder kaute. „Wir haben eine Erbschaftssache zu klären und wir können euch nicht mitnehmen. Leon, Lucy, ich erwarte von euch, dass ihr den Haushalt schmeißt. Und Saira und Mel: Ihr seid brav und hört schön auf die beiden", Papa sah sie eindringlich an.

„Och nee, dann kommandieren die uns wieder voll rum", beschwerte sich Saira und ließ die Gabel fallen.

„Genau", pflichtete Melanie ihr schnell bei.

„Die Aufgaben im Haushalt werden aufgeteilt. Ihr müsst als Team funktionieren", erinnerte uns Mama.

„Ist die Erbschaftssache nur ein Vorwand, um uns selbstständig zu kriegen?", fragte ich nach, doch Mama war von meinen Zweifeln gar nicht begeistert.

„Nein, ist es nicht. Es ist wichtig. Mehr Infos gibt's nicht", damit war die Diskussion beendet.

In Leons Gesicht erkannte ich bereits, dass er andere Pläne für das Wochenende hatte, als sich um den Haushalt zu kümmern. Na, das würde ja super werden...

Weil die angefangene Lichttherapie völlig nach hinten losging, brachen wir sie nach drei Tagen wieder ab und begannen wieder eine andere Therapie, auch wenn mich die Ärzte am liebsten dazu überredet hätten, wieder auf ein innerlich behandelndes Medikament umzusteigen. Diesmal saß ich in einem großen Kreis zwischen vielen Ärzten, die ich eigentlich noch von früher kennen müsste, deren Gesichter mir aber nicht mehr viel sagten. Nur die Namen konnte ich teilweise noch einordnen.

„Lucy, am besten wäre es, wenn du in kurzer Kleidung durch die Sonne laufen würdest. Luft und Sonne in Maßen sind bekanntlich am besten für den Heilungsvorgang", wollte mir Herr Doktor Brauer ins Gewissen reden. Er war auch einer der Ärzte, der mich von Anfang an kannte.

„Das weiß ich doch auch. Aber ich kann das nicht", widersprach ich. „Das sind einfach zu viele Menschen und ich hab noch keinen Weg gefunden, damit offen umzugehen", gab ich zu.

„Leg dich doch zunächst mal in den Garten. Das würde ein Anfang sein. Und wenn du dich sicherer fühlst, dann kannst du das vielleicht auch auf die Außenwelt übertragen. Alles ganz sachte. Du musst das auch gar nicht alleine machen. Deine Eltern und wir stehen alle hinter dir. Wir können dir auch eine ganz nette Psychologin empfehlen, wenn du das möchtest", schlug er vor und ich nickte schließlich. Vielleicht hatte er Recht. Vielleicht war es ein Anfang, zu lernen, dass es nicht schlimm ist und dass ich meinen Körper so wie er war akzeptierte.

„Schuppenflechte ist zwar nicht heilbar, aber behandelbar. Und wir werden alles dafür tun, dass du mit deiner Therapie zufrieden bist", der Chefarzt Herr Doktor Paulsen strich mir über den Kopf, so wie er es auch schon vor einigen Jahren immer bei mir gemacht hatte.

„Wir würden gerne noch mal mit deinen Eltern reden, Lucy. Würdest du so lange draußen warten?", bat mich Doktor Schlichte dann und ich nickte. Dann gingen Mama und Papa zu den Ärzten, während mir langweilig wurde. Ich durchsuchte das Zeitschriftenangebot auf der Station, fand aber nichts, was mich interessierte.

Als Mama und Papa nach fünfzehn Minuten endlich zurückkamen, verkündeten Frau Dr. Schlichte und Doktor Paulsen, dass wir neben einem großen Blutbild auch ein paar andere Untersuchungen machen würden. Ich musste beim Radiologen die Lunge röntgen lassen und mich beim Ultraschall melden.

„Auch an einer Urin- und an einer Stuhlprobe wirst du nicht vorbeikommen, Lucy", mit diesen Worten und einem Lächeln verabschiedete sich Frau Doktor Schlichte.

Nachdem wir aus der Klinik zurückkamen, fuhr ich zu La Kaya, weil heute mehrere Stunden Training angesetzt waren und ich mich damit etwas ablenken wollte. Maik hatte mir gesagt, dass heute – gerade auch mit der Wetterlage – Konditionstraining anstand und ich dafür ins Gelände gehen sollte. Eine große Runde, hatte er gesagt. In allen Gangarten und in unterschiedlichem Tempo und variierender Länge.

Meine Fuchsstute hob neugierig den Kopf, als ich sie von der Koppel holte. Im Innenhof putzte ich sie und sattelte dann auf. Als wir hinaus in den Wald ritten, entspannte ich mich und vergaß all meine Sorgen, die ich wegen der Schuppenflechte und Juli hatte. Es wurde Zeit, dass ich ihm mein Geheimnis anvertraute. Es würde eine große Erleichterung sein, wenn diese Belastung weg war und er mir eventuell sogar zur Seite stehen konnte. Ich wusste nur nicht, wie ich ihm das am besten beibringen sollte.

Als erstes trabte ich einen Kilometer lang im Arbeitstempo, nachdem wir zehn Minuten im Schritt gelaufen waren. La Kaya stellte sich super an und ließ sich sogar ein wenig Dressur reiten. Im Anschluss galoppierte sie auch im hohen Tempo brav über den geraden Waldweg. Als uns ein anderer Reiter entgegenkam, musste ich sie leider durchparieren. Ich hätte am liebsten sofort umgedreht, als ich erkannte, welches Paar uns da entgegenkam: Aaron mit Pablo.

„Ach, die Lucy sieht man ja auch noch mal. Nachdem sie zu *Mr. Maik von-und-zu* gezogen ist", rief er mir abfällig entgegen. „Nehmen die dich mit deiner Ekelkrätze da etwa auf?" Er schnaubte von Abneigung erfüllt.

Ich erwiderte nichts, sondern ritt Kaya nur vorwärts, damit sie nicht stehenblieb. Ich wich Aarons Blick aus, als wäre er gar nicht hier. Ich verzichtete darauf, Emotionen in meinem Gesicht zu zeigen.

„Jetzt ist sie sich auch noch zu fein, um überhaupt noch mit denen vom Eichhof zu reden. Klar. Denkst etwa, du wärst jetzt was Besseres", stichelte Aaron weiter und warf sogar einen dünnen Ast mit Blättern nach mir.

Kaya machte einen Satz zur Seite, als der Ast sie unvorbereitet am Rücken traf, und ließ sich nur mit vielen Worten beruhigen. In diesem Moment reichte es mir: „Ich hätte mir auch gewünscht, dass du nicht der Erste bist, der mich küsst. So toll war dein Kuss nicht!", schrie ich ihm nach, dann galoppierte ich La Kaya wieder an und ließ den Wind meine Wut davontragen und Aaron mit seiner Enttäuschung alleine zurück.

Zuhause wartete Leon schon auf mich. Er fing mich auf dem Weg zu meinem Zimmer ab, doch ich heulte einfach nur hemmungslos weiter.

„Lucy, was ist denn mit dir los?", wollte er erschrocken wissen, als er mich am Arm packte.

„Nichts, lass mich", ich wollte ihn abschütteln, doch so leicht gab sich mein Bruder nicht geschlagen.

„Erzähl! Ich wollte dir nämlich eigentlich 'nen Vorschlag machen", lockte er mich. „Ich bin doch immer für dich da!"

„Na gut, komm mit. Muss nicht gleich jeder hören", ich nickte in Richtung Zimmer und mein Bruder folgte mir.

„Erzähl", drängelte er erneut, als er sich auf mein Bett hockte und auf die Decke neben sich klopfte.

Ich öffnete den Knopf meiner Reithose und schob sie von den Beinen, die Schuppen rieselten wieder herunter, doch hier konnte ich sie ganz einfach wegsaugen; nicht wie in dem Klamottenladen.

„Erinnerst du dich an Aaron?", fragte ich schließlich. Als mein Bruder nickte, erzählte ich ihm unter strömenden Tränen, was er gesagt hatte. Die ganze Story, von vorne bis zum aktuellen Standpunkt. Mit jedem Satz wurde mein Bruder wütender und ich schluchzte heftig. Er nahm mich in den Arm.

„Das ist so ein…", er brach ab. „Den krall ich mir, Lucy. Sowas macht kein Mensch mit meiner Schwester", er sprang auf.

„Ach, Leon, das ist ja echt mega süß von dir, aber ich bezweifle, dass das was bringt", schniefte ich laut und nahm das Taschentuch, das er mir anbot, dankend entgegen.

„Ich mache mir nur Sorgen um dich", er kam auf mich zu und nahm mich dann wieder in den Arm. Fest drückte er mich an sich. „Du bist meine Schwester und wenn es sein muss, kloppe ich mich mit hundert Kerlen, um dich zu beschützen."

„Das ist echt knuddelig von dir", ich musste sogar wieder etwas lachen und wischte die Tränen davon.

„Knuddelig? Also… süß… liebevoll… oder wirklich gutaussehend… das wäre okay, aber knuddelig?" Leon verzog den Mund.

„Egal. Was wolltest du denn von mir?" Ich setzte mich wieder auf mein Bett und er setzte sich neben mich. Leon legte mir meine Bettdecke um die Schultern, bevor er zu sprechen begann.

„Ach so, ja. Also, wenn Mama und Papa weg sind, ist das ein Wochenende. Und ich dachte, dass wir dann vielleicht 'ne kleine Party schmeißen können. Also nur so 'n paar Leute", schlug er vor.

„Wenn du aufräumst… an welche Leute hast du denn gedacht?", hakte ich dann noch mal nach, denn davon hing der Aufwand des Aufräumens am Ende maßgebend ab und ich wollte eventuell unangenehme Überreste nur ungern beseitigen.

„Öhm, also so… Alexa, Lukas, Juli vielleicht, Fabian… Halt so Leute, mit denen man Spaß haben kann", wich er mir aus.

„Alexa, so, so", sagte ich leise zu mir. In diesem Moment bekam ich eine WhatsApp-Nachricht von Juli, der wissen wollte, ob das mit dem Ausritt klarging.

„Juli, so, so", für Leon war das gefundenes Fressen, als er sich über mein Handy beugte. Er streckte mir neckend die Zunge raus und stand dann auf, um mein Zimmer zu verlassen.

„Wann gehen wir einkaufen? Chips und so? DVDs?", rief ich ihm nach.

„Am Samstagmorgen, dann kriegen es Mom und Dad nicht mit", Leon zwinkerte mir zu. „Viel Spaß", dann schloss er mit einem letzten wissenden Blick die Tür.

„Blödi", lachte ich leise und warf mich dann aufs Bett, um mit Juli zu schreiben.

Kapitel Dreizehn: Aber vom Pferd

Mareike hatte mir zwar erlaubt, Prinzessin Lillyfee für den Ausritt mitzunehmen, aber die Gegenleistung war gewesen, dass ich ihr haarklein erzählte, warum ich ein zweites und vor allem liebes Pferd brauchte. Ich hatte es ihr, wenn auch widerwillig, erzählt und dafür natürlich zunächst den einen oder anderen dummen Kommentar geerntet, aber dann hatte sie Verständnis gezeigt und mir Lillyfee versprochen.

Am Wochenende vor unserer heimlichen Party trafen Juli und ich uns deshalb zum Ausritt. Ich hatte Kaya bereits gesattelt, als er mit dem Fahrrad die Einfahrt von Maiks Anlage herunterrollte.

„Hey, Lucy", rief er mir schon entgegen.

„Na?", ich grinste und umarmte ihn. Noch immer raste mein Herz, auch wenn es langsam normaler wurde, dass wir uns sahen und uns berührten.

„Und… wo ist mein Pferd?" Er sah sich suchend um und schloss dann sein Fahrrad fest.

„Die kommt gleich", erwiderte ich lachend und schnappte mir Kayas Trense. Ich schnallte schnell alle Riemen zu und führte sie schon mal die Einfahrt hoch zu dem Weg, wo Alexa jeden Moment mit Lillyfee ankommen müsste. Und ich sollte Recht behalten. Mit Lillyfee als Handpferd kam Alexa auf Andyamo angeritten und blieb grinsend vor uns stehen.

„Ich wünsche euch ganz viel Spaß", sie zwinkerte mir zu, als sie mir Lillys Zügel übergab.

„Den werden wir haben", grinste Juli und zog seinen Fahrradhelm wieder auf. Dann führte ich Lillyfee neben eine Bank und gemeinsam zeigten Alexa und ich Juli, wie er am besten aufs Pferd kam.

„Also so schlecht sieht das schon mal gar nicht aus", grinste Alexa von Andyamos Rücken aus, als sie Juli auf der zarten Braunen begutachtete.

„Alexa, ich werde Profireiter, vergiss das nicht", Juli hob den Zeigefinger und lachte los, als Alexa ihn verblüfft ansah. „Es ist eines der ersten Male, das ich auf einem Pferd sitze, keine Sorge."

Ich musste lachen, dann verabschiedete ich mich von Alexa und ritt mit Juli los in den Wald. Er hielt sich ganz gut auf Lillys Rücken und genoss die Natur.

„Es ist voll schön, den Wald so zu genießen. Vieles ist mir vorher nie aufgefallen, wenn ich joggen war oder es mit dem Fahrrad eilig hatte", gab er zu und lächelte mir strahlend entgegen.

„Ich finde es mit Pferd auch ganz anders als alleine oder mit dem Hund. Es hat viel mehr", gab ich ihm Recht.

„Und mit 'nem Kerl an deiner Seite?" Er zwinkerte mir zu, doch dann schien er erwartungsvoll zu sein.

„Noch mal was anderes. In Kombi mit Pferd am besten", sagte ich wahrheitsgetreu.

„Das erleichtert mich jetzt aber… reiten wir auch noch mal schneller?", fragte er dann abenteuerlustig.

„Du sitzt das erste Mal auf einem Pferd… Ich dachte eher, dass wir nur im Schritt unterwegs sind", ich kratzte mich am Hinterkopf unter dem Helm.

„Och, komm schon, Lucy. Das macht sicher mehr Spaß. Und kurz bevor ich falle, schrei ich auch… Versprochen!" Er hielt mir die Hand hin. Es war ein Zeichen des Deals.

„Na gut. Aber nicht einen auf Held machen. Wenn du das Gleichgewicht verlierst, dann sag Bescheid. Es ist noch kein Meister vom Himmel gefallen", stellte ich meine Bedingung.

„Aber vom Pferd – geht klar!" Juli schlug ein.

Ich schüttelte lächelnd den Kopf, dann trabte ich Kaya an und wartete darauf, dass uns Lillyfee folgte. Juli trieb sie ein wenig an und schon trabten sie hinter uns her. Es sah etwas ungelenkig aus, da Juli natürlich nicht viel vom Leichttraben wusste und deshalb in ihrem Sattel hin und her hopste. Irgendwann fiel Kaya neben ihm in einen leichten Galopp und erst wollte ich sie zurückhalten, doch Juli rief neben mir:

„Ist okay, lass sie."

Ich nickte nach kurzem Zögern und dann ließ ich Kaya rennen. Als ich die Zügel auf ihren Hals warf, beschleunigte sie sofort und gab so mächtig Gas, dass wir Juli und Lillyfee innerhalb von Sekunden hinter uns gelassen hatten. Ich breitete meine Arme aus und saß wie schwebend im Sattel. Der Wind wehte mir um die Nase und zerrte an meinen Haaren, die ich beim Reiten immer zu einem Zopf zusammenband. Mein Pferd beschleunigte wie ein Flugzeug auf der Startbahn. Es war ein Gefühl wie Fliegen.

Am Ende des Weges parierte ich durch und wartete atemlos grinsend auf meine Begleiter. „Auch mal da?", stichelte ich, als sie vor uns zum Stehen kamen.

„Mann, du warst ja schnell weg", bemerkte Juli, der Helm war auf seinem Kopf verrutscht. Trotzdem fand ich ihn unglaublich süß.

„Tut mir leid", beschämt ließ ich den Kopf hängen. Das schlechte Gewissen hatte mich erreicht.

„Hey, Lucy, alles gut. Ich fand's cool von dir", er legte mir eine Hand auf den Unterarm. „Du bist die Erste, die mich hat dumm dastehen lassen. Respekt, muss man erst mal schaffen", er zwinkerte mir zu und ich musste ein wenig lächeln. „Komm, lass uns weiterreiten." Er ritt Lilly wieder an und ich folgte ihm.

Irgendwann kamen wir an eine Wiese und dort ließen wir die Pferde in den Bach laufen, um sich die Füße etwas abzukühlen, weil die Sonne jetzt Anfang Juli deutlich an Hitze dazugewonnen hatte und die Pferde nach dem Galopp eine kurze Pause gebrauchen konnten. Juli versuchte, mich in den Fluss zu werfen, aber als er merkte, dass ich ziemlich Angst davor hatte, ließ er es bleiben, ohne dumme Fragen zu stellen. Ich war erleichtert darüber.

„Eigentlich müssten wir mal schwimmen gehen, was meinst du?", schlug er auf dem Heimweg vor.

„Schwimmen?" Ich bekam sofort Panik und die Hitze stieg in mein Gesicht. Alles, bloß nicht Schwimmen.

„Nicht gut?" Juli sah mich schräg an, weil ich seinem Blick ausgewichen war.

„Ne. Sorry, Schwimmen ist gar nicht meins", log ich erneut, auch wenn ich mich an Alexas Worte von früher erinnerte, ihm in dieser Situation die Wahrheit zu sagen. Ich fand nicht, dass ich jetzt die Möglichkeit hatte, ihm großartig von meiner Krankheit erzählen zu können.

„Kein Problem. Wir können auch was anderes machen. Kino… Oder noch besser: DVD-Abend mit Kochen oder so. Wäre das besser?" Er war total verständnisvoll und hakte nicht mal mehr nach. Ahnte er etwas?

„Viel besser", grinste ich erleichtert.

Eine Woche später waren Mama und Papa schon ganz früh am Samstag weggefahren, sodass Leon und ich sturmfrei hatten. Saira und Mel schliefen noch, als wir beide los zum Supermarkt fuhren, um alles für die heimliche Party zu besorgen. Leon hatte natürlich den Einkaufszettel geschrieben, musste dafür aber auch sein Sparschwein schlachten.

„Das wird so cool, Lucy", freute sich mein Bruder dennoch, als wir die Sachen auf unseren Gepäckträgern verstauten.

„Kommen denn alle?", fragte ich.

„Jap, alle die wir eingeladen haben, sind dabei." Er fuhr vor und ich folgte ihm mit meinem Fahrrad.

„Hoffentlich merken Mama und Papa nichts", bekam ich dann Sorgen. Es würde mega Ärger geben, wenn das rauskam!

„Ach, quatsch. Wenn die Bude aufgeräumt ist und niemand was ausplaudert, kriegen die das gar nicht mit", winkte Leon leichtfertig ab.

„Und wenn keiner ein Video auf YouTube hochlädt. Das hab ich mal in einem Musikvideo so gesehen", erwiderte ich.

„Jetzt mal doch nicht gleich den Teufel an die Wand!" Leon schüttelte den Kopf.

„Ich mach mir nur Sorgen", rechtfertigte ich mich.

„Eben. Hab Spaß und genieß dein Leben! Denke nicht immer an die Konsequenzen!" Leon nahm mir den Einkauf ab und trug ihn ins Haus.

„Okay, okay. Heute wird der erste offizielle Tag in meinem Leben sein, an dem ich Spaß haben werde." Ich seufzte.

„So gefällst du mir viel besser, Schwesterherz", Leon wuschelte mir das Haar, dann räumten wir alle nötigen Sachen weg und zogen uns um.

Nachmittags trafen unsere paar Gäste ein. Neben den Leuten, die ich vom Segeln kannte, hatte Leon noch ein paar Freunde von sich eingeladen, die aus seiner Klasse oder Jahrgangsstufe waren. Sie begrüßten Leon mit Handschlag und jeder brachte etwas mit, sei es ein Salat, Bier oder einen leckeren Nachtisch.

„Hey, Alter", Lukas klopfte ihm auf die Schulter und lief dann los ins Wohnzimmer, um seinen Salat auf dem Tisch abzustellen.

Juli kam als nächstes und nahm mich liebevoll in den Arm. Ich fühlte mich sofort wohl bei ihm. „Ich erinnere mich immer wieder an unseren Ausritt", flüsterte er mir ins Ohr und mein Herz machte einen Satz. *Ich erinnere mich an alles mit dir*, wollte ich sagen, ließ es dann aber lieber bleiben.

Ich wollte gerade die Haustür schließen, als Alexa von der Straße aus rief: „Wartet, lasst mich auch rein."

„Alexa!" Ich nahm sie erfreut in den Arm.

„Hey, Lucy. Hi, Juli. Schön, euch zu sehen", sie wirkte hektisch und wischte sich schnell die vom Wind zerzausten Haare aus dem Gesicht, als sie einen Blick in den Spiegel bei uns im Flur warf.

„Falls du meinen Bruder suchst, er ist in der Küche", ich zwinkerte ihr wissend zu.

Meine Freundin sah mich verblüfft an. „Warum sollte ich?" Sie wirkte nervös.

„Das weißt du wohl am besten, Alexa", mit den Worten ließ ich sie grinsend im Flur stehen und lief nach oben in mein Zimmer.

Juli folgte mir. „Du musst mir unbedingt dein Zimmer zeigen!", sagte er auffordernd und joggte hinter mir die Treppe hoch.

„Mach ich. Aber jetzt musst du nachsichtig sein. Ich hasse Zimmeraufräumen und wenn ich mich dann mal dazu durchringen kann, wird es nicht sonderlich ordentlich gemacht", ich zuckte die Schultern, als ich die Tür öffnete und ihn hereinließ.

„Mach dir keinen Kopf, ich bin auch so ein Aufräum-Muffel", grinste er schief und schaute sich neugierig um. An der Wand hingen jede Menge Bilder: vom Reiten, aus Sommerurlauben, Familienfotos, Kinderfotos und – Mist! Ich hatte vergessen, die Bilder abzunehmen, auf denen ich mit Schuppenflechte zu sehen war. Und jetzt lief Juli auch noch auf sie zu... Nackte Panik breitete sich in mir aus!

„Äh, das geht nicht", ich stellte mich schnell vor ihn und verdeckte so die Bilder – versuchte es jedenfalls.

„Lucy, alles gut? Warum darf ich mir die Bilder nicht angucken?" Er sah mich erstaunt und sorgenvoll zugleich an.

„Bitte frag nicht, ja?", bettelte ich ihn an.

„Komm, solange du nicht splitterfasernackt dastehst, ist es doch egal", er lächelte mir aufmunternd zu und ich warf ihm noch einen letzten flehenden Blick zu, doch er schob mich zur Seite. Dann schaute er sich die Bilder genauer an. Er hatte ja keine Ahnung!!

Zu meinem Erstaunen sagte er aber gar nichts. Er ließ nur neugierig seine Blicke über die Bilder schweifen und lachte leise, als er das Bild fand, auf dem Alexa und ich uns samt unserer Pferde verkleidet hatten und mit unseren Kostümen den ersten Platz bei einem Wettbewerb gewonnen hatten. Wir sahen echt dumm aus!

„Was war jetzt so schlimm?", fragte er, als er sich umdrehte und zu meinem Bett ging.

„Äh, nichts", sagte ich schnell. Dann setzte ich mich neben ihn. Jetzt, genau in dem Moment, musste ich auch nicht mehr mit der Wahrheit rausrücken; ich war viel zu erleichtert über die Tatsache, dass er nichts bemerkt hatte.

Irgendwann, nach unbeschreiblicher Zeit, in der Juli und ich einfach nur über alles Mögliche redeten, rief Leon von unten, dass die Pizza fertig sei und wir uns nun einen der neuen Filme reinziehen wollten, den Leons Kumpel Alex mitgebracht hatte. Eigentlich hatte Leon vorgehabt, zu grillen, aber es war Regen und sogar ein stürmisches Gewitter angesagt worden und so hatten wir kurzfristig den Plan geändert.

Wir standen auf und liefen nach unten ins Wohnzimmer. Doch anstatt von dummen Blicken überhäuft zu werden, waren eher wir diejenigen, die doof guckten, denn Leon und Alexa saßen nebeneinander auf der Couch und stichelten sich immer wieder. Ich hatte beide noch nie so erlebt wie in diesem Moment. Juli und ich setzten uns dazu, jeder mit einem Teller in der Hand.

„Sag mal, kann es eigentlich sein, dass du auf meinen Bruder stehst?" Ich hatte mich zu Alexa rüber gebeugt und ihr das zugeflüstert. Es war das erste Mal, dass ich sie so direkt darauf ansprach. Nun wartete ich dementsprechend gespannt auf eine Antwort von ihr.

„Wie kommst du denn darauf?" Alexa winkte so heftig ab, dass ich ihr schon wieder kein Wort glaubte. Sie stand auf Leon – und wenn ich mir meinen Bruder so ansah, dann Leon anscheinend auch auf sie...

Bis um neun Uhr hatten wir uns eine DVD nach der anderen reingezogen. Mein Verdacht, dass Alexa und

Leon miteinander anbandelten, hatte sich über die Zeit nur verstärkt. Die meisten waren bereits gegangen, nur Alexa und Juli waren geblieben, um uns beim Aufräumen zu helfen, was ich wirklich nett fand. Ich hatte nur Lukas' Grund nachvollziehen können: Seine Schwester kam heute Abend von ihrem Auslandjahr zurück und er wollte mit zum Flughafen.

„Die beiden verstehen sich ja blendend", flüsterte mir Alexa grinsend zu, als wir in der Küche die Spülmaschine einräumten und die Töpfe in der Spüle abwuschen. Juli und Leon unterhielten sich laut lachend und ärgerten sich mit stichelnden Kommentaren.

„Die waren auf einmal wie beste Freunde. Wie hast du das gemacht?", wollte ich von meiner besten Freundin erstaunt wissen, denn sie hatte mir ja versprochen, sich um Leons Abneigung Juli gegenüber zu kümmern. Irgendwie hatte sie es also hingekriegt, den Brocken von meinem Bruder zu knacken.

„Das bleibt mein Geheimnis", sie zwinkerte mir frech zu und ich hätte es am liebsten sofort aus ihr herausgequetscht, wusste aber auch, dass jetzt nicht der beste Zeitpunkt dafür war.

„Jetzt habt ihr ja das Segeltraining verpasst", fiel mir auf, als ich mich wieder den Jungs widmete und half, die Teller in die Spülmaschine zu räumen.

„Heute war gar kein Training, weil keiner der Trainer Zeit hatte. Die Jugend hat sich nur zum Boote putzen und Jugendzimmer aufräumen getroffen. Viel verpasst haben wir also jetzt nicht. Außerdem wären wir eh nicht zum Hafen gekommen, ohne Fahrer und Auto", Leon zuckte die Schultern.

„Nächste Woche ist Hafenfest, so mit Grillen und Musik – okay, es ist ganz schlimme Musik – und mit ganz vielen gutgelaunten Menschen", meinte Juli dann und reichte mir die trockenen Töpfe und Salatschalen.

„Das klingt nach Spaß. Seid ihr auch da?", freute sich Alexa.

„Aber hallo, auf jeden Fall", grinste Leon, nahm mir den Spülmaschinenreiniger aus der Hand und stellte die Spülmaschine an.

„Fahren wir da alle hin oder nur ihr?", fragte ich Leon dann, denn er war bekanntlich derjenige, der Mamas und Papas Pläne besser kannte.

„Mama sagte irgendwas davon, dass wir alle fahren. Saira spielt wieder die beleidigte Leberwurst", grinste er und warf den nächsten Blick Richtung Alexa. Sie erwiderte ihn und grinste dabei genauso bescheuert wie er.

„Na, die beiden hat's aber erwischt", grinste Juli leise und zog mich aus der Küche, um Alexa und Leon nicht weiter zu stören. Wir hatten eh genug aufgeräumt, die Arbeit war getan.

„Und wie es sie erwischt hat", ich zwinkerte ihm zu, dann verabschiedeten wir uns an der Tür, bevor ich nach oben in mein Zimmer ging. Leon und Alexa würden sich von mir sicher nur gestört fühlen…

Kapitel Vierzehn: First!

Am nächsten Freitag begann eine neue Therapie aus Bädern, CSV und Pflegecremes, während die Untersuchungen genauer geplant wurden. Ich war nicht sonderlich begeistert, als ich meinen Therapieplan sah, der vollgestopfter war als mein Trainingsplan mit La Kaya, den Maik für uns aufgestellt hatte. Außerdem wurde einfach nicht nachgelassen, mich auf eine innerliche Therapie umzustellen, was inzwischen auch Mama und Papa mehr als überzeugte. Ich fühlte mich ziemlich alleingelassen, am liebsten hätte ich mich jemandem anvertraut, aber Alexa war irgendwie seit Tagen nicht ansprechbar oder nicht erreichbar (warum wohl?) und Juli wusste ja nicht mal von meiner Schuppenflechte! Mit niemand anderem konnte ich reden, der eine objektive Meinung hatte. Leon selbst hielt sich in solchen Sachen wie *eine eigene Meinung formulieren* jederzeit zurück, und Mamas und Papas Meinung kannte ich bereits. Saira und Mel hatten ebenfalls noch keinen Plan von all dem, um von ihnen eine sinnvolle Einschätzung erwarten zu können. Die Entscheidung, ob ich mitging und mit einem TNF-α-Blocker mein Leben frühzeitig wieder in den Griff bekommen würde, lag also ganz allein bei mir.

Am Nachmittag ging ich mit La Kaya auf die Geländestrecke zum Konditionstraining, um mich etwas abzulenken. Der schnelle Galopp über den sandigen Rundplatz tat gut und wischte alle Gedanken in den Hintergrund – jedenfalls für ein paar Minuten. So wie einige Leute joggen oder schwimmen gingen, sich im Fitnessstudio austobten oder zeichneten, sangen oder eben auch Yoga machten, so tat mir das Reiten wahnsinnig gut, auch wenn die Haut an den Beinen und am Po es mir wahrscheinlich mehr gedankt hätte, wenn ich auch gezeichnet hätte oder einem anderen Hobby nachgegangen wäre, bei dem ich nicht unbedingt die Haut so sehr belastete wie beim Reiten. Aber Frau Doktor Schlichte hatte mir schon damals gesagt, dass ich ruhig alles das machen sollte, was mir Spaß machte. Aus diesem Grund ging ich nach dem Reiten konsequent duschen und pflegte die Haut, statt ganz darauf zu verzichten.

Kaya war aus der Puste, als ich sie wieder durchparierte. Mein Herz raste ebenfalls; ausnahmsweise war es seit Wochen mal nicht Julis Schuld. Ich ritt Kaya ins Wasserbecken hinein, was ihre Muskeln lockern und aufbauen sollte, danach machte ich mich auf eine Entspannungsrunde um Maiks Anlage herum, um Kaya trockenzureiten. Ich bekam gerade eine Nachricht auf WhatsApp, als ich Mama schreiben wollte, dass ich noch etwas später nach Hause kommen würde und sie sich keine Sorgen zu machen brauchte. Die Nachricht kam von Juli! Und schon war das Herzrasen wieder da!

Gerade eben erst fertig abgemischt: First! Für dich, süße Lucy <3

War das sein Ernst? Mir war schlecht und schwindelig und heiß und kalt gleichzeitig. Es fühlte sich an wie Fliegen und gleichzeitig wie schwereloses Fallen. Ich war glücklich und traurig zugleich.

Ich lud das Lied herunter, das Juli mir vor einigen Wochen live in der Anfangsphase vorgespielt hatte, steckte mir die Kopfhörer in die Ohren und stellte die Musik an, während Kaya völlig locker unter mir her durch den Wald lief. Ich konzentrierte mich auf den Text, den ich jetzt viel besser heraushören konnte als noch bei der live-Version, in der die Instrumente fürchterlich laut gewesen waren. Juli war, wie ich geahnt hatte, der Frontsänger, die anderen sangen im Hintergrund. Irgendwann summte ich selbst mit und versuchte einzuordnen, was sein *Für dich <3* bedeutete. Ich kam auf kein sinnvolles Ergebnis, das mich zu hundert Prozent überzeugt hätte, als ich wieder am Stall ankam. Fest stand für mich nur, dass ich wahnsinnig verliebt war und nicht wusste, wie ich aus dem Schlammassel wieder rauskommen sollte, den ich mir ja – zugegeben – schön selbst eingebrockt hatte.

Die Stimmung war super, als Mama und ich am Samstagabend zum Segelhafen fuhren. Papa, Leon und meine Schwestern waren bereits zum Segeltraining am frühen Nachmittag aufgebrochen. Mama drückte mir Jacks Leine in die Hand und schnappte sich ihre Handtasche vom Sitz. Dann liefen wir vom Parkplatz zum Vereinsheim, wo schon ordentlich gefeiert und gelacht wurde. Das Wetter war bombastisch, als ich Papa bei Konstantin und Matthias sitzen sah. Sie schienen sich angeregt zu unterhalten, Leon saß bei den anderen Jugendlichen an einem Tisch, auf dem jede Menge leerer und halb leergetrunkene Colaflaschen standen.

„Ich geh zu deinem Vater, vielleicht gesellst du dich zu Leon und den Mädchen", schlug mir Mama vor und ich nickte. Wo Saira und Mel jedoch waren, wusste ich nicht genau, als ich mich umblickte.

„Hey, Leute", rief ich Leon und den anderen entgegen und zog Jack hinter mir her, der sofort mitlief, als er Leon in der Menge erkannte.

„Lucy, voll cool, dass ihr da seid", Leon stand auf und machte mir Platz, damit ich mich setzen konnte. Er spendierte mir sogar eine Cola. Als ich Juli erblickte, musste ich feststellen, dass er mich überhaupt nicht bemerkt hatte. Stattdessen unterhielt er sich angeregt mit einem dunkelhaarigen Mädchen.

„Weißt du, was Papa und Mama mit Matthias besprechen?", wollte ich von meinem Bruder wissen, um meinen Blick von Juli und dem Mädchen wegzubekommen.

„Nö, nicht wirklich. Vorhin ging es um die Boote", er zuckte die Schultern. Es schien ihn auch nicht sonderlich zu interessieren, stattdessen blickte er sich suchend um.

„Wartest du auf jemanden?", wollte ich von ihm wissen, doch er antwortete mir gar nicht erst, sondern verschwand. „Wartet er auf jemanden?", fragte ich deshalb die anderen, doch die zuckten die Schultern.

„Keine Ahnung, er hat nichts gesagt vorhin", erklärte mir Lukas.

„Okay." Damit musste ich mich wohl zufrieden geben.

Kurz darauf brachte mir Mama etwas zu Essen und ich unterhielt mich mit den anderen, bis wir nach unten in den Jollengarten gingen, um Fußball zu spielen. Ich war freiwillig Schiedsrichter, auch wenn ich wenig von Fußball verstand. Daher hagelte es bei meinen Entscheidungen nicht wenige Proteste.

„Mann, Juli, du stehst im Weg", beschwerte sich das Mädchen von vorhin, das ich nicht kannte. Sie war mir jedenfalls beim Jugend-Matchrace nicht aufgefallen. Sie schlang ihre Arme von hinten um ihn und wollte ihn so zur Seite schieben, doch er blieb standfest, drehte sich blitzschnell um und griff sie so unter die Arme, dass sie sich nicht wehren konnte. Er schleuderte sie lachend ein paar Mal um die eigene Achse.

„Hey", pfiff ich in die Trillerpfeife, als sich mein Bauch wütend zusammenzog. „Ihr sollt spielen!" Ich sah Juli enttäuscht an und verschränkte die Arme. Von diesem Moment an bekam dieses Mädchen sofort einen Anpfiff von mir, wenn sie nur im Entferntesten die Fußballregeln nicht einhielt. Es fiel zum Glück niemandem auf. Ich schnaubte finster in mich hinein, als sie es einfach nicht ließ, den Jungen anzugraben, den ich doch gut fand. Es zerriss mir das Herz, weil Juli vor meinen Augen mitmachte.

„Na, da ist aber jemand eifersüchtig", hörte ich Alexas Stimme plötzlich hinter mir flüstern.

Ich drehte mich blitzartig um. „Alexa? Was machst du denn hier?", fragte ich sie völlig fassungslos.

„Naja", druckste sie herum, dann lief sie an mir vorbei und auf meinen Bruder zu. Er strahlte, als er sie sah. Die beiden nahmen sich liebevoll in die Arme. Ich dachte zwar, dass ich mich versah, aber selbst als ich mir die Augen gerieben hatte, sah ich sie immer noch küssend auf der Wiese stehen. Meine beste

Freundin und mein großer Bruder? Wieso hatte sie mir denn nichts gesagt?

Mir wurde alles zu viel und so rannte ich los zur NATO-Rampe. Jack folgte mir und legte sich neben mich auf die Steine, ließ sich von mir streicheln. Eine ganze Weile saß ich einfach nur da und weinte leise vor mich hin. Leon und Alexa? Klar, es war logisch gewesen, aber irgendwie hatte ich damit gerechnet, dass Alexa es mir vielleicht auf eine andere Weise sagen würde, als ihn vor meinen Augen und denen aller anderen abzuknutschen. Und dann noch dieses Mädchen, das sich so krass an Juli rangeschmissen hatte.

Schniefend holte ich mein Handy aus der Hosentasche und durchsuchte die ganze Homepage des Segelvereins nach dem Namen dieses Mädchens. Bei einem Regattabericht von vor einem halben Jahr stieß ich schließlich auf ein Ergebnis: *Da Julien Klimkes Segelpartner Fabian Gallus leider erkrankte, startete Lina Martins an diesem Wochenende mit Julien Klimke im 420er für unseren Verein.* Ich klickte die Fotos durch, auf denen sie sich näher waren als mir lieb war. Auch wenn das alles schon ein halbes Jahr her war, irgendwie war mir nicht gut bei der Tatsache, dass sie ihn immer noch anbaggerte und die Versuche noch nicht eingestellt hatte…

„Lucy, wieso sitzt du hier alleine rum, während alle Spaß haben?" Juli riss mich aus meinen Gedanken und kam die Rampe heruntergelaufen, um sich neben mich zu setzen.

Sollte ich lügen? „Ich fand Alexas Masche, mir zu sagen, dass sie und mein Bruder… etwas gemein", erwiderte ich notgedrungen, denn im Grunde konnte es mir egal sein, was mein Bruder mit wem machte. Er war fast erwachsen und in der Lage, selbst zu entscheiden. Vor ein paar Wochen hatte ich mir für ihn sogar noch eine Freundin gewünscht. *Und, dass du mit dieser Lina rummachst, gefällt mir ebenfalls nicht*, sagte der kleine Teufel in meinem Gehirn, aber ich schubste ihn schnell aus meinen Gedanken.

„Ja, ist etwas doof gelaufen", Juli hielt mir die Hand hin. „Aber deshalb hier rumsitzen und Däumchen drehen? – Los, genieß den Tag!"

Das hatte mir Leon damals schon gesagt! Es musste in unserer Familie liegen. Vielleicht war es auch ein allgemeines Problem in meinem Kopf, dass ich einfach immer nur die schlechten Sachen sah und mich darin verbiss, sodass die schönen Dinge an mir vorbeirauschten. Auch diesmal schien es so zu sein. Als Juli und ich wieder nach oben laufen wollten, wurde ein großes Lagerfeuer vorbereitet. Die jugendlichen Segler versammelten sich darum und trugen Bierbänke herbei, damit sich alle setzen konnten, während ein paar Erwachsene damit beschäftigt waren, das Feuer in Gang zu bringen. Als es langsam dunkel wurde, packte Juli seine Gitarre aus und begann, ein paar Akkorde zu spielen, bis die ersten anfingen, das dazugehörige Lied zu singen. Irgendwann spielten wir die ganze aktuelle Charts-Liste rauf und runter, auch ich vergaß meine schlechte Laune und die Eifersucht.

„Du spielst doch in einer eigenen Band, oder, Juli?", wollte Lina, das Mädchen, von ihm wissen.

„Ja, das stimmt", Juli, der neben mir saß, nickte.

„Spiel mal ein Lied von euch", grinste Lina ihn dann auffordernd an.

Juli sah mich für einen Moment an, dann zwinkerte er mir zu und begann *First* zu spielen. Dazu sang er den Text, alles um uns herum wurde totenstill. Mein Herz raste, als er begann, sich mir gegenüber zu setzen und meinen Blick nicht mehr loszulassen.

Neben mir küssten sich Leon und Alexa und als ich sie ansah, beugte sich meine beste Freundin zu mir rüber und flüsterte mir zu: „Es tut mir leid, ich hätte es dir sagen müssen. Aber ich hatte Schiss vor deiner Reaktion... Ich meine, er ist dein Bruder und ich bin deine beste Freundin. Bist du noch sauer auf mich?" Sie sah mich bittend an.

„Schon okay, Alexa. Ich freu mich ja für euch", ich nahm sie in den Arm und war wahnsinnig froh, dass doch noch alles gutausgegangen war… Naja, fast. Weil das größte Spektakel erst noch folgen sollte…

Kapitel Fünfzehn: Wunsch auf dem Herzen

Juli machte sein Versprechen wahr, dass wir uns treffen würden und nach dem Kochen gemeinsam einen DVD-Abend machen wollten. Seine Eltern waren mit Fiona in die Reitschule gefahren, als ich am Freitag nach der Zeugnisvergabe zu Juli fuhr. Es war der erste Tag seit zwei Monaten, den ich mal wieder in die Schule gegangen war. Mein Klassenlehrer war sehr verständnisvoll gewesen, meine Mitschüler hingegen leider nicht so. Von meinen Freunden hatte ich ebenfalls etwas mehr Unterstützung erwartet:

„Ach, Lucy auch mal wieder da?", stichelte Anastasia, die sich als die Königin unserer Klasse aufführte. Sie warf ihre langen blonden Haare zurück und stellte sich mitten in den Gang, damit ich mich an ihr vorbeiquetsche musste.

„Kaum zu glauben", pflichtete ihr Patrick bei. Mein heimlicher Verdacht war es, dass Patrick auf Anastasia abfuhr und ihr deshalb in allem Recht gab. So stand er auch jetzt schnell auf und stellte sich neben seine Angebetete.

„Könnt ihr vielleicht mal aufhören?", mischte sich Alexa ein, als sie mich durch den Gang zwischen den Reihen entlanglaufen sah.

„Schau mal, neben Alexa ist noch ein Platz frei", schickte mich Fanny, eine meiner (wohl ehemaligen)

Freundinnen, eine Reihe weiter. Ich konnte es nicht glauben. War Fanny doch bis vor wenigen Wochen noch eine enge Freundin gewesen.

„Alexa, die sind alle total fies", flüsterte ich ihr entsetzt zu und legte meine Tasche auf den Tisch.

„Ich merk's. Total mies, was hier abgeht", stimmte sie mir zu und warf Fanny einen enttäuschten Blick zu. „Aber lass die Leute reden. Weiß der Geier, was die haben." Alexa winkte ab. „Genieß danach lieber die Ferien und werde wieder gesund. Das ist nämlich wichtig."

„Stimmt auch wieder", ich räumte meine Sachen aus der Tasche.

„Hast du heute schon was vor?", wollte Alexa dann wissen und sah mich erwartungsvoll an.

„Ich treffe mich heute mit Juli", antwortete ich aufgeregt, mit einem breiten Grinsen auf dem Gesicht.

„Echt? Und? Was macht ihr?" Alexa war die Neugier pur. Seit sie endlich mit Leon zusammen war, sprach sie auch wieder mehr mit mir und hängte sich in mein Leben. Ich war froh, sie zu haben.

„DVD gucken und Kochen. Das wird sicherlich lustig", ich zwinkerte ihr zu.

„Lucy, ich will ja nicht deine Vorfreude trüben, aber du musst ihm echt langsam mal die Wahrheit sagen. Ich sehe doch, wie krass verliebt der Kerl in dich ist", sagte sie dann ernst. „Ich hab den doch beim Hafenfest auch gesehen: verliebt bis zum *geht-nicht-mehr*!"

„Als ob der in mich verliebt wäre", erwiderte ich resigniert abwinkend. „Und selbst wenn – sobald ich ihm die Wahrheit sage, ist er über alle Berge. Entweder, weil ich so lange gelogen hab oder weil er mich zum Kotzen findet. Genauso wie Aaron!"

„Jetzt steck doch nicht gleich den Kopf in den Sand", wollte sie mich aufmuntern. „Hatte dir Hera nicht auch mal vom kompletten Gegenteil erzählt?"

„Ja, schon…", begann ich.

„Siehst du. Aaron ist außerdem ein totaler Nichtsnutz und dumm noch dazu. Also…", doch Alexa wurde unterbrochen.

„Würden die Damen in der letzten Reihe dann auch mal die Privatgespräche einstellen, damit wir loslegen können?", verwarnte uns mein Klassenlehrer Herr Sodke.

Wir nickten resigniert, schnappten uns unsere Zeugnisse, als wir aufgerufen wurden und verließen dann bei Unterrichtsschluss den Klassenraum.

Ich wollte als erstes zu Kaya, um sie noch etwas zu longieren, dann würde ich mich Zuhause fertig machen und zu Juli fahren. Zu ihm war es zum Glück nicht so weit, weshalb ich mich nicht abhetzen musste. Juli musste zudem vorher noch Nachhilfe in Mathe geben und hatte daher eh nicht früher Zeit.

Als ich Zuhause ankam, um mich fürs Pferd fertigzumachen, lag der Brief vom Deutschen Psoriasis Bund auf dem Tisch. Er war an mich adressiert und ich öffnete ihn schnell. Eine Teilnehmerliste für das Jugendcamp lag dabei, sowie der Hinweis, dass wir eine Kanutour machen würden. Eine Kanutour? Um Himmels Willen, das würde ja Wasser bedeuten! Meinen Ängsten würde ich mich also stellen müssen...

„Lucy, wolltest du nicht zu Kaya?", fragte Mama, die mit den Einkäufen nach Hause kam und mich in der Küche entdeckte.

„Ja... und du? Musst du nicht bei der Arbeit sein?", wollte ich wissen und steckte den Brief zurück in den Umschlag.

„Hab meine Mittagspause vorgezogen. Und du musst zum Pferd, sonst kommst du zu Juli zu spät", erinnerte sie mich und ich rannte schnell die Treppe hoch.

Als ich drei Stunden später vom Stall zurückkam, sprang ich sofort unter die Dusche. Ich versorgte die Haut und lief dann noch ein wenig nackt durch die Gegend und räumte meine Sachen zusammen, damit die Creme noch ein wenig einziehen konnte. Erst dann schlüpfte ich in T-Shirt und eine Jeans, weil ich das ekelhafte Gefühl nicht leiden konnte, wenn sich die Klamotten mit Creme vollsaugten. Die Haut tat weh, als ich meine Beine in die viel zu enge Hose schob. Meine Arme waren stattdessen inzwischen fast psoriasisfrei, nur noch wenige weiße Stellen blieben als Erinnerung zurück. Hände, Gesicht und Füße waren zum Glück bis jetzt immer frei geblieben, sodass ich die Schuppenflechte mit langen Klamotten gut verstecken konnte.

Ich war mir bewusst, dass es nicht so weitergehen konnte. Aber die Angst davor, dass Juli so reagieren könnte wie Aaron, trieb mir manchmal – nachts, im Dunkeln – sogar die Tränen in die Augen und ließ mich verzweifeln, bis ich vor Müdigkeit doch einschlief. Und auch, wenn die Wahrscheinlichkeit gering war, dass seine Reaktion genauso abfällig sein könnte, reichte mir eine bloße Wahrscheinlichkeit nicht.

Ich band mir die Haare schnell zusammen, schlüpfte in meine Schuhe und schnappte mir meine Tasche. Ich verabschiedete mich von allen, die noch Zuhause waren, erinnerte Leon daran, mit dem Hund rauszugehen, dann fuhr ich mit dem Fahrrad los zu Juli, der nur fünf Minuten weiter wohnte. Währenddessen hatte ich Musik auf den Ohren, seit neustem bevorzugt die Musik, die mir Juli über WhatsApp zusendete. Und das war mittlerweile recht viel, denn die Band traf sich häufig, um aufzunehmen oder abzumischen. Und ich war immer eine der ersten, die die neuen Songs hören durfte.

Suchend fuhr ich durch die Straße, zu der Juli mir die Adresse genannt hatte. Ich suchte die Nummer 22. Kurz vor knapp kam ich dort an und erlebte erst mal eine totale Überraschung. Das Haus, das Julis Eltern gehörte, war eher eine Villa. Oben führte ein Balkon rundherum, der Garten hinterm Haus war groß und gepflegt, im Vorgarten wucherten Ranken an Gittern, eine eingewachsene Gartenhütte für die Fahrräder stand am Zaun. Zuerst fragte ich mich, ob ich mich an der Tür geirrt hatte.

„Wow", sagte ich und suchte deshalb das Klingelschild. *Klimke: Klaus, Jeanette, Julien und Fiona* stand da und ich brauchte ein paar Sekunden, bis ich verstand, wie man es verwendete.

„Hi, Lucy", Juli riss die Tür auf und machte mir das kleine Törchen auf. „Du bist ja sogar fast pünktlich", er zwinkerte mir zu.

„Ja, ich weiß. Hab Zuhause etwas die Zeit vergessen beim Duschen. Ich war vorher noch bei Kaya", gab ich zu und überließ ihm mein Fahrrad, das er in den kleinen eingewachsenen Unterstand schob.

„Ist doch gar nicht schlimm", grinste er und lief dann die Treppe zur Haustür hoch. Er trug flauschige Hausschuhe.

„Ich wusste gar nicht, dass ihr so wohnt", sagte ich dann und lief nur langsam hinter ihm her, völlig erschlagen von dem protzigen Haus.

„Ja, ich hätte es sagen können. Aber ehrlich gesagt war es mir peinlich, weil… man das auch als Angeberei verstehen könnte. Weißt du, was ich meine?" Er sah mich zweifelnd an und schloss hinter mir die Haustür.

„Total", ich nickte und zog im Flur die Schuhe aus. Links war eine Tür mit der Aufschrift *Gäste-WC*, geradeaus durch ging es zur Küche mit Durchgang zum Wohnzimmer. Rechts von uns war ein Gang, an den einige Zimmer angrenzten, am Ende war eine Glastür zu einer Terrasse. Es führte direkt neben uns eine Wendeltreppe nach oben und nach unten in den Keller. Das Haus der Klimkes war hell und freundlich.

„Wollen wir erst mal was kochen und uns dann 'ne DVD reinziehen?", schlug er vor.

„Okay. Entscheide du ruhig, mir ist das egal. Wobei… Hunger hab ich schon", gab ich zu.

„Dachte ich mir schon. Die Arbeit mit deinem Pferd macht bestimmt hungrig", grinste er. „Du kannst mir deinen Rucksack geben", bot er mir dann an und nahm mir den Rucksack ab.

Er stellte ihn an die Wendeltreppe, wahrscheinlich ging es dort hinauf zu seinem Zimmer. Ich erhaschte dabei einen Blick auf ihn. Er trug ein (zugegeben gutaussehendes) ziemlich enges schwarzes T-Shirt und eine knielange Jeans, die auch nicht gerade schlecht gewählt war. Um seine dunklen Haare in diese Form zu bringen, hatte er sicher drei Stunden im Bad vor dem Spiegel gestanden. Ich musste grinsen. Er hatte sich also deutlich mehr Mühe gegeben als ich.

Wir gingen in die Küche und Juli öffnete den Kühlschrank. „Ich hab ehrlich gesagt keine Ahnung, was du in Sachen Kochen weißt", er kratzte sich nachdenklich den Hinterkopf. „Ich kann nicht sonderlich viel kochen", gab er zu. „Ich lass mich eigentlich eher bekochen." Er grinste schief.

„Mmm, naja, ich kann jetzt auch nicht sooo viel... Aber Pizza könnten wir machen", schlug ich vor und Juli war Feuer und Flamme. Er sammelte alle Sachen zusammen, die ich ihm aufzählte. Dann begann er, die Zutaten kleinzuschneiden, während ich damit anfing, den Teig zu kneten. Wir standen in der Küche und unterhielten uns.

„Und was macht deine Schwester so? Immer noch auf der Suche nach einem eigenen Pony?", wollte ich von Juli wissen, als ich mir den Mixstab nahm und ihn in die Steckdose steckte.

„Meine Eltern haben sich überreden lassen, ihr das Pferd zu kaufen. Also sagen wir es so: Sie suchen jetzt nach einem Pferd, das zu ihr passt. Fiona kann's noch gar nicht glauben", er zwinkerte mir zu.

„Das verstehe ich. Ich war damals auch so nervös, als mir Mama und Papa ein Pferd schenken wollten und es dann ans Eingemachte ging. Das war echt wahnsinnig spannend", grinste ich. „Und du? Hast du auch einen besonderen Wunsch auf dem Herzen?"

„Naja…", er schien zu überlegen. „Es gäbe da…", er brach ab und dachte weiter nach.

„Nicht?", fragte ich vorsichtig nach.

„Also ich wünsche mir schon seit 'ner gewissen Zeit eine Regattajolle", gab er dann zu.

„Ist das ein besonderes Boot?", hakte ich nach.

„Ja, also im Grunde ist es eine Segeljolle wie die beim Verein auch. Aber bei einem Regattaboot sind alle technischen Voraussetzungen so gut aufeinander abgestimmt, dass man, wenn man gut ist, auf jeden Fall an der Spitze mitsegeln kann. Man hat in aller Regel sehr gute Segelsätze und schnelle und glatte Rumpfoberflächen. Allerdings muss man dafür ein bisschen mehr Geld in die Hand nehmen. Das ist so mein Traum: unter den Top 50 bei der Meisterschaft", er lächelte vor sich hin und ich merkte, dass es ihm wirklich etwas bedeuten würde.

„Ich kann das verstehen. Leon liegt meinen Eltern auch seit zwei Jahren damit in den Ohren. Wobei er schon zufrieden wäre, wenn er überhaupt ein eigenes

Boot kriegen würde, ob regattafähig oder nicht", ich zuckte die Schultern. Erst jetzt verstand ich, warum Leon einfach nicht aufgab. Es war sein Traum, so wie La Kaya mein Traum gewesen war.

„Und? Machen deine Eltern mit?", wollte er dann wissen.

„Bis jetzt nicht. Als ich Kaya bekommen hab, hatten sie kurz überlegt, aber das richtige Boot, das vor allem Papa überzeugte, hat's seitdem nicht gegeben. Leon ist dementsprechend resigniert und verletzlich in dem Thema", berichtete ich. „Und... was ist mit eurer Band? Hast du da keinen Traum?"

„Doch, schon. Klar, wir wollen 'nen Plattenvertrag, so wie jede Band. Aber die Wahrscheinlichkeit, genommen zu werden, ist da ja sowas von gering", Juli verzog den Mund und kippte die passierten Tomaten in eine Schüssel.

„Schon mal so mit YouTube versucht? Also Videos hochladen und abwarten?", schlug ich ihm vor, während ich den Teig ausrollte und anschließend auf ein großes Blech legte.

„Ja, haben wir echt mal. Aber ich persönlich hab nicht so die Geduld, das auch noch YouTube-reif zu machen. Das Abmischen und das Aufnehmen sind schon so krass anstrengend, danach sind wir froh, wenn der Song fertig ist. Da kann es noch so viel Spaß machen", er reichte mir den Topf mit der fertiggemachten Tomatensoße und ich kippte sie auf den Teig, um sie danach zu verteilen.

„Nehmt ihr selbst auf? Also macht ihr das alles alleine oder in einem Studio?" Ich war neugierig. Ich hatte zwar nicht wirklich viel Ahnung von sowas, aber es interessierte mich.

„Wir haben uns im Keller von Jonas ein Studio eingerichtet. Johannes' Onkel hat ihm zur Konfirmation gemeinsam mit ein paar anderen Verwandten ein richtig teures Musikprogramm geschenkt und dann haben wir für PC und den Rest zusammengeschmissen. Übers Internet kamen wir an Mikros, ein Mischpult und alles, was man halt dafür braucht. Und inzwischen machen wir wirklich alles selbst. Am Anfang hat uns Johannes' Onkel ja noch geholfen, aber mittlerweile kommen wir ganz gut selbst mit dem Programm klar", Juli lächelte verlegen.

„Das klingt echt spannend", fand ich.

„Ja, echt?" Juli schien mir nicht glauben zu können.

„Ja klar", ich nickte heftig.

„Das freut mich sehr", er lächelte stolz und gab mir alle Sachen, die wir auf der Pizza verteilen wollten: Thunfisch, Schinken, Mais, Käse, Garnelen, Salami und Pilze.

Irgendwann formte ich einen Smiley. Juli malte mit Käse und Thunfisch ein Herz in die Tomatensoße.

Nachdem wir die Pizza in den Ofen geschoben hatten, führte mich Juli nach oben in sein Zimmer.

„Das ist mein Zimmer… Eine der ersten Male in aufgeräumter Version vorzufinden", er zwinkerte mir zu und ich musste lachen.

Ich blickte mich neugierig um. Gegenüber der Tür stand sein großes Bett, auf dem eine bläuliche Tagesdecke und jede Menge Kissen lagen. Direkt neben der Tür hing ein Fernseher an der Wand, der DVD-Player und eine Wii-Konsole standen darunter auf der Kommode. Neben der Kommode stand ein weißer Schreibtisch, auf dem sich Bücher und Hefte stapelten. Eine große Fensterfront führte auf den Balkon, dessen Boden mit Holz ausgelegt war. Ein Tisch, zwei Stühle und ein paar Pflanzen standen auf dem Balkon. Blaue Vorhänge, die denselben Ton hatten wie die Tagesdecke auf dem Bett, verschleierten den Blick von außen. Auf der gegenüberliegenden Seite des Schreibtisches stand eine große Regalfront, deren Türen verschlossen waren.

„Hast du dir mal überlegt, welche DVD du als erstes schauen willst?", fragte mich Juli und ich sah ihn ratlos an. „Nicht?", er grinste.

„Ehrlich gesagt noch nicht", ich hielt mir die Augen zu und drehte mich beschämt um.

„Kein Thema, such' dir eine aus", er öffnete eine Seite des Regals und dann sah ich auch, was sich darin befand: Reihenweise DVDs.

„O-kay...", ich stellte mich davor und überflog die Reihen. „Gehören die alle dir?"

„Naja, sie gehören meiner Familie, aber da ich am meisten DVD schaue, habe ich die meisten bei mir im Zimmer. Wir haben zwar im Keller noch einen Fernseher mit einem Regal voller DVDs und auch noch alter Videokassetten, aber unten schauen wir selten", Juli zuckte die Schultern und beobachtete mich, während ich die DVD-Rücken weiter überflog.

„Zurück in die Zukunft", ich zog die Trilogie-DVDs aus dem Regal. „Leon hat gesagt, ich müsse die unbedingt mal sehen", erklärte ich Juli.

„Kennst du nicht? – Ja, dann auf jeden Fall. Die dauern zwar lange – man muss die in mehreren Etappen gucken, aber man muss sie auch gesehen haben, unbedingt! Ein absoluter Klassiker." Juli nahm mir die Schachtel ab. „Also die?"

„Jap", ich grinste und lief hinter ihm her.

„Ich würd ja sagen, mach es dir auf dem Bett gemütlich, aber wir müssen vielleicht mal nach unserer Pizza gucken", er zwinkerte mir zu und dann liefen wir schnell nach unten in die Küche.

Die Pizza war gut durchgebacken und wir holten sie aus dem Ofen. Juli schnitt sie in angemessene

Stückchen, dann gingen wir mit Tellern zurück nach oben in sein Zimmer.

„Lieber abgedunkelt oder lieber hell?", wollte er noch wissen, als er seinen Teller und die Colaflasche auf seinem Nachttisch abstellte.

„Lieber etwas abgedunkelt", erwiderte ich und er zog nickend die Vorhänge zu, sodass man zwar noch etwas erkennen konnte, es aber nicht zu hell war. Es wurde kuschelig.

Juli setzte sich neben mich aufs Bett und legte mir ein Kissen in den Rücken. Er gab mir den Teller und reichte mir ein Glas mit Cola. Dann startete er den Film. Genau in dem Moment piepte sein Handy leise:

Alles klar bei euch? Sonst ruft an, schrieb Jeanette, wobei sie sicher selbst wusste, dass das nur im äußersten Notfall passieren würde. Ich würde mich an Julis Stelle hüten, mich von meiner Mutter nerven zu lassen, dachte ich grinsend.

Ich konzentrierte mich auf den Film, auch wenn das total schwer war. Mein Herz raste wie verrückt, aber im Endeffekt gewannen die Neugier auf den Film und der Hunger, den das Training mit Kaya und das Duschen ausgelöst hatten.

Als wir mit Essen fertig waren (wir hatten fast das komplette Blech alleine aufgegessen), nahm mir Juli ganz gentlemanlike den Teller und das Glas ab, um es wegzustellen. Dann bot er mir eine Decke an. Ich legte mich ganz auf das Bett, um mich zu strecken. Ich konnte mich wirklich komplett breit machen, ohne mit den Füßen über dem Rand zu baumeln. Juli lag neben mir, seine Hand lag die ganze Zeit nur neben meiner und tat nichts. Ich fand es sehr rücksichtsvoll von ihm, mich nicht zu bedrängen. Den ganzen Film über hielt er sich zurück.

Als der Film in den Abspann ging, wurde ich müde und schloss völlig fertig die Augen. Ich spürte noch, wie Juli aufstand und den Fernseher ausmachte, dann war ich bereits eingeschlafen, sodass ich nicht mehr sagen konnte, was als nächstes passiert war.

„Lucy", flüsterte eine leise Stimme neben mir und rüttelte mich leicht an der Schulter. „Lucy, aufwachen."

„Ach, du Scheiße", ich schreckte hoch. „Wer, wo, wie?" Ich blickte mich um – und starrte in Julis Schokoladenaugen.

„Lucy, alles gut", Juli lachte. „Du bist bei mir. Du bist gestern nach dem Film sofort eingeschlafen. Ich wollte dich nicht wecken und so haben wir deine Eltern angerufen. Sie haben erlaubt, dass wir dich schlafen lassen. Sie kommen in einer Stunde, dich abholen", er saß neben mir im Bett, die Decke war um seine Beine geschlungen, die nur in einer kurzen

Schlafanzughose steckten. Er trug ein gestreiftes (wirklich süßes, wie ich fand) Shirt.

„O-kay", ich rieb mir verschlafen die Augen und wischte meine Haare aus dem Gesicht, die sich aus dem Dutt gelöst hatten und wie das Gestrüpp der Prärie überall hingen, nur nicht da, wo sie hingehörten. „Shit", flüsterte ich ganz leise.

„Du siehst so übrigens total süß aus", Juli zwinkerte mir zu und schlug seine Decke zur Seite. „Ich hoffe, du bist nicht irgendwie sauer, weil ich nicht auf die Couch gewandert bin", er sah mich fragend an.

„Ne, kein Thema. Das Bett war ja groß genug. Außerdem hab ich eh geschlafen wie ein Murmeltier", winkte ich ab.

„Das stimmt allerdings", Juli stand auf. „Willst du noch mit uns frühstücken?"

„Gerne", ich schlug die Decke ebenfalls zur Seite und dann wurde mir bewusst, dass ich in der viel zu engen Jeans geschlafen hatte, meine Haut juckte wie die Hölle. Der Sport-BH, den ich am liebsten zerrissen hätte, drückte mir auf den Brustkorb, sodass mir ganz schlecht wurde. Die abgelösten Schuppen piekten mich fies überall auf dem ganzen Körper.

„Na, dann komm", Juli stand auf und hielt die Tür auf. Dann liefen wir gemeinsam nach unten.

Mitten auf der Treppe fiel mir auf, wie verschlafen ich aussah. „Ich kann so nicht runtergehen! Deine Eltern denken ja wer weiß was", sagte ich hektisch.

„Die denken, dass du super geschlafen hast, alles prima", er nahm mich am Handgelenk und zog mich hinter sich her.

Unten saß schon die komplette Familie Klimke am Frühstückstisch und strahlten mir entgegen, als wir in die Küche kamen.

„Guten Morgen, Lucy. Wie ich sehe, hast du gut geschlafen", Jeanette stand auf und umarmte mich überschwänglich. Seit unserer ersten Begegnung waren fast zwei Monate vergangen.

„Guten Morgen", ich begrüßte auch Klaus, Julis Vater, und Fiona, seine Schwester.

„Du bist also die Lucy, die ein eigenes Pferd hat?", fragte sie sofort und sprang begeistert von ihrem Stuhl auf.

„Fiona, sei nicht so unhöflich", tadelte Jeanette. „Möchtest du auch ein Brötchen zum Frühstück? Und möchtest du was trinken? Tee, Kaffee, Kakao?", bot sie mir dann an.

„Ähm, also ich nehme gerne ein Brötchen und Trinken… ist mir eigentlich fast egal…", ich war etwas hilflos und suchte hilfesuchend Julis Blick.

„Setz dich hin und unterhalt dich mit Fiona, ich mach dir Frühstück", sagte er dann liebevoll zu mir und schob mich auf einen freien Platz.

„Also, Fiona; ja, ich hab ein eigenes Pferd. Ich hab schon gehört, du bist auch ganz pferdebegeistert." Ich grinste sie an.

„Ja, das stimmt. Und jetzt – aber psst, nicht weiter sagen – wollen Mama und Papa mir ein Pferd kaufen. Ein ganz eigenes. Ist das nicht klasse?", freute sie sich.

„Das ist echt klasse! Wie alt bist du denn?", wollte ich dann von ihr wissen, sprach im selben leisen Ton wie sie. Fiona war begeistert.

„Neun, aber ich werde bald zehn. Wie heißt denn dein Pferd?", quetschte sie mich dann weiter aus.

„La Kaya. Sie ist eine Fuchsstute. Ein Trakehner, falls dir das was sagt", erzählte ich und nahm das Frühstück mit einem dankbaren Lächeln entgegen.

„Klar sagt mir das was", entrüstet machte sich Fiona groß. „Ich möchte auch gerne einen Fuchs haben, aber Mama und Papa sagen, dass die Farbe nicht auch noch eine Rolle spielen kann!" Sie verzog den Mund und trank ihren Kakao aus.

„Da haben sie Recht. Sonst findet man selten das passende Pferd. Mir war auch egal, welche Farbe Kaya hat... Hauptsache kein Schimmel", ich zwinkerte ihr zu.

„Wieso?", fragte Fiona völlig unschuldig.

„Naja, die sind ja nie weiß. Die machen sich auf der Weide dreckig oder liegen im Stroh. Die muss man schon mit Wasser und Seife waschen, damit sie weiß werden. Und das hält nicht wirklich lange an. Ein Schimmel ist eigentlich nie ein Schimmel", erklärte ich ihr.

„Ach so", sie biss in ihr Brötchen.

Ich frühstückte mit den Klimkes und unterhielt mich mit Jeanette und Klaus, die noch einiges über das Thema Pferd wissen wollten. Dann kamen meine Eltern und ich musste mich von Juli verabschieden.

„Sehen wir uns nachher beim Segeln?", fragte er, ebenfalls etwas traurig und enttäuscht, dass ich gehen musste.

„Auf jeden Fall", erwiderte ich. „Danke, dass ich hier sein durfte", ich kämpfte mit den Tränen. Und ein ums andere Mal wurde mir klar, wie sehr viel mehr es mir wehtun würde, wenn Juli sich wegen der Psoriasis von mir abwenden würde.

„Bis nachher", Juli küsste mich sachte und hauchzart auf die Wange, dann lief ich winkend nach draußen zu meiner Mutter, die im Auto auf mich wartete.

Kapitel Sechzehn: Hundertste Chance

Am 29. Juli hatte ich Geburtstag. Eigentlich hatte ich mir zu meinem Sweet Sixteen nicht wirklich etwas überlegt, sodass ich wahrscheinlich einfach nur mit Mama und Papa feiern würde. Sonderlich enttäuscht war ich jetzt zwar nicht, aber ich ärgerte mich ein wenig, dass ich nicht wenigstens die engsten Freunde eingeladen hatte, von denen es zwar nicht gerade mehr sonderlich viele gab, aber eine kleine Runde wäre schön gewesen.

Als ich am Morgen nach unten kam, stand meine ganze Familie bereits in der Küche um den Tisch und sang mir ein Ständchen, während ich völlig verschlafen vor mich hin grinste.

„Alles Gute zum Geburtstag, meine Große", Mama nahm mich herzlich in den Arm und küsste mich auf die Wange.

„Danke", ich freute mich und nahm auch die Glückwünsche der anderen freudestrahlend entgegen. Leon umarmte mich freundlich und flüsterte mir ein paar Glückwünsche ins Ohr. Saira und Mel kamen auf mich zugerannt und fielen mir beide gleichzeitig um den Hals.

„Alles Gute, große Schwester", sagten sie und beide gaben mir liebevoll einen Kuss auf die Wange. Saira rechts, Melanie links.

„Vielen Dank euch zwei. Ihr seid ja süß", ich drückte beide kurz an mich. So oft ich eine von beiden oder sie auch zusammen verfluchte; jetzt wurde mir klar, wie sehr ich sie lieb hatte.

Danach ging es ans Geschenkeauspacken. Leon hatte gemeinsam mit Mama und Papa ein Fotobuch erstellt, in dem alle möglichen Bilder von uns waren.

„Damit du auf deinem Camp auch an uns denkst", zwinkerte er mir zu.

„Ganz sicher", ich umarmte meinen großen Bruder.

Saira und Mel gaben sich mit einem Fotorahmen und einem Buch zum Lesen zufrieden, doch ich freute mich trotzdem darüber, denn sie hatten sich Gedanken gemacht und das allein zählte. Mama und Papa hingegen hatten mir etwas viel, viel Teureres besorgt, sodass mir sofort schlecht wurde. Es war ein Turnierjackett für mein Turnier in Frankfurt. Und als ich es aufknöpfte, fielen mir zwei Karten entgegen.

„Was ist das?", ich hob sie auf und sah meine Eltern fragend an.

„Schau nach", forderte mich Mama zwinkernd auf.

Ich legte vorsichtig das Jackett weg und schaute mir die Karten genauer an. Das konnte doch nicht wahr sein! Das waren… Kombitickets für die Europameisterschaft der Reiter in Aachen. In zwei Wochen würde das beginnen. Die Tickets waren für Donnerstag und Freitag in der vierten Ferienwoche.

„Ist das... euer Ernst?", fragte ich sie völlig fassungslos.

„Ja. Immerhin finden die Europameisterschaften so selten mal in Deutschland statt und du wirst sechzehn. Das ist ein ganz besonderer Anlass. Übrigens fährst du nicht alleine. Alexa hat dieselben Karten", erklärte mir Mama und nun stand ich wirklich mit offenem Munde da. Was hatte ich alles mal wieder nicht mitgekriegt?

Als ich am Nachmittag von einem entspannten Ausritt mit La Kaya zurückkam, bekam ich allerdings eine noch viel größere Überraschung: Ich wollte nur kurz im Wohnzimmer Bescheid sagen, dass ich wieder da war, da sprangen mir meine Freunde mit Luftballons und Luftschlagen entgegen.

„Happy Birthday, Lucy", Alexa fiel mir um den Hals, direkt dahinter Juli und Mareike.

„Was... was macht ihr hier? Ich mein... wie kommt ihr hier her?" Ich sah sie ratlos und auch ein bisschen verwirrt an.

„Es ist eine Überraschungsparty, die wir für dich organisiert haben", erklärte mir Juli. „Dein Bruder hatte die Idee, als er mitbekommen hat, dass du deinen Sechzehnten gar nicht richtig feiern wirst und dann haben wir das gemeinsam mit deinen Eltern geplant", er grinste mich an.

„Freust du dich?", wollte auch Mareike ganz hektisch wissen.

„Das ist ja super süß von euch, ich freue mich riesig!", ich war den Tränen nahe, so krass grinste ich in dem Moment. „Aber… ich sollte vielleicht vorher duschen gehen, ich komme grad vom Pferd." Ich deutete an mir herunter und die anderen nickten lachend.

„Dann mach das schnell", Mareike schubste mich Richtung Tür. Ich rannte die Treppe hoch und schlüpfte aus meinen Klamotten. Nach dem Duschen und Pflegen der Haut ging ich wieder nach unten und feierte gemeinsam mit meinen Freunden. Mama hatte Kuchen gebacken, den wir gemeinsam verspeisten. Es war super lustig und ich war meinem Bruder mehr als dankbar, dass er sich die Mühe gemacht hatte.

„Danke, Leon", flüsterte ich ihm zu, als ich die Teller einsammelte und mich auf den Weg in die Küche machte.

„Gern geschehen, Schwesterherz", er strich mir kurz über den Arm, als ich zurückkam.

„Ich hatte ja ehrlich gesagt gehofft, dass du die Sachen von unserem Shoppen anziehst", flüsterte Juli mir zu, als ich mich wieder setzte, und mein Blick fiel auf meine lange Jeans und die kurze Bluse, die beide meine Schuppenflechte verdeckten.

„Es tut mir leid, aber... ich kann das nicht", erwiderte ich. Würde er fragen warum?

„Alles gut", sagte Juli leise, dann sprang Mareike auf.

„Lasst uns Flaschendrehen spielen", schlug sie vor.

„Flaschendrehen? Welche Version davon hast du denn vor?", lachte Leon und stand auf. Sein Arm legte sich um Alexa.

„Unter den vielen Verliebten hier wäre die Kuss-Version ziemlich unfair. Außerdem würde ich niemanden von euch küssen", sie zwinkerte uns zu und ich starrte sie an. Dann warf ich einen kurzen Blick zu Juli, der breit grinste.

Wir spielten Flaschendrehen Mareike zu Liebe und packten dabei Geschenke aus. Dann setzten wir uns in den Garten, weil die Sonne herrlich vom Himmel schien. Im Anschluss schauten wir eine DVD, die ich zum Geburtstag bekommen hatte. Danach musste Mareike gehen, weil sie noch zu Lillyfee musste. Alexa und Leon verschwanden nach kurzer Absprache mit mir in seinem Zimmer, Juli und ich standen etwas unschlüssig da.

„Vielleicht sollten wir auch hochgehen", schlug Juli vor und ich nickte. Wir liefen nach oben in mein Zimmer, wo ich schon dabei war, alle Sachen für das Psoriasis-Camp zusammenzusuchen. Eine Packliste lag auf dem Bett, die ich schnell auf dem Schreibtisch entsorgte, denn oben stand ganz fett *Pso-Camp 2015* drauf und das musste er nicht sehen.

„Oh, wo willst du denn hin?", wollte Juli unschuldig wissen, als er sich auf mein Bett setzte und die Klamottenberge neben sich sah.

„Ich fahre vom sechsten bis neunten August auf ein Camp", sagte ich nur und hoffte, dass er nicht weiter nachfragte.

„Was für ein Camp?", natürlich tat er das nicht.

„Ein Jugendcamp", erwiderte ich ausweichend.

„Etwas genauer?" Juli sah mich mit schräg gelegtem Kopf an.

„Ein Pso-Camp", mein Herz raste, als ich das sagte.

„Und… was heißt das?", wollte er dann genauer wissen.

„Ähm, das ist ein Lehrgang für Reiter", log ich schließlich nach kurzem Überlegen, weil ich mich doch nicht traute.

„Und wofür steht dann das *Pso*?", hakte er weiter nach.

„Ähm… Potenzielle Sportordnung", packte ich die zweite Lüge aus, für die ich mich sofort schämte. Warum war ich nicht so mutig wie er gesagt hatte und sagte ihm die Wahrheit? – Weil ich Angst hatte, ihn zu verlieren. Ganz einfach… oder auch nicht.

„Schade eigentlich, weil Fiona hat da ein Probereiten und meine Eltern wollten dich eigentlich bitten, mitzukommen, damit du deine Einschätzung abgeben kannst", Juli zuckte ratlos die Schultern.

„Das ist echt schade, ich wäre super gerne mitgekommen", erwiderte ich.

„Ich frag mal, ob sie den Termin noch vor deinem Camp machen können", Juli zückte sein Handy und tippte eine Nachricht an seine Mutter ein. Ich schämte mich zu Tode, dass ich die gefühlt hundertste Chance, ihm alles zu erzählen, mal wieder vertan hatte...

Ein paar Tage später musste ich unbedingt den Kopf freikriegen. Mir war mit der Zeit einfach alles zu viel geworden. Die Tatsache, dass ich Juli ständig anlog, wollte ich einfach nicht akzeptieren, konnte aber auch nichts daran ändern, weil immer wenn ich mir vornahm, ihm die Wahrheit zu sagen, mein Mund irgendetwas anderes ausspuckte und ihm wieder eine Lüge auftischte. Ich war es einerseits satt, wusste aber auch keinen Weg, etwas an der Sache zu ändern.

Ich ging mit Kaya ins Gelände, um meinen Kopf durchzulüften. Als ihre Gelenke warm waren, trabte ich sie an und zwang mich dazu, all meine Gedanken einfach zu vergessen, was mir heute besonders schlecht gelang. Ich wusste, dass die Zeit mit Juli wunderschön war, ich aber schleunigst zusehen musste, ihm die Wahrheit zu sagen, weil ich ihn sonst erst recht verlieren würde. Keine Freundschaft und schon gar keine Beziehung hielt eine solche Lüge aus. Die Wahrscheinlichkeit, dass er sich danach von mir abwendete, wurde mit fortschreitender Zeit einerseits immer geringer, weil wir uns immer näher kamen, aber die Angst dafür immer größer. Von den Schmerzen einer Trennung ganz zu schweigen. Außerdem stand der Termin in der Klinik bevor, bei dem diesmal Blut abgenommen werden sollte. Ich war kein sonderlich großer Fan vom Blutabnehmen und bekam bei dem Gedanken daran sogar Bauchschmerzen. Neben einem großen Blutbild kam der Termin beim Radiologen, der meine Lunge röntgen sollte, um bestimmte Erkrankungen auszuschließen. Die anstehenden Untersuchungen machten mir Angst.

Nachdem wir einen flotten Galopp eine kleine Anhöhe hinauf gemacht hatten, waren wenigstens ein Teil der negativen Gedanken verschwunden. Ich atmete tief durch, um mich selbst etwas zu beruhigen. Irgendwie würde ich das schon wieder hinkriegen. Und ansonsten hatte ich ja immer noch La Kaya und Alexa.

Draußen war es warm. Der August nahte und der Hochsommer war so richtig in Fahrt gekommen. Oft hatte ich das Gefühl, auf dem Asphalt vor Maiks

Anlage Eier brutzeln zu können. Im Wald waren wir vor der Hitze des Sommers zum Glück geschützt.

Kaya ließ den Kopf entspannt hängen und streckte sich, während ich eine kleine Rehfamilie beobachtete. An der nächsten Kreuzung erst fiel mir auf, dass wir in eine ganz andere Richtung geritten waren als sonst. Hier in der Nähe war der Badesee, an dem die Menschen im Sommer lagen wie Sardinen in der Büchse. Ich wollte nicht zum See, weil Wasser in mir immer ein mulmiges Gefühl in der Magengegend auslöste. Das musste nicht sein. Also lenkte ich Kaya in einen kleinen Seitenpfad, um über eine kleine Wiese zurück nach Hause zu kommen. Plötzlich blieb mein Pferd stehen.

„Was ist denn? Wir müssen nach Hause", forderte ich sie mit treibenden Hilfen auf, doch sie Stute starrte einfach stur nach links. „Was ist denn da?" Ich stieg ab und führte meine widerwillige Stute an der Hand den Weg weiter, um zu gucken, warum sie mir nicht mehr gehorchte. Ein Geräusch hatte ich zuvor jedenfalls nicht wahrgenommen.

Und dann kam das zum Vorschein, was La Kaya so faszinierte: Eine kleine Hütte. Es war lediglich ein überdachtes Achteck, an jeder Ecke hatte es einen Pfahl als Stütze. Unten am Rand war eine Bank zum Sitzen, die Hütte war geräumig. Außer durch das Dach geschützt war die Hütte offen. Ich lief mit Kaya hinein, die zwar mit Vorsicht aber dennoch willig folgte. Sie schnupperte an den Sitzbänken, widmete sich dann aber lieber dem Gras, das draußen an den Stelzen wuchs.

„Deshalb hast du jetzt so ein Theater gemacht?" Ich schaute mein Pferd ermahnend an, doch sie kaute einfach nur genüsslich das Gras zwischen den Zähnen, als würde sie mir überhaupt nicht zuhören. „Na, dann los", ich stieg wieder in den Sattel und ritt los, konnte ja nicht ahnen, dass die Hütte noch Schauplatz meiner ganz persönlichen Achterbahnfahrt werden würde…

Nur drei Tage später fuhr ich mit Klimkes zu einem Reiterhof auswärts. Sie hatten den Termin für das Probereiten tatsächlich vorverlegen können, Fiona war das reinste Nervenbündel, als wir den Schotterweg zum Hof entlangfuhren.

„Ich bin ja sooo aufgeregt", quiekte sie und streckte den Kopf aus dem geöffneten Fenster. Der Fahrtwind blies ihr durchs Haar.

„Alles gut. Du musst versuchen, locker zu sein. Sonst überträgt sich das gleich auf das Pferd und dann wirst du sicherlich keinen Spaß haben", erinnerte ich sie vorsichtig.

Fiona nickte. „Du hast ja Recht." Und dann atmete sie ein paar Mal tief durch. Sie schien sich langsam zu beruhigen. Auch meine Anspannung fiel von mir ab.

Julis Eltern waren erleichtert, dass ich mich dazu bereiterklärt hatte, mitzukommen. Ich sollte das Pony, das Fiona nun ritt, ebenfalls mal reiten, weil sie befürchteten, dass sich Fiona gleich in das erstbeste Pony verlieben würde, anstatt wirklich tief in sich hineinzuhören. Juli stand neben mir, während ich dem Besitzer ein paar Fragen zu dem Pony stellte. Fiona putzte den Rappen und sattelte ihn selbstständig auf.

Auf dem Platz kamen die beiden recht gut miteinander klar. Das Pony war gut ausgebildet und in der Lage, Fiona zwar etwas beizubringen, ihr aber auch den einen oder anderen Fehler zu verzeihen. Danach ritt ich den Rappen, der den Namen Mirakules trug und sich auch unter mir wirklich gut anfühlte.

„Warum wollen Sie ihn abgeben?", fragte ich, als ich mich aus dem Sattel gleiten ließ.

„Meine Tochter ist Mirakules geritten. Eigentlich müsste sie ja hier sein, aber sie sagte, dass sie das nicht ertragen kann. Sie musste zum Studieren leider ins Ausland und kann ihn nicht mitnehmen. Und bevor er hier versauert, wollten wir lieber, dass er jemand anderem Freude bereiten kann", erklärte mir der Mann und klopfte dem Rappen den Hals.

Während Fiona und der Mann das Pferd fertigmachten, sprach ich mich mit Jeanette und Klaus ab, die unbedingt meine Meinung hören wollten.

„Also, es ist zwar jemand notwendig, der Fiona noch mehr beibringt, aber das wäre mit jedem anderen Pferd auch der Fall. Der Rappe ist eigentlich genau richtig für sie. Ich kann mit gutem Gewissen sagen, dass ich das Pony an eurer Stelle nehmen würde", meinte ich ehrlich.

Klimkes waren erleichtert und machten ein zweites Probereiten aus, damit sie sich sicher sein konnten, dass Fiona mit dem Rappen nicht überfordert sein würde, und klärten mit dem Besitzer die Ankaufsuntersuchung ab. Dann fuhren sie mich nach Hause. Ich musste unbedingt meine Sachen fürs Pso-Camp zu Ende packen, denn am Donnerstag – also morgen – musste ich nachmittags in Dortmund am Bahnhof sein. Viel Zeit blieb mir also nicht mehr.

„Melde dich mal zwischendurch, ja? Damit ich weiß, dass du noch lebst", Juli umarmte mich zum Abschied.

„Klar, mach ich", ich hielt mich mit Emotionen zurück. Ich wollte jetzt auf keinen Fall heulen, sonst würde ich sicher Sachen sagen, die ich später bereute.

„Ich werde dich hier vermissen", gab Juli leise zu.

„Ich dich auch… aber es sind ja nur vier Tage", versuchte ich ihn aufzumuntern.

„Du hast ja recht… naja… dann mal… viel Spaß bei deinem *Reiterlehrgang*", er winkte und drehte sich um.

„Danke", winkte ich ihm nach. Dann rannte ich nach oben in mein Zimmer und packte den Rest in den Koffer. Morgen würden Mama und ich nach Dortmund fahren und es würde ein völlig neues Abenteuer beginnen. Dass sich meine Einstellung von Grund auf ändern würde, erahnte ich zu diesem Zeitpunkt nicht…

Kapitel Siebzehn: Strichmännchen

Ich war mehr als aufgeregt, als mich Mama am Bahnhof raus ließ, damit ich selbst zum Gleis 16 lief. Als ich dort ankam, warteten die Jugendmentoren und einige vom Deutschen Psoriasis Bund bereits auf mich. Der Zug aus Hamburg hatte Verspätung, sodass noch nicht alle Teilnehmer anwesend waren.

„Hallo, wer bist du denn von unserer Liste?", fragte mich eine Frau freundlich und drückte mir eine Wasserflasche in die Hand.

„Lucy… Lucy Schmidt", erwiderte ich. Dann blickte ich mich um. Es standen schon ein paar Mädchen da, sie sahen leicht unschlüssig aus. Da ich aber nicht wusste, ob sie überhaupt zum Camp gehörten, blieb ich einfach stehen und sah zu, wie einige andere kamen, die das Camp wohl schon einmal mitgemacht hatten. Sie umarmten die Mentoren überschwänglich.

Dann kamen auch die restlichen Teilnehmer mit dem Zug aus Hamburg an und mit fast einer Stunde Verspätung fuhren wir mit dem Bus los zur Jugendherberge am Biggesee. Draußen war es warm und ich war froh, als ich im klimatisierten Bus saß. Den ersten Kontakt bekam ich zu Clara, die ihre Psoriasis noch gar nicht lange hatte und jetzt an der Studie teilnahm, von der mir Doktor Schlichte erzählt hatte. Sie kam gut mit Mesocaderm klar, aber ich war nach wie vor skeptisch.

In der Jugendherberge angekommen, verteilten wir uns erst mal auf die Zimmer. Ich war bei der Mentorin Hanna und mit Mila, Julie, Lisa und Anna in einem Zimmer. Lisa erzählte mir, dass sie ebenfalls mal Mesocaderm genommen hatte, es bei ihr aber gar nicht angeschlagen hatte und ihr dauerhaft schlecht war. Julie nahm Cröstal und war völlig beschwerdefrei, und auch Mila hatte Erfahrungen mit Biologicals. Ich fühlte mich recht schnell wohl bei den anderen und meine Bedenken, die ich vorher gehabt hatte, waren verschwunden. Nach dem Abendessen spielten wir ein paar Begrüßungsspiele, sodass ich relativ schnell die ganze Gruppe kennengelernt hatte.

Nachdem wir in unseren Zimmern die Betten bezogen hatten und bei den ersten Gesprächen auch die Hälfte unserer Koffer ausgeräumt hatten, riefen uns die Jugendmentoren zu einer Nachtwandung auf. Draußen war es wirklich bereits dunkel und ich knipste meine Taschenlampe an.

„Und du? Warst du letztes Jahr schon mal dabei?", fragte mich ein blondes Mädchen, das mir bereits am Anfang aufgefallen war.

„Nein, ich bin das erste Mal dabei. Du?", fragte ich sie.

„Ich bin übrigens Frederike. Ich bin schon mal hier gewesen", erklärte sie mir. Dann kam ich noch mit einem weiteren Mädchen ins Gespräch, dessen Name Chiara war. Hinter uns liefen die Jungs, von denen es auf dem Camp eindeutig ziemlich wenige gab. Es waren drei Mädchen- und nur ein Jungenzimmer.

Nach der Nachtwanderung waren alle ziemlich müde und wir gingen auf unsere Zimmer. Ich hatte schon vor der Wanderung geduscht, die anderen hingegen nicht, sodass jetzt eine Schlange vor dem einzigen Waschbecken stand. Ich legte mich in mein Bett und warf einen Blick auf mein Handy. Ich hatte eine WhatsApp-Nachricht bekommen. Und zwar von Juli: *Hey, Lucy. Gibt es dich noch? ;) Wie war der erste Tag?*

Super. Alle sind nett. Aber ich bin ziemlich müde, wir haben bis jetzt eine Nachtwanderung gemacht, das richtige Programm beginnt erst morgen. Wie geht's dir? Ich schickte die Nachricht ab und legte mich grinsend ins Kissen.

„Was ist denn mit dir?", fragte mich Anna grinsend. „Du strahlst ja wie die Sonne."

„Ach... ich weiß nicht", erwiderte ich.

„Du bist verknallt, stimmt's?", mutmaßte Mila.

„Und wie verknallt ich bin", ich setzte mich auf und erinnerte mich daran, dass mir Clara vorhin im Bus erzählt hatte, dass sie einen Freund hatte und er sie schon durch die Diagnose begleitet hatte.

„Was ist das Problem dabei? Steht er nicht auf dich?", wollte Lisa wissen, die mir gegenüber auf dem unteren Bett saß und ihr Bett freiräumte.

„Ich weiß nicht, ob er mich auch gut findet... Fest steht nur, dass er nichts von meiner Schuppenflechte weiß. Ich hab da mal ein ganz mieses Erlebnis gehabt", erzählte ich.

„Also ich habe meinen Exfreunden auch immer erst nach zwei Monaten von der Krankheit erzählt", gab Anna zu.

„Und wie bist du so durch die Situationen gekommen? Ich hatte jetzt schon zig Male die Chance gehabt, ihm das zu sagen und doch immer gelogen", gab ich resigniert zu.

„Ich war nie in der Situation. Welche meinst du denn so?", wollte Anna wissen.

„Naja... Zum Beispiel das Camp hier. Ich hab gesagt, ich bin auf einem Camp für junge Reiter und das Pso stehe für *Potenzielle Sportordnung*. Total doof, ich weiß, aber er hat wenigstens nicht mehr nachgefragt. Und dann wollte er mal mit mir ins Schwimmbad, was ich natürlich auch nicht wollte", ich schlang meine Arme um meine Beine, die ich zu mir an den Oberkörper herangezogen hatte.

„Und was war die schlimme Erfahrung, von der du gesprochen hast?", hakte Julie nach, die über mir im Bett saß.

„Es gab da mal einen Kerl, der stand total auf mich, aber als er erfahren hat, dass ich unter Psoriasis leide, hat er angefangen, mich zu mobben und die anderen gegen mich aufzuhetzen. Es war so schlimm, dass ich mit meinem Pferd sogar den Reitstall wechseln musste, weil sogar die Hofbesitzerin wollte, dass ich gehe", ich schniefte ein wenig.

„Das ist hart, das ist wirklich hart", bemerkte Julie.

„Ich denke trotzdem, dass du es ihm sagen musst. Er wird es ja so oder so irgendwann erfahren, oder nicht?", schlug Lisa vor.

„Ja klar wird er das. Aber was, wenn er auch anfängt, mich fertigzumachen? Das halte ich nicht aus", gab ich zu bedenken. Ich kuschelte mich in meine Decke.

„Hast du schon mal versucht, es so anzudeuten oder ihn mal irgendwie darauf aufmerksam zu machen? Also dass er dann selbst rausfindet, was Schuppenflechte ist oder dir vielleicht sogar sagt, wie er dazu steht?", fragte mich Lisa.

„Nicht wirklich. Ehrlich gesagt, hab ich auch Angst davor, dass er das googelt, weil die Bilder im Internet schon ziemlich krass sind. Aber eigentlich sieht es ja bei jedem anders aus", erwiderte ich.

„Ja, das stimmt", bestätigte Anna und kletterte ihr Bett hinauf. Sie setzte sich an die Kante.

„Ich weiß auf jeden Fall nicht, wie ich ihm das beibringen soll", seufzte ich. „Jeder Versuch für eine Erklärung klingt doch sicher doof."

„Finde ich auch. Bis jetzt habe ich auch noch nicht das Richtige gefunden", meldete sich Lisa zu Wort.

„Ich würde sagen: Du… wie heißt er überhaupt?" Mila sah mich fragend an.

„Juli, also eigentlich Julien", sagte ich.

„Also: *Du, Juli, ich muss dir etwas sagen, was ich dir schon viel früher hätte sagen müssen. Es gibt einen Teil an mir, den du kennen solltest, den ich aber krampfhaft verheimlicht habe, weil ich Angst hatte, dass du dich dann von mir abwendest oder mich sogar mobben könntest*. Und dann würde ich ihm einfach sagen, was du hast, also eine chronische Hauterkrankung und so weiter", schlug Mila vor.

„Könntest du den Anfang noch mal sagen und ich nehm das auf? Ich hab's mir glaub ich nicht gemerkt", ich sah alle hilfesuchend an.

In dem Moment brachen sie in Lachen aus und ich musste sogar mitlachen, sodass ich meine Sorgen recht schnell vergaß. Sogar beim Einschlafen dachte ich nicht mehr über die bevorstehende Beichte nach.

Am nächsten Morgen mussten wir leider recht früh aufstehen, weil es in der Jugendherberge schon um acht Uhr Frühstück gab. Hätte mich Anna nicht geweckt, hätte ich glatt verschlafen. Ich hatte noch gar keinen Hunger, weil der bei mir immer erst gegen neun Uhr kam. Dennoch aß ich ein Brötchen.

Nach dem Frühstück traf sich die ganze Gruppe in einem Raum, um mit dem Psychologen Achim und dem Arzt Paul ein weiteres Begrüßungsspiel zu spielen. Aber eines auf die ganz andere Art und Weise. Vor der Tür mussten wir unsere Schuhe abgeben. Als wir alle in einem Stuhlkreis saßen, wurde die Kiste mit jeweils einem Schuh in die Mitte gestellt.

„Ihr müsst den Schuh beschreiben und dann Rückschlüsse auf den Besitzer ziehen. Versucht es mal", Achim legte ein Stoffherz in die Mitte und sagte dazu: „Wer anfangen will, fängt an."

Keiner traute sich, bis irgendwann ein Mädchen mit dem Namensschild *Lena* zur Kiste ging und ausgerechnet meinen Schuh rausholte. Einige Sachen trafen tatsächlich zu, weil es mein Sportschuh war, einige dafür nicht.

„Also vier Jahre ist er noch nicht alt, sondern nur anderthalb, aber ich trage ihn wirklich sehr, sehr viel", gab ich zu und stellte ihn unter meinen Stuhl.

Es war wirklich lustig, weil einige Beschreibungen in die total falsche Richtung gingen. Frederike, die ich gestern bei der Nachtwanderung besser kennengelernt hatte, kannte dafür fast jeden Schuh und wusste schon vorher, wem er gehörte. Ich beschrieb einen Schuh, den ich ebenfalls nicht kannte. Er gehörte Doro, die im Auftrag des Pharmazieherstellers Klever da war, um Informationen über das Camp zu sammeln und die Vorteile eines solchen Zusammentreffens zu erarbeiten.

Als alle Schuhe aufgeteilt waren, durften wir Fragen auf kleine farbige Zettel schreiben, die dann auf der Erde ausgebreitet wurden. Die gelben Zettel gingen an Achim, der mit uns den Umgang mit der Schuppenflechte besprechen wollte, die grünen an Paul, der uns als Arzt alle dermatologischen Fragen beantworten konnte. Ich war gespannt, was passieren würde.

„Wie wollen wir die Gruppen aufteilen? Wieder in die Neulinge und die Oldies?", fragte Achim und wir nickten. Die Neulinge, zu denen auch ich gehörte, wollten zunächst das Gespräch mit Paul beginnen.

Nach dem Mittagessen trafen wir uns deshalb unten im Konferenzraum und bildeten einen Stuhlkreis. Paul hatte eine Flipchart hingestellt und alle grünen Karten auf dem Boden verteilt, in Gruppierungen sortiert.

Wir durften alle unsere Fragen stellen und dank meiner vielen Erfahrung was verschiedene Therapiemöglichkeiten anging, wusste ich am Anfang schon recht schnell Bescheid. Unsere Gruppe spezialisierte sich auf innerliche Medikamente, also sowas wie Cröstal oder Mesocaderm. Mir war zuvor nicht klar gewesen, welche weiteren Therapiemöglichkeiten es durch andere Medikamente gab. Zehn verschiedene Medikamente, die zurzeit auf dem Markt waren, machten die Liste aus First und aus Second Line perfekt. Paul ging jeweils auf den Wirkstoff und die Wirkungsweise ein. Er erläuterte, wann eine rein äußerliche Behandlung der Haut nicht mehr ausreichte und welche Alternativen es in diesem Fall zu Behandlung gab.

„Wisst ihr überhaupt, was ein Biological ist?", wollte Paul dann wissen.

Ein Junge namens Jojo meldete sich: „Das sind doch körpereigene Stoffe, die nachgebaut und dann verabreicht werden, bis die nötige Überdosis zustande gekommen ist, die der kranke Körper braucht, oder?"

„Ganz richtig. Körpereigene Substanzen, die chemisch nachgebaut werden. Deshalb sind Biologicals auch so gut verträglich und haben fast keine Nebenwirkungen", erklärte Paul. Das klang ja schon mal viel positiver als ich es in Erinnerung hatte.

Am Ende ging ich mit einem deutlich besseren Gefühl aus der Gruppenarbeit heraus, als ich hineingegangen war. In unserem Zimmer zog ich mir ein paar andere Sachen an und ging dann mit Mila und Anna hinaus zum Grillen. Da allerdings in diesem Jahr eine richtige Wespenplage ausgebrochen war, saßen wir fast die ganze Zeit nur da und scheuchten die Tiere weg, die mehr als aggressiv waren. Irgendwann verteilten wir Becher mit Cola und Apfelsaft um die Tische herum. Lisa hatte außerdem Räucherkringel dabei, die allerdings nur bedingt etwas halfen.

Nach dem Grillen begann die sogenannte Olympiade, die sich die Jugendmentoren ausgedacht hatten. Durch Lose wurden wir in Vierer-Teams aufgeteilt. Ich war mit Jojo, Mila und Lisa in einem Team und wir nannten uns – mal abgesehen von Jojo, der nicht so begeistert war, aber dafür auch keine bessere Idee hatte – *Die Ladys*. In dem Quiz, das Paul mit uns machte, stellten wir uns ziemlich dumm an. Auf die Frage, welcher Vogel seine eigenen Kinder in fremde Nester lege, nannten wir die Elster. Alles lachte, denn die richtige Antwort war natürlich *Kuckuck*. Beim Kegeln mit zusammengebundenen Beinen trafen wir sage und schreibe nur einen Kegel. Beim Wassertransport hingegen hatten wir unseren Spaß. Hanna übernahm eine Aufgabe, bei dem auf einem Schwebebalken balanciert wurde und machte es richtig gut. Beim *Blindenparcours* stellten wir uns wieder äußerst dumm an. Schwierig war er, weil man mit verbundenen Augen über eine eigentlich leere Wiese rennen muss. Leider gab es dort einen Fahnenmast, vor den ich rannte, weil Jojo nicht früh genug geschrien hatte.

Die letzte Disziplin war Boccia, eine Art Kugelstoßen, bei dem wir haushoch verloren. Dennoch hatten wir mit Abstand den meisten Spaß gehabt und sahen dem letzten Platz breit grinsend entgegen.

Ich war total müde und dennoch aufgedreht, als wir uns danach nach draußen in die kühle und dunkle Abendluft setzten, um Karten zu spielen. Ich hatte Mama eine SMS geschrieben, dass es mir gut ging. Die Sorgen um Juli hatte ich über die Zeit ganz vergessen und auch all die Probleme, die Zuhause sicherlich wieder auf mich warteten, wenn ich zurückkam, waren für einen Moment aus meinem Gehirn verschwunden. Ich fühlte mich rundum gut und traute mich hier das erste Mal, ein Top und eine kurze Sporthose anzuziehen. Ich erntete dafür auch keine dummen Blicke, sondern positive Zusprüche von allen. Das erste Mal in meinem Leben fühlte ich mich gut und glücklich, fast noch glücklicher als mit Juli, vor dem ich jedes Mal meine Krankheit verstecken musste. Es wurde Zeit, dass sich etwas in meinem Leben änderte.

Da wir am letzten Abend noch ziemlich lang geredet hatten und wir am Samstagmorgen noch eine halbe Stunde früher aufstehen mussten als sonst, waren wir ziemlich müde. Unser Zimmer hatte glatt verpennt, bis Anna uns alle aufgeweckt hatte, nachdem sie aus der Dusche gestiegen war.

Wir kamen zu spät zum Frühstück und stopften uns hungrig das Essen hinein. Ich hatte das erste Mal um so eine frühe Uhrzeit Kohldampf wie sonst nur nach dem Reiten. Als ich zum zweiten Kurs mit Achim lief, bekam ich eine Nachricht von Alexa, die sich gemeinsam mit Hera und Meike um Kaya kümmerte und sie bewegte. Ich hatte Hera erlaubt, sie zu reiten, nachdem ich gesehen hatte, wie sie mit ihrem Lord Jamiro umgehen konnte. So entspannten sich die vier Tage für mich doch deutlich.

Achim gab uns eine halbe Stunde Zeit, ein Bild über eine Situation in unserem Leben zu malen, in der wir nicht wussten, was zu tun ist oder die uns bedrückt hatte. Ich überlegte, ob ich eine Situation malen sollte, in der ich Juli angelogen hatte, aber dann entschied ich mich eher für die Situation, in der Aaron von der Psoriasis erfahren hatte. Während leise Musik im Hintergrund spielte und die anderen schweigend neben mir malten, begann ich eine eingezäunte Koppel zu malen, darauf ein Pferd und mich als Strichweibchen. In zwei Gedankenblasen landete ein trauriger Smiley, in eine davon schrieb ich das Wort *Klinik*. Darunter malte ich Aaron, ebenfalls als Strichmännchen, mit einer Gedankenblase, in der sich ein Herz befand. Mich daneben, mit einem traurigen Gesicht. Von Aaron zeigte eine Sprechblase mit den Worten: *Was ist los?*

Darunter zeichnete ich, wie ich ihm gesagt hatte, dass ich Schuppenflechte hatte, und wie er reagiert hatte. Die Mobbingsituation zeigte ich ebenfalls. Meine Wunschvorstellung malte ich in eine große Gedankenblase daneben, in der ich Aaron mit einer Gewitterwolke über dem Kopf zeichnete und mich mit vielen Freunden an meiner Seite.

Nachdem Jojo und Louis ihre Bilder vorgestellt hatten und wir ihnen Tipps geben durften, was sie machen konnten, war ich an der Reihe. Ich hängte mit Achims Hilfe mein Bild an die Flipchart und erklärte erst mal die Situation. Es war nicht einfach, das alles noch mal zu durchleben, aber es tat gut, es Leuten zu erzählen, die sich gut vorstellen konnten, wie ich mich dabei gefühlt haben musste.

„In welchem Verhältnis standet ihr zueinander?", fragte mich Achim, die Situation analysierend.

„Naja. Wir waren ganz gut befreundet, er ist ja so alt wie ich und hatte ein Pferd im selben Stall stehen wie ich. Und er ist, oder eher war, in mich verliebt und hat mich sogar geküsst, was ich allerdings nicht so gut fand", erzählte ich.

„Hast du ihm das gesagt?"

„Nicht wirklich. Ich habe es angedeutet, als er an diesem Tag ankam und sich dafür entschuldigen und mir seine Liebe gestehen wollte", ich deutete auf das Bild.

„Wie hast du dich in dieser Situation gefühlt?",

„Richtig mies", sagte ich schluckend.

„Kamen die Tränen?", wollte er wissen.

„Ja", ich nickte mit wässrigen Augen.

„Wann? Also schon in dem Moment, oder erst später?", hakte er genauer nach.

„Ich habe schon vorher geweint, weil ich vorher in der Klinik war und wir eine neue und sehr anstrengende Therapie ausgearbeitet hatten. Aber als er mich dann so angefahren hat, da ging es nicht mehr anders", gab ich zu und hielt mir schnell die Hand vors Gesicht, als ich die Tränen nicht mehr unterdrücken konnte.

„Lass es ruhig zu, Lucy. Wenn die Tränen kommen, dann kommen sie, und das ist nichts Schlimmes", sagte Achim und ich atmete mehrfach tief durch und weinte einfach nur, bis ich mich schließlich traute und die Hände vom Gesicht nahm.

„O-kay", ich schniefte und wischte mir die Tränen weg.

„Was ist danach passiert?", fragte Achim weiter.

„Meine beste Freundin Alexa kam und hat mich getröstet und mit mir über die Situation gesprochen", erzählte ich weiter.

„Also weiß deine Freundin von der Psoriasis?"

„Ja, sie weiß alles. Sie ist die einzige neben meiner Familie, die in so einer Zeit für mich da ist. Sogar meine Freundinnen in der Schule wollen nichts mehr mit mir zu tun haben", schniefte ich laut.

„Es ist gut, dass du eine so gute Freundin an deiner Seite hast. Wie hat sie reagiert?", wollte Achim dann wissen.

„Sie ist an die Decke gegangen. Also nachdem sie mir gut zugeredet hat. Auch mein Bruder hätte Aaron am liebsten vermöbelt, als wir ihn dann bei meinem Auszug aus dem Stall nochmal getroffen haben.", ich beruhigte mich langsam wieder.

„Okay. Und diese Gedankenblase hier, wo Wunsch drüber steht?", sprach er dann an.

„Das ist meine Wunschvorstellung. Ich würde es Aaron wirklich gönnen, sich auch mal so zu fühlen, wie ich mich gefühlt habe und es auch immer noch tue. Ich möchte Freunde haben, die hinter mir stehen, und keine, die bei der ersten Kleinigkeit anfangen, mich zu mobben", erwiderte ich ruhig atmend, damit ich nicht weiterweinte.

„Was würdest du gerne mit Aaron machen?", fragte Achim.

„Ich will ehrlich sein: Wenn ich könnte, würde ich ihn richtig fertigmachen und ihm alles antun, was er mir angetan hat. Ich würde ihn am liebsten in den Boden stampfen. Mir würden die schlimmsten Sachen für ihn einfallen", gestand ich.

„Was würdet ihr Lucy raten?", fragte Achim in die Runde.

„Also du willst Aaron ja sicher sagen, dass er dich sehr verletzt hat, oder?", hakte Anna nach. „Ich würde ihm entweder einen Brief schreiben oder ihn persönlich darauf ansprechen, wenn du dich dazu bereitfühlst."

„Wenn du dich bereitfühlst – das ist das Stichwort. Am Ende kannst du selbst entscheiden, ob du ihn lieber persönlich ansprechen möchtest oder doch lieber einen Brief schreibst", führte Achim Annas Vorschlag weiter.

„Okay, das klingt gut", fand auch ich.

„Wie fühlst du dich?", wollte Achim lächelnd wissen.

„Besser. Viel besser als vorher. Befreit", ich lächelte tatsächlich wieder, auch wenn meine Augen noch immer gerötet waren.

„Das ist gut", Achim nickte mir erfreut zu und ich setzte mich mit meinem Bild in der Hand wieder hin. Als erstes trank ich zwei Becher Wasser leer, dann atmete ich durch und hörte mir die anderen, ebenfalls krassen Geschichten der anderen an. Auch sie hatten ähnlich heftige Erfahrungen im Freundeskreis oder mit völlig fremden Menschen gemacht.

Die psychologische Therapie hatte ziemlich lange gedauert, sodass wir rasch auf dem Weg zur Kanutour auf dem Biggesee unser Mittagslunch aßen. Ich hatte Kohldampf. Das Weinen hatte mir ziemlich gutgetan, auch wenn ich es nicht für möglich gehalten hatte. Achim hatte es draufgehabt, uns aufzumuntern, und uns wertvolle Tipps gegeben. Ich fühlte mich gestärkt, um später wieder in meinen Alltag zurückzugehen.

Unten am Wasser wurden wir in Teams eingeteilt, nachdem sich Jojo, Hendrik und ich als Steuerleute gemeldet hatten. Viktor, der Betreiber des Kanuverleihs, stand ebenfalls für eines der Kanus als Steuermann zur Verfügung. Ich war der Meinung, dass mir Leon über die Zeit hinweg so viel vom Segeln erzählt hatte und ich über das Motorbootfahren mit

Papa genug Erfahrungen gesammelt hatte, um dieser Aufgabe gewachsen zu sein.

„Ihr bekommt dann gleich noch einen Fragebogen, den ihr ausfüllen sollt. Wer hinterher die meisten richtigen Antworten gegeben hat, hat mit seinem Team gewonnen", sagte Viktor und ein Stöhnen ging durch die Reihen, als wir die Kanadier ins Wasser brachten. In meinem Team waren Frederike, Lisa, Sina, Julie und Franz, ein Helfer aus dem Camp. Wir paddelten uns erstmal ein, Frederike gab den Schlagrhythmus an. Ich saß hinten und versuchte mein Glück beim Steuern. Viktor hatte uns zwar vorher erklärt, wie es ging, aber so ganz gut funktionierte es leider nicht. Ich brauchte ein wenig Übung, bis es endlich klappte.

Wir fuhren hinter den anderen her, ließen sogar einige Gruppen hinter uns. Doch auf die Fragen hatten wir wenig Lust. Häufig mussten wir dafür am Ufer anlegen. Ein Fahrradfahrer, den wir bei einem dieser Stopps an einer Kapelle trafen, erzählte uns, dass fast alle Bewohner, die normalerweise am See zu finden waren, auf einem alljährlich stattfindenden Fest waren. Daher trafen wir fast nur Touristen an, die genauso wenig wussten, wie wir. Helfen konnte uns also nicht wirklich jemand. Wir fuhren weiter zur Fontäne und stiegen am Steg der Tretboote aus, um im Restaurant nebenan zu fragen, in welchen

Abständen die Fontäne losging. Alle fünfzehn Minuten, sagte man uns. Als wir uns auf den Heimweg machten, wurde es ungemütlich auf dem Wasser. Die Sonne war hinter einer dicken Wolkenschicht verschwunden, sodass wir in unseren kurzen Sachen ziemlich froren. Es war das erste Mal, dass ich in kurzen Sachen unterwegs war.

Frederike versuchte, uns aufzumuntern und sorgte dafür, dass wir bis zum Schluss durchhielten. Sie ließ uns Monatsnamen, Farben, Automarken und Namen in verschiedenen Sprachen aufzählen. Das lenkte uns von der plötzlichen Kühle und der Anstrengung ab. Wir kamen als letztes Team an.

Trotz der frischen Temperatur hatte sich eines der Teams in das seichte Wasser am Rand des Sees gewagt und schwamm prustend und lachend auf unser Boot zu.

„Hey, bleibt weg", wollten Franz und ich Louis und Hendrik mit den Rudern auf Abstand halten, damit sie uns nicht kenterten.

Wir brachten gemeinsam den schweren Kanadier an Land und zogen uns schnell wärmere Sachen an. Wir saßen immer noch frierend in einem Kreis, um mit Viktor die Antworten zu vergleichen. Bei vielen Fragen hatten wir die richtige Antwort herausgefunden, bei einigen aber auch nicht. Leider hatte Viktor eigentlich auch keine verlässlichen Antworten, denn einige Fakten sprachen gegen seine sonderbaren Antworten. Wir ließen es auf sich beruhen, fanden aber, dass die Kanutour dadurch an Spaß verloren hatte. Man merkte, dass er nicht zu unserem Team gehörte. Trotzdem hatte uns der Nachmittag weiter zusammengeschweißt und ich hatte viele schöne Gespräche geführt.

Weil es viel zu spät war, um die Strecke zurück zur Herberge zu laufen, fuhren wir in mehreren Etappen mit den Autos, die zur Verfügung standen, zurück. Erst, als wir schnell zum Abendessen rannten, wurde mir klar, dass das Camp schon fast wieder vorbei war und ich morgen all meine Freunde hier zurücklassen musste. Dass wir uns in dieser Konstellation nie wiedersehen würden. Es tat mir weh, denn ich hatte jeden einzelnen tief ins Herz geschlossen. Auch wenn ich nicht die Chance gehabt hatte, mit allen intensive Gespräche zu führen, so hatte ich aber doch jeden persönlich kennenlernen dürfen. Bei jedem hatte ich eine Ecke der Seele kennengelernt, die man nicht jedem zeigte. So hatten wir trotz der Kürze der Zeit untereinander eine ganz besondere Beziehung aufbauen können. Mir fiel auf, dass ich morgen wieder nach Hause fuhr und es dann an der Zeit war, Juli die Wahrheit zu sagen. Außerdem musste ich etwas an meiner Angst vor der Öffentlichkeit tun, weil mir hier zwei Leute wirklich hatten helfen können. Sie liefen mit ihrer Psoriasis durch die Gegend, als sei es völlig normal. Sie war ein Teil von ihnen geworden, der nicht ihr Leben bestimmte. Ich nahm mir fest vor, ab jetzt daran zu arbeiten und mein Leben neu umzukrempeln.

Wir waren am Abend alle viel zu müde, um noch etwas zu unternehmen. Diejenigen, die morgens bei Achim das psychologische Gespräch gehabt hatten, waren nach dem Duschen fix und fertig und legten sich ins Bett. Zu uns ins Zimmer kamen noch Chiara und zwischendurch Tina, aber ansonsten saßen wir alleine und unterhielten uns. Es war lustig und entspannt. Ich fühlte mich seit langer Zeit mal wieder frei und unbefangen.

Irgendwann bekamen wir aus unerfindlichen Gründen Bock auf Mensch-ärger-dich-nicht und gingen in die erste Etage, um nach dem Brettspiel zu suchen. In der Eingangshalle finden wir es in einem Regal. Beim Spiel verspeisten wir Eis, Chips, Schokolade und all unsere Vorräte. Das Spiel zog sich bereits über eine Stunde hin und es war noch niemand mit einer Figur nach Hause gekommen. Wir beschlossen, so lange zu spielen, bis eine einzige Figur angekommen war und am Ende war es Mila, die gewann. Zwischendurch kam Jojo und zeigte uns seine Zaubertricks, die teilweise nicht wirklich gut klappten, aber dafür alle zum Lachen brachten.

Als wir schon auf dem Weg nach unten zu den Zimmern waren – es war halb eins – bemerkten wir, wie einige aus dem Camp Tischtennis spielten und wir gesellten uns dazu. Irgendwann nahmen sich alle die herumliegenden Schläger und wir spielten gemeinsam Ringel-Pit. Die Sache glich allerdings eher einem Chaos, weil wir es nicht schafften, in gleichmäßigen Abständen um die Platte zu laufen. Das kollektive Lachen und Prusten dabei sorgte nicht gerade für mehr Ordnung. Um halb zwei gingen wir schlafen, weil wir von dem ereignisreichen Tag müde waren und morgens um acht Uhr unser letztes gemeinsames Frühstück warten würde. Wir wollten dazu auf jeden Fall alle pünktlich sein.

Ich fühlte mich viel ausgeschlafener, als an den Tagen zuvor, und ich hatte auch richtig Hunger, als wir zum Frühstück marschierten. Die Stimmung war trotz der bevorstehenden Abreise ausgelassen und freudig. Ich unterhielt mich mit den mir mittlerweile ans Herz gewachsenen Teilnehmern. Wir fanden ein Gesprächsthema, das gerade uns Mädchen sehr interessierte. Wir fragten uns, wie es sein würde, ein Kind zu bekommen. Wie würde unser Körper mit der Hormonumstellung einer Schwangerschaft zurechtkommen? Dürften wir mit den Medikamenten überhaupt schwanger werden? Wie hoch wäre die

Wahrscheinlichkeit, dass unsere Kinder ebenfalls an Psoriasis erkranken könnten? Einige der Teilnehmer hatten sogar beschlossen, keine Kinder zu bekommen. Ich merkte aber, dass ich mir ein Leben ohne eine eigene kleine Familie nicht vorstellen konnte und wollte. Ich nahm mir vor, nach dieser Sache nach meiner Rückkehr im Internet zu recherchieren und bei Gelegenheit Frau Dr. Schlicht zu befragen.

Nach dem Frühstück trafen sich alle Teilnehmer zusammen im Konferenzraum zur allgemeinen Verabschiedung. Als erstes hielt Hanna eine Motivationsrede, dann durfte jeder in Ruhe etwas zum Camp sagen. Die Reaktionen waren wirklich – wie Frau Dr. Schlichte gesagt hatte – durchweg positiv und auch ich beteuerte, dass ich mich hier sehr wohl gefühlt hatte. Es hatte mir einen riesigen Spaß gemacht, hier sein zu dürfen und in die Welt von anderen Psoriasis-Jugendlichen zu gucken. Am Ende flossen sogar Tränen.

Dann gingen wir alle auseinander und zogen die Betten ab und räumten schnell alle unsere Koffer ein. Dann aßen wir unser Lunch im Speisesaal. Im Anschluss ging es mit dem Bus zurück zum Bahnhof in Dortmund.

Wir verabschiedeten uns überschwänglich und glücklich, inzwischen hatte Mila sogar eine Whats-

App-Gruppe gegründet. Wir nahmen uns alle in die Arme, dann liefen wir los, weil viele ihre Züge erreichen mussten. Ich wartete auf Mama, die mich freudestrahlend abholte und sofort wissen wollte, wie es gewesen war. Außerdem übergab sie mir einen Brief, den ich jedoch vor lauter Müdigkeit gar nicht las, sondern gleich auf dem Beifahrersitz einschlief, als mich das monotone Geräusch des Motors und der asphaltierten Autobahn umfing.

Kapitel Achtzehn: Gefühlte Ewigkeit

Juli hatte den Brief geschrieben. Er hatte ihn bei mir Zuhause mit der Bitte abgegeben, dass ich ihn erst dann lesen sollte, wenn ich aus dem Camp zurück sei. Nun lag ich – am nächsten Morgen – immer noch etwas müde in meinem Bett. Ich war gerade eben erst aufgewacht, als mir der Brief wieder einfiel. Ich reckte mich und warf einen Blick auf den Wecker, während ich mir den Brief vom Nachttisch schnappte. Es war kurz vor elf Uhr. Hatte ich echt so lange geschlafen? Das frühe Aufstehen auf dem Camp war nach so vielen Monaten schulfrei doch etwas sehr ungewohntes gewesen. Ich faltete den Brief auseinander und begann gespannt zu lesen:

Liebe Lucy,
ich habe diesen Brief geschrieben, weil ich WhatsApp dafür zu unpassend fand. Dann gab ich ihn deinen Eltern, damit sie ihn dir geben, wenn du wieder von deinem Pso-Camp zurückbist. Ich will jetzt auch keine Romane verfassen, aber ich muss mit dir reden. Bitte mach' dir jetzt keinen Kopf, es ist alles gut. Ich hoffe sogar, dass du dich freuen wirst. Ich will auch gar nicht zu viel verraten, deswegen sag ich nur: ich hol dich am Donnerstag um zwölf bei dir Zuhause ab. Du

wirst ein Fahrrad brauchen. Kein Dresscode ;) Ich freue mich auf dich!
Dein Juli
7. August 2015

Ich saß da und las die Zeilen noch mal durch. Also wirklich viel verraten hatte er tatsächlich nicht. Aber er würde sich schon etwas dabei gedacht haben. Ich nahm mir jedenfalls vor, ihn nicht weiter zu bedrängen, es würde sicher nichts bringen; nur ein schlechtes Gewissen von mir und schlechte Laune seinerseits. Stattdessen genoss ich die Vorfreude auf das, was sich Juli ausgedacht hatte. Das hatte ich auch im Pso-Camp gelernt. Ich drehte mich lächelnd um und schloss noch für ein paar Minuten die Augen, dann stand ich auf, ging unten frühstücken und fuhr im Anschluss gut gelaunt zu Kaya.

Alexa wartete bereits auf mich und konnte ihre Freude kaum verstecken. Sie hatte Lord Andyamo mit Maiks Erlaubnis im Innenhof angebunden und wollte mit mir über die Geländestrecke jagen, denn heute war niemand da und so konnten wir unseren Ritt frei gestalten.

„Ich freue mich voll, dass du wieder da bist", Alexa umarmte mich freudestrahlend.

„Ich freue mich auch, wieder da zu sein. Ich hab dich und Kaya total vermisst", gab ich lächelnd zu.

„Und Juli?" Alexa zwinkerte mir grinsend zu und gab mir einen Striegel, damit ich mein Pferd putzen konnte.

„Den natürlich auch", musste ich ihr lachend zustimmen und meine beste Freundin fiel mit ein. Bevor wir jedoch mit dem Putzen anfingen, setzen wir auf einige Strohballen, die vor den Boxen aufgetürmt lagen. Natürlich wollte Alexa alles wissen, was in den letzten Tagen im Pso-Camp passiert war. Wir lachten über einige Geschichten, die ich ihr erzählte

„Du hast dich verändert", sagte sie nach einer kurzen Pause todernst.

„Wie meinst du das?" Ich war verwundert.

„Du bist… so anders irgendwie. Ich weiß nicht… kann es sein, dass du endlich deine Angst im Griff hast? Du wirkst so voller Tatendrang und viel selbstbewusster", Alexa packte mich und drehte mich dann vor sich her. Sie betrachtete mich von allen Seiten. „Es muss deine Einstellung sein. Du siehst aus wie sonst auch."

„Alexa, ich war in keiner Schönheitskur, sondern in einem Jugendcamp", erwiderte ich lachend und sie nickte grinsend.

„Aber ich mag die neue Lucy", Alexa sprang vom Strohballen und setzte sich stattdessen auf die Bank am Brunnen.

„Na, da hab ich aber Glück gehabt", ich zwinkerte ihr zu und begann, Kaya zu satteln.

„Hättest du Bock, morgen oder so schwimmen zu gehen?", Alexa sah mich erwartungsvoll an.

„Schwimmen? Also so selbstbewusst bin ich nun auch wieder nicht", gab ich zu Bedanken. Ganz wohl war mir bei dem Gedanken nicht. Fürs Schwimmbad fühlte ich mich nicht gerüstet.

„Ein Versuch wäre es wert. Wir können auch ganz spät abends gehen. Da ist im Hallenbad nix mehr los und ich bin ja auch da. Wir können auch die ganze Zeit zusammen im Wasser bleiben", drängelte Alexa weiter.

„Na gut, weil du's bist. Aber Donnerstag kann ich nicht, da bin ich schon mit Juli verabredet", gab ich grinsend nach.

„Ach, nee", Alexa stand grinsend auf, als ich mir meinen Helm und das Pferd schnappte.

„Doch. Und er hat was von 'ner Überraschung gesagt!"

Alexa und ich trafen uns wie verabredet am Mittwoch zum Schwimmen. Erst hatte Leon unbedingt mitgewollt, aber Alexa hatte ihn charmant abserviert und ihm dafür versprochen, sich etwas Besonderes für ihn zu überlegen. Es hatte ihn ruhig gestellt und so brachte uns Mama zum Schwimmbad.

„Siehst du?", Alexa deutete auf den Parkplatz. „Fast keine Autos da."

„Ja, ja. Wetten, das Becken ist gerammelt voll?" Sonderlich wohl fühlte ich mich nicht und ich lief dementsprechend auch nicht so selbstbewusst durch die sich öffnende Eingangstür des Schwimmbades wie meine beste Freundin.

„Ich wette dagegen", sagte sie noch zu mir, bevor sie zwei Schülerkarten für zwei Stunden Schwimmen kaufte. „Ich lad dich auch ein."

„Das ist lieb", ich ließ mich besänftigen und krabbelte hinter Alexa her in eine Kabine.

„Mach dir einfach nicht so viel Gedanken, okay? Ich bin da und du bist du und so wie du bist, bist du toll!" Alexa schaute mich energisch an und zog sich das T-Shirt über den Kopf.

„Ja", ich wich erst ihrem Blick aus, aber Alexa wedelte mit der Hand vor meinen Augen herum, sodass ich hochblickte – und erstarrte. „Hast du da 'nen Knutschfleck, Alexa?!"

„Wo?", sie stellte sich auf die Zehenspitzen, um in den kleinen Spiegel in unserer Kabine gucken zu können. „Ach so, da. Ja, das könnte einer sein." Sie verrenkte den Hals und zuckte dann die Schultern.

„Ich frag jetzt lieber nicht, woher du den hast", erwiderte ich und drehte mich um. Ich wollte gar nicht wissen, was Alexa und mein großer Bruder taten – nein!

„Ich würd's dir auch nicht sagen", kicherte Alexa, zog sich Schuhe und Socken aus und wartete dann auf mich. „Deine Haut sieht aber schon besser aus", fand sie.

„Sie ist auch besser geworden. Aber du kannst dir ja ausrechnen, wie lange das noch dauert, wenn wir so viele Wochen für diesen Fortschritt gebraucht haben", ich zuckte resigniert die Schultern, stopfte meine Klamotten zurück in den Rucksack und trat gemeinsam mit Alexa aus der Umkleide. Es war niemand auf dem Gang.

„Siehst du, Lucy? Niemand da", Alexa schloss ihre Sachen ein und ich tat es ihr gleich. Wir huschten über den Flur in die Duschen und auch hier war zu meiner großen Erleichterung niemand.

Dank der CSV-Therapie waren die starken Schuppungen zurückgegangen und die auffällige Rötung hatte sich in einen dunklen Braunton verwandelt, der von weiter weg betrachtet schon eher einer Pigmentstörung glich. Ich wusste in dem Moment nicht, was mir lieber gewesen wäre.

Wir liefen von den Duschräumen zum Becken und Alexa sprang begeistert hinein. Ich folgte ihr über die Treppen, als ich die genervten Blicke der umher schwimmenden Omas bemerkte.

„Können Sie denn keine Rücksicht nehmen, junge Dame?", sprach eine ältere Dame meine beste Freundin an und ich musste ein Kichern unterdrücken.

„Äh, tut mir leid. Beim nächsten Mal pass ich besser auf", erwiderte Alexa überrascht und ich merkte, dass man sie wirklich mal aus dem Konzept gebracht hatte.

„Ach, Alexa", ich legte mich ins angenehm kühle Wasser und schwamm ein paar Züge. Durch die Entzündungen war meine Haut immer sehr heiß und jetzt kühlte sie ein wenig ab. Es fühlte sich gut an, wieder zu schwimmen. Und jetzt im Wasser konnte mich auch niemand mehr sehen.

„Und? Deinem Gesichtsausdruck nach zu urteilen gefällt dir das Schwimmen ja doch", Alexa grinste, als habe sie damit ein lang schlummerndes Etwas in mir wieder zum Leben erweckt.

„Ich habe nie gesagt, dass mir Schwimmen keinen Spaß macht. Es kostet mich nur zu viel Überwindung, sodass ich dann lieber erst gar nicht gehe", ich schwamm los und meine beste Freundin folgte mir.

„Ich bin froh, dass du mitgegangen bist. Du musst einfach wieder selbstsicherer werden", mutmaßte Alexa und drehte sich auf den Rücken. Sie starrte die blaue Decke an.

„Wahrscheinlich hast du Recht. Ich habe sooo viele Jahre so gelebt. Das ist nur nicht so einfach, das von heute auf morgen alles zu ändern", entgegnete ich und zog Alexa weiter.

„Ich bin stolz auf dich, dass du dich dem allem stellen willst… wirst du es Juli denn jetzt morgen endlich sagen?", fragte sie aufgeregt, als sie sich wieder umdrehte und hinter mir hergeschwommen kam.

„Mal sehen. Wenn ich das Gefühl habe, dass es passt und mir dann auch die richtigen Worte einfallen." Am Beckenrand angekommen zog ich mich hoch und setzte mich mit den Füßen im Wasser auf den Rand. Alexa tat es mir gleich.

„Ich bin mir ganz sicher, dass er nichts Blödes sagt. Und dein Bruder ist übrigens derselben Meinung wie ich", Alexa versuchte, ihre Beine im Wasser so ruhig zu halten, dass das Licht sich nicht mehr in der Wasseroberfläche brach – was natürlich nicht klappte, denn es tauchten wieder zwei steifhalsige Omas auf, die verkrampft versuchten, ihren Kopf inklusive Duschvorhang-Haube über Wasser zu halten.

„Hast du Leon etwa davon erzählt? Alexa!" Ich war entsetzt und enttäuscht.

„Mann, er ist dein Bruder. Und er kennt nicht nur dich, sondern auch Juli. Und er meinte, dass Juli noch nie dumm auf Neuigkeiten reagiert hat und eigentlich auch voll offen ist", versuchte Alexa, sich zu rechtfertigen.

„Ja, vielleicht war das ja auch gar keine so dumme Idee, mit ihm zu reden", musste ich zugeben. „Was hat er denn gesagt, als du ihm erklärt hast, dass was zwischen mir und Juli ist?", wollte ich dann neugierig wissen.

„Er hat überhaupt nicht überrascht reagiert. Er hat es ja schon geahnt und sich eher gefreut, dass du dir einen ordentlichen Kerl, noch dazu einen Segler, ausgesucht hast und mit mir so viel darüber geredet hast", sie grinste und ich schubste sie erleichtert zur Seite.

„Ich bin ja auch froh, dass ich dich hab", ich grinste meine beste Freundin an, als jemand hinter uns auftauchte.

„Was hast du denn da?" Der Bademeister klopfte unsanft auf meine Schulter und deutete dann auf meine Beine. In diesem Moment realisierte ich wieder das, was ich die ganze Zeit vergessen hatte. Alexa hatte es erfolgreich geschafft, mich so sehr abzulenken, dass ich die Tatsache, dass ich mit der Pso öffentlich im Schwimmbad saß, vergessen hatte. Und nun machte dieser Bademeister alles kaputt.

„Das ist Schuppenflechte", erklärte ich, nachdem ich kurz verblüfft dagesessen hatte.

„Ist das irgendwie gefährlich?", der Bademeister musterte uns nachdenklich und skeptisch.

„Natürlich nicht", Alexa stand entrüstet auf. „Muss man als Bademeister nix wissen? Schon vor ein paar Jahren wurde die Badeordnung geändert, eben weil diese Hautveränderung keine Gefahr für andere ist. ES IST NICHT ANSTECKEND!" Sie betonte dabei jede Silbe und war vom Beckenrand aufgestanden und hatte sich vor dem Bademeister aufgebaut.

„Alexa, ist gut", wollte ich sie aufhalten, doch meine beste Freundin kam jetzt erst richtig in Fahrt.

„Lass mich das klären, Lucy!"

Doch genau in diesem Moment erblickte ich an den Duschen zwei Gestalten, die nichts Gutes verhießen: Aaron und Kathlen.

„Alexa, schau mal da", ich tastete nach ihrer Hand und sie folgte sofort meinem Blick.

„Ach, du… los, lass uns abhauen, bevor die uns hier entdecken", meine beste Freundin packte mich am Arm und ließ den Bademeister einfach wortlos stehen. Wer so unsensibel war, hatte auch nichts Besseres verdient.

Wir fanden einen Weg um das Büro der Bademeister herum und am Kinderbecken vorbei zu den Duschen, sodass uns Aaron und Kathlen nicht entdeckt hatten. Erleichtert kamen wir in den

Duschen an und ließen uns vom warmen Wasser aufwärmen und den Schock wegwaschen.

„Wenn ich könnte, würd ich den Bademeister anzeigen", sagte Alexa, als wir zurück zu den Umkleiden gingen.

„Ach, Alexa, übertreib es doch nicht gleich", ich war von ihrem Einsatz für mich ein wenig verlegen und trocknete schnell die Haut ab.

„Ich übertreib ja gar nicht… Kann man den hier nicht irgendwie anschwärzen?" Alexa reagierte überhaupt nicht mehr und ich musste vor Freude über eine so tolle beste Freundin breit grinsen.

Wir verließen das Schwimmbad und ich war überrascht, dass mir der Auftritt des Bademeisters ziemlich egal war. Sollte sich wirklich etwas an meiner Einstellung geändert haben?

Mein Handy klingelte bereits seit einer halben Minute ununterbrochen und ich fand es einfach nicht. Verzweifelt wühlte ich in meinem Kleiderhaufen vor dem Schrank, verunstaltete den Schreibtisch, weil ich das Handy nicht zwischen all den Zetteln fand. Schließlich warf ich mich in Richtung Bett und schmiss alles, was darauf lag, raus auf die Erde. Und da – endlich! Da lag es: mein Handy!

„Ja, Lucy Schmidt", keuchte ich in den Hörer ohne einen Blick auf das Display geworfen zu haben.

„Hey, Lucy. Ich bin's, Juli", sagte er am anderen Ende.

„Hi", ich freute mich, ihn zu hören.

„Hast du meinen Brief erhalten?", fragte er nach.

„Klar. Ich wollte dich nur nicht damit nerven, immerhin hast du ja gesagt, ich solle mir keine Gedanken machen und deswegen hab ich mich einfach drauf gefreut", erklärte ich ihm. Ein Lachen war am anderen Ende zu hören.

„Das ist gut. Ich bin nämlich in zwei Minuten bei dir", lachte er und ich fiel fast in Ohnmacht.

„Was? So schnell? Ich muss mir noch was anziehen", ich wurde hektisch und durchwühlte den Wäscheberg vor dem Schrank erneut. Ich müsste dringend aufräumen.

„Ganz ruhig, Lucy. Zieh dir was an, was du gerne trägst und dann ist alles gut", beruhigte er mich.

„Geht in Ordnung", erwiderte ich, dann verabschiedeten wir uns.

Ich schlüpfte in eine Jeans, die wieder wahnsinnig juckte, aber für Juli tat ich mir das an, und ein T-Shirt, auch wenn ich mir selbst eingestehen musste, dass meine Vorsätze mal wieder missglückt waren und ich sie nicht in die Tat umsetzen würde. Ich verdrängte den Gedanken schnell.

Juli holte mich pünktlich um zwölf Uhr bei mir ab und wir fuhren mit dem Fahrrad los. Er führte mich in den Wald, in dem es an diesem Augustnachmittag angenehm kühl war. Ich fuhr entspannt neben ihm her, er grinste in sich hinein. Nach ein paar Minuten Fahrt, bei der Juli den Ton angab, erreichten wir eine wunderschöne Waldlichtung. In der Mitte der Wiese, die von bunten Blumen übersät war, lag eine Picknickdecke und er hatte alles Mögliche zum Essen und Trinken mitgebracht: Teller, Tupper-Boxen und Pappbecher standen da, ein großer geflochtener Picknickkorb wartete darauf, von uns überfallen zu werden. Über all den Sachen flogen die Schmetterlinge hin und her, ein paar Bienen sah ich auch. *Die Schmetterlinge passen zu dem Gefühl in meinem Bauch*, dachte ich, sprach es aber nicht aus.

„Gefällt's dir?", fragte Juli grinsend neben mir.

„Und wie. Hast du das alles alleine gemacht?", ich blickte ihn mit großen Augen an.

„Naja. Ich gebe zu, meine Mutter hat mir beim Zubereiten geholfen", gab er schief grinsend zu.

„Oh, vielen Dank", ich fiel ihm um den Hals.

„Huch", machte er überrascht, nahm mich dann aber in seine Arme.

Wir setzten uns auf die Picknickdecke und aßen all die Köstlichkeiten, die Juli und Jeanette anscheinend mit ganz viel Liebe zubereitet hatten. Und sie schmeckten super.

„Das ist echt schön. Sowas hat noch keiner für mich gemacht", sagte ich und streckte mich lang aus. Die Sonne schien vom wolkenlosen Himmel und ich war ein wenig erleichtert, dass ich nur in Jeans und T-Shirt hier war und so die Psoriasis gut verstecken konnte. So war es eine gewohnte Situation.

Ich richtete mich auf. Eigentlich hatte ich es ihm jetzt sagen wollen, aber er beugte sich zu mir rüber und legte mir einen Arm um die Schulter. Er legte seinen Kopf auf meine Schulter und in diesem Moment wünschte ich mir nichts sehnlicher, als dass die Welt stehenblieb und wir für immer und ewig hier sitzen bleiben konnten. Vergessen waren alle guten Vorsätze.

„Ich bin so froh, dass wir beide uns kennengelernt haben", flüsterte er mir irgendwann – nach einer gefühlten Ewigkeit – ins Ohr.

„Ich bin auch sehr froh darüber", flüsterte ich zurück und schaute ihn an. Sein Gesicht kam meinem immer näher und ich dachte schon *„Jetzt küsst er mich"*, als plötzlich mein Handy klingelte. Seine Lippen waren meinen nur Sekunden zuvor noch ganz nah gewesen. Ich hatte ihn so gerne küssen wollen, hatte spüren wollen, ob es sich ähnlich anfühlte wie bei Aaron oder doch ganz anders. In diesem Moment wünschte ich mir, dass Juli mich als Erster geküsst hätte.

Erschrocken fuhren wir auseinander, jedem von uns war das unglaublich peinlich. Ich nahm das Gespräch mit zittrigen Fingern entgegen. Es war Mama, die mich daran erinnerte, dass ich noch den Termin in der Klinik hatte. Dabei schrie sie allerdings so sehr in den Hörer, dass ich schon befürchtete, dass Juli, der direkt neben mir saß, es hörte.

„Ich komme, Mama", sagte ich genervt und legte auf. Warum mussten Mütter auch immer im unpassendsten Moment anrufen? Hätte sie nicht auch eine SMS schreiben können?

„Was ist?", wollte Juli wissen. Er schien unsicher.

„Mama hat mir gesagt, dass ich noch einen Arzttermin hab. Keine Ahnung, warum grad jetzt", ich zuckte die Schultern. Und schon wieder eine Lüge. Es schmerzte mich wie tausend Messerstiche, aber jetzt war die Zeit zu knapp, um ihm alles in Ruhe zu erklären. Es ärgerte mich.

„Kann man wohl nichts machen", Juli zuckte die Schultern. „Ich hab mich jedenfalls gefreut, dass du mitgekommen bist und wir diese Augenblicke hier alleine hatten."

„Und ich hab mich total über deine Überraschung gefreut. Und es war wirklich super lecker, sag das auch deiner Mom", erwiderte ich, dann packten wir die Sachen schnell zusammen und machten uns auf den Heimweg. Zuhause verabschiedeten wir uns schnell, weil auch Jeanette auf dem Heimweg bei Juli angerufen hatte, dass er nach Hause kommen müsse, weil sie mit Fiona nun Mirakules abholen würde und sie zu Hause eine totale Hektik verbreitete.

Erst jetzt fiel mir auf, dass er mir ja gar nicht gesagt hatte, was er in seinem Brief kurz angedeutet hatte. Aber fragen wollte ich ihn jetzt auch nicht mehr. Es war wie mit dem Kuss, der uns nicht vergönnt gewesen war: Es sollte wohl nicht sein.

Kapitel Neunzehn: Alles auf Anfang

Am Freitag hatte Kaya einen richtig freien Tag, weil Maik wollte, dass sie sich entspannte, bevor morgen die Aufregung auf dem Turnier losging. Ich musste jedoch noch mal zu ihr in den Stall und ein paar Sachen vorbereiten und Kaya die Mähne einflechten. Doch bevor mich Mama entließ, hatte sie noch etwas ganz wichtiges zu verkünden:

„Nachher, wenn Lucy wieder da ist, fahren wir alle gemeinsam in den Wald an den Badesee. Das Wetter ist heute bombastisch!" Sie stellte sich in den Flur im Erdgeschoss, wo sie auch wirklich jeder hören konnte.

„Und am Wochenende werden wir alle auf irgendeinem Turnierplatz herumgammeln!", fügte Leon ätzend hinzu.

„Cool", fanden Mel und Saira, denn sie konnten es kaum erwarten, endlich ihre neuen Bikinis auszuprobieren, die sie von Mama vor ein paar Wochen geschenkt bekommen hatten.

„Ich bleibe heute den ganzen Tag bei Kaya", verkündete ich hingegen ganz schnell. Ein überfüllter Badesee war eh nicht meins!

„Aber das ist doch ein Familienausflug", wandte Mama ein. „Da sollten wir schon alle hinfahren." Sie sah mich tadelnd an.

„Muss das sein? Ich meine, ich geh eh nicht schwimmen", jammerte ich gequält.

„Das muss sein! Du kannst dir ja ein Buch mitnehmen und lesen", schlug Papa vor.

„Super. Ein Buch? Ich reite morgen ein Turnier und ihr wollt, dass ich ein Buch lese?" Ich war fassungslos!

„Entspannung tut auch dir mal gut", meinte Leon und ich wusste nicht, ob er mich nur ärgern wollte oder es ernst meinte. Mit der Psoriasis würde mir Entspannung tatsächlich mal ganz gut tun, da hatte er Recht.

„Und du hast voll die Ahnung davon, oder was?" Ich zog die Augenbrauen hoch und schaute meinen Bruder angriffslustig an.

„Schluss jetzt mit der Diskussion. Wir fahren alle – Basta!" Mama beendete den Ärger. Klasse!

Ich fuhr zum Stall, um La Kaya für morgen fertigzumachen. Dabei halfen mir Hera und Amelie, die Tochter von Maik, die wie Hera mit ihrem Pferd Midnight im Kader ritt. Die beiden kannten sich mit den Vorbereitungen für Turniere schon richtig gut aus.

Wir räumten alle Sachen in den Hänger, den Mama mir am Abend zuvor vom Hängerparkplatz in den Hof gefahren hatte.

„Ist das nicht komisch?", meinte Hera, als ich den Hänger schließlich schloss. „Ich bin so aufgeregt, als würde ich morgen selbst starten!"

„Schon irgendwie", bestätigte ich und schlenderte zurück zu meinem Pferd, um es in den Stall zu bringen. Dann bedankte ich mich bei Hera und Amelie, verabschiedete mich von ihnen und fuhr nach Hause, wo bereits alle fertig auf mich warteten. Leon war schon in seiner Badehose und ich fragte ihn, ob er so gehen wolle.

„Klar", meinte er, als sei es selbstverständlich, halb nackt durch die Straßen zu laufen.

„Logo", ich zog die Augenbrauen hoch und lief hoch in mein Zimmer. Auf dem Weg begegnete ich noch Mel und Saira, die sich mal wieder zankten, welcher Bikini schöner sei.

Der Besuch im Schwimmbad mit Alexa war zwar ein großer und wichtiger Schritt gewesen, mich aber an einen völlig überfüllten Badesee zu legen, war mir dann doch etwas zu viel. Es war schließlich was anderes, als am Reitstall, zu Hause oder auf dem Pso-Camp. Mama und Papa hatten Verständnis dafür, sagten aber dennoch, dass ich mir einen Bikini anziehen sollte, falls ich doch spontan Lust auf Schwimmen bekommen würde, auch wenn sie selbst wussten, dass das sehr unwahrscheinlich war.

Also zog ich mir ebenfalls einen Bikini, den ich bisher kaum getragen hatte, unter das T-Shirt und schlüpfte in meine lockere Jogginghose, auch wenn ich niemals auf die Idee kommen würde, meinen

Schutzmantel auszuziehen. Dann schnappte ich mir zwei verschiedene Bücher, mein Handy und die Kopfhörer. Ich steckte alles in den Rucksack, in dem sich zwei Handtücher, meine Sonnenmilch mit Lichtschutzfaktor 50, Wechselklamotten und eine Wasserflasche befanden. Den Proviantkorb würde wohl sicher Mama mitnehmen.

Zehn Minuten später saßen wir alle im Auto und es ging los zum Waldsee. Saira und Mel kabbelten sich immer noch leise auf der Rückbank, während ich mir mein Buch aus dem Rucksack fischte und anfing zu lesen.

Wir erreichten den Parkplatz, der schon völlig überfüllt war. Doch dann erkannte ich das Auto von Alexas Eltern und freute mich sofort, mitgekommen zu sein. Ich vermutete, dass Leon dahintersteckte, sagte aber nichts, als wir ausstiegen und die letzten Meter zum Badesee liefen. Leons Flip-Flops flippten und floppten und das Geräusch machte mich fast wahnsinnig.

Mama und Papa suchten uns einen Platz, der halb im Schatten und halb in der Sonne lag. Ich breitete mein Handtuch unter dem Baum im Schatten aus und setzte mich dann darauf. Ich hielt Ausschau nach Alexa und winkte ihr, als ich sie sah. Sie erkannte mich und kam zu mir rüber.

„Was machst du denn hier? Ich dachte, du verabscheust Wasser!", fragte sie mich, als sie sich neben mich geworfen hatte.

„Tue ich ja auch im Grunde! Aber Mama und Papa haben heute einen Badetag geplant und ich musste unbedingt mit. Hab mich vorhin noch am Stall abgehetzt. Zum Glück waren Amelie und Hera da und haben mir geholfen. Die beiden haben viel mehr Ahnung vom Turnierreiten als ich! Und außerdem verabscheue ich blöde Bademeister noch viel mehr", ich zwinkerte ihr zu.

„Mmm. Ich bin froh, dass du hier bist. Nach unserem Ausflug ins Schwimmbad ist das hier der nächste Schritt zu deinem neuen Selbstbewusstsein. Aber jetzt erzähl mal von gestern. Hattet ihr Spaß?", wollte Alexa dann wissen.

„Bis Mamas Anruf kam, dass ich in die Klinik müsse, ja", meinte ich niedergeschlagen und beugte mich zu ihr rüber: „Er hätte mich fast geküsst!"

„Echt? Cool!", grinste sie. „Herzlichen Glückwunsch. Da hast du ja ordentlich Eindruck hinterlassen", gratulierte mir Alexa und ich stieß sie an. „Und das trotz Psoriasis."

„Er weiß es immer noch nicht!", gab ich seufzend zu. „Ich hatte keine Zeit mehr, ihm noch alles zu erklären." Ich ließ die Schultern hängen.

„Du musst es ihm jetzt aber echt bald mal sagen, die Zeit wird immer knapper", tadelte Alexa und legte mir eine Hand auf die Schulter. „Sonst wird das nichts!"

„Das weiß ich selbst", meinte ich traurig. „Aber du sagst das so leicht. Du hast ja keine Psoriasis. Und du bist bereits in einer festen Beziehung!"

„Okay. Ich verstehe, dass das nicht leicht für dich ist. Aber wenn er dich wirklich liebt, dann wird er auch deine Psoriasis akzeptieren!" Alexa wollte mich aufmuntern.

„Hoffentlich hast du Recht!", sagte ich nachdenklich. „Ich hab einfach keine Ahnung, wie ich das alles erklären soll."

„Da bin ich auch überfragt", musste Alexa zugeben. „Aber ich habe Mama und Papa gestern Abend erzählt, dass ich auch zu Maiks Reitanlage umziehen möchte, falls er dort einen Platz für mich hat", wechselte Alexa dann das Thema und ich brauchte ein wenig, um den Umschwung mitzukriegen.

„Und, was haben sie gesagt?", fragte ich sie.

„Nichts. Sie meinen, es sei bestimmt zu teuer, um dort dauerhaft zu bleiben und ich wolle bestimmt dann wieder zurück zur Stallgemeinschaft bla, bla, bla", äffte sie ihre Eltern nach.

„So ging das die ganze Zeit?", ich war erstaunt, denn normalerweise diskutierten Alexas Eltern so etwas und ließen es nicht einfach unter den Tisch fallen.

„Die ganze Zeit", bestätigte Alexa und warf einen Blick zu Leon, der sich mit ein paar Kumpels unterhielt.

„Na ja", sagte ich, „vielleicht überlegen sie es sich ja noch." Ich legte mein Buch ganz zur Seite.

„Das hoffe ich", Alexa lehnte sich an den Baum und schaute sich um.

„Maik ist so ein toller Trainer, die Anlage ist wunderschön, und alle Leute sind richtig nett. Das nenne ich eine echte Stallgemeinschaft. Ich meine… die andere war zwar am Anfang auch nett, aber irgendwann wurden die echt blöd. Gerade als rauskam, dass ich den Stall wechsle", überlegte ich laut.

„Ja, da hast du Recht. Mich gucken die auch nicht mehr mit dem Arsch an", bestätigte Alexa und schubste eine Fliege von ihrem Arm weg.

„Hat Aaron eigentlich noch mal was gesagt?", wollte ich dann wissen.

„Naja, so die üblichen Kommentare halt. Hast du dir inzwischen mal überlegt, wie du ihm sagen kannst, wie dämlich er sich verhalten hat? Hat der Psychologe im Camp dir dazu einen Tipp gegeben?", Alexa zupfte an ihrem Bikinioberteil herum, obwohl es perfekt saß.

„Nicht wirklich. Also ich warte eigentlich auf eine Gelegenheit und dann entscheide ich aus dem Bauch heraus", erwiderte ich.

„Auf Aaron kannst du eh scheißen, der ist so ein Loser geworden. Seit du weg bist, will keiner mehr was von dem hören und jede Frau lässt ihn abblitzen", winke Alexa ab.

„Na, immerhin. Und jetzt kann er mich ja auch nicht mehr verfolgen. Auf Maiks Anlage wird er ja wohl kaum kommen", witzelte ich.

„Den würd da auch niemand haben wollen, diesen Fiesling", ihr Gesicht verfinsterte sich. Ich stupste sie an und dann lachten wir beide herzlich.

„Na, gute Laune?", fragte Leon, der sich zu meiner besten Freundin runterbeugte und sie liebevoll küsste.

„Ja, wir haben gute Laune", gab ich zu.

„Hey, Lucy, schau mal wer da ist", sang Alexa leise neben mir und deutete mit dem Finger auf eine Gruppe, in der ich erst Fiona, dann Jeanette und schließlich auch Juli erkannte. „Er hat uns gesehen", freute sich Alexa, als sie ihm winkte.

„Alexa!", ermahnte ich sie. „Hör auf!"

„Oh, Mann. Der muss dich ja echt lieben. Schau mal, wie der grinst", Alexa streckte mir die Zunge heraus.

„Ach, sei still", befahl ich ihr grinsend und sortierte schnell meine Haare, die ich zu Hause gar nicht mehr gemacht hatte. Am liebsten wäre ich aufgesprungen und hätte das Weite gesucht, auch wenn es rein logisch überlegt unmöglich war.

„Hey, Mädels", rief uns Juli entgegen und setzte sich zu uns, nachdem er Leon abgeklatscht hatte. „Wie sieht's aus?"

„Gut", grinste Alexa und lehnte sich an Leon, der sie liebevoll in den Arm nahm.

„Und bei dir, Lucy? Schon aufgeregt wegen morgen?", Juli zwinkerte mir zu und ich brauchte einen Moment, bis ich wieder in der Gegenwart war.

„Ähm, ja, schon", stammelte ich, denn genau in dem Moment erkannte ich Aaron, Kathlen, Jenny und Tatjana, die gerade hinter dem kleinen Busch direkt auf uns zukamen. Zum Glück schienen sie uns nicht zu bemerken und gingen etwas seitlich auf einen anderen Liegeplatz zu.

„Lucy, was ist denn los?", wollte Alexa wissen, als sie meinen Blick bemerkte.

„Da ist Aaron", flüsterte ich ihr zu.

„Was? Den krall ich mir", Leon sprang schon auf, aber Alexa hielt ihn schnell zurück.

„Lass, er hat doch noch gar nichts getan", besänftigte sie ihn schließlich und Leon setzte sich wieder hin.

„Wer ist Aaron?", Juli drehte sich mit verfinsterter Miene um und Alexa warf mir einen eindeutigen Blick zu. Juli war doch nicht etwa eifersüchtig?

„Das ist so ein schmieriger Kerl aus dem alten Stall. Der hat Lucy ständig angebaggert", erklärte Alexa und ließ – Gott sei Dank – die entscheidende Tatsache weg, dass er mich wegen der Schuppenflechte gemobbt hatte.

„So ein Idiot", fluchte Juli leise, fasste sich dann aber wieder.

„Ich hab Karten dabei, wollen wir vielleicht 'ne Runde spielen?", schlug Leon vor, der die angespannte Stimmung durchblickt hatte.

„Klar", Juli rückte so, dass wir uns in einen Kreis setzen konnten.

Die Sonne schien strahlend vom Himmel und schimmerte auf dem Wasser, in dem einige Jugendliche mit aufblasbaren Gummitieren spielten. Auf einmal war mir nicht mehr langweilig. Meine Freunde – okay, und mein Bruder – sorgten dafür, dass ich mich nicht mit meinem Buch und jeder Menge Selbstmitleid verkroch.

„Wollen wir schwimmen gehen?", fragte Juli nach drei Runden Mau-Mau.

„Au, ja", Alexa sprang sofort auf und richtete erst mal wieder ihren Bikini – der wohlbemerkt immer noch perfekt saß.

„Also, ich komme auch mit", Leon hob meine beste Freundin hoch, die sofort anfing zu kreischen.

„Ich bleib hier, geht ruhig ohne mich", ich zwang mich zu einem Lächeln und schnappte mir schon mein Handy und die Ohrstöpsel. Dann würde ich einfach mit Mila auf WhatsApp schreiben.

Doch Juli blieb stehen. „Du siehst eh nicht nach schwimmen aus, so in den langen Sachen. Sicher, dass du nicht doch schwimmen willst?", Juli hockte sich vor mich hin und legte mir eine Hand aufs Knie.

„Sicher", entgegnete ich, unterdrückte den Fluchttrieb, der mich zittern ließ.

„Lucy, ich weiß beim besten Willen nicht, was du mir verheimlichst, aber es wird langsam immer seltsamer und ich werde nicht schlau daraus", er sah mich noch eine Weile an, dann stand er auf.

„Lucy, komm doch mit", Alexa kam noch mal zurück.

„Ich kann nicht, Alexa. Er ist mir dicht auf den Fersen", jammerte ich und atmete ein paar Mal tief durch.

„Eben. Es ist der beste Zeitpunkt", erwiderte sie.

„Am Badesee? Hier sind überall Menschen und jetzt die Bombe platzen zu lassen, würde alles noch viel schlimmer machen!" Ich sah mich hektisch und mit Angst erfüllt um.

„Sind die bei dir auf dem Camp nicht auch so durch die Gegend gelaufen und sogar ins Schwimmbad gegangen, wenn nicht nur verklemmte Omis da waren?", hakte sie mit hochgezogener Augenbraue nach.

„Ja", gab ich resigniert zu. Doch dann hatte ich keine Chance mehr, die Wahrheit ans Licht zu lassen, denn in dem Moment kreischte jemand wie wild um Hilfe:

„Ihhhhhhhh, Hilfe, Hilfe, was ist das?"

Ich erkannte Kathlens Stimme. Sie stand am Steg, der ein paar Meter in den See hineinragte. Sie blickte hinunter ins Wasser. Die Menschenmassen versammelten sich drum herum, blickten hinunter ins dunkle Grün-grau des Waldsees.

„Komm, lass mal gucken gehen", Alexa sprang auf und zog mich am Handgelenk mit.

Ich ließ mein Handy auf mein Handtuch fallen und stolperte hinter ihr her. „Alexa, spinnst du?"

„Ich will wissen, was die alte Schreckschraube so aus der Fassung gebracht hat", gluckste Alexa und ich seufzte.

„Ich aber nicht", ich wollte mich losreißen, doch da standen wir schon ganz vorne am Steg. Ich warf einen Blick in die Tiefe des Sees, konnte aber rein gar nichts erkennen.

„Wo ist denn hier was?", fragte Alexa unschlüssig.

„Mensch, Alexa, hier ist rein gar nichts. Wieso der ganze Stress...?"

Schon lagen wir im Wasser. Irgendjemand hatte uns einen so heftigen Stoß verpasst, dass wir das Gleichgewicht verloren hatten und vom Steg geflogen waren – direkt in den See. Erst merkte ich nichts, doch dann holte mich ein starkes Brennen zurück in die Gegenwart, in der die Ruhe am See durch lautes Lachen abgelöst worden war. Meine Klamotten weichten innerhalb von Millisekunden durch und das Wasser brannte höllisch auf den entzündeten Stellen. Ich schluchzte. Dann erkannte ich ganz vorne: Aaron.

„So, du dumme, kleine Lucy", lachte er schadenfroh. „Das ist die Rache für die Abfuhr!"

„Boa, Aaron, du Schwein. Das ist so billig", Alexa pfefferte Wasser zu ihm hoch, erreichte aber lediglich seine Unterschenkel, was Aaron nur noch mehr zum Lachen brachte.

„Ach, du Scheiße, Leon! Die Mädchen!", Juli tauchte auf und rannte mit meinem Bruder auf den Steg, die anderen Leute achtlos zur Seite schupsend.

„Verdammt, Lucy", Leon griff nach meiner Hand, aber Juli erwischte mich zuerst. „Alles gut?"

Ich schüttelte heulend den Kopf und ließ mich auf den Steg ziehen. Leon half Alexa, dann halfen sie mir auf die Beine.

„So, wer war das?", Leon stand auf und knackste mit den Fingerknochen.

„Das war Aaron", sagte Alexa, die sich schon wieder gefangen hatte und sich neben mich stellte.

„Darauf hab ich nur gewartet! Das ist mein Go!" Leon rannte los, über den Sand, hinter Aaron her, der nun schnell die Flucht ergriff. Er hatte jedoch keine Chance, zu entwischen, und ich sah mich auch nicht im Stande, meinen Bruder aufzuhalten. Von mir aus könnte er Aaron in ein praktisches Handtaschenformat vermöbeln und im See ertränken.

Ich heulte. Alexa und Juli brachten mich zu unserem Platz unter dem Baum. Als mich Mama so sah, sprang sie erschrocken auf und fragte, was passiert war. Juli und Alexa erzählten es ihr, während ich anfing zu schnattern.

„Lucy-Maus, du musst aus den nassen Sachen raus, du wirst sonst noch krank", Mama gab mir ein Handtuch, mit dem ich mir Gesicht und Haare leicht trocknete. „Und für die Haut ist das sicher auch nicht sonderlich hilfreich. Eincremen wäre jetzt angesagt", Mama wollte mir das T-Shirt über den Kopf ziehen, doch ich hielt sie auf.

„Mama, bitte nicht", bat ich sie, doch sie schüttelte den Kopf.

„Warum denn nicht? Du musst dringend aus den Sachen raus", erinnerte sie mich. Sie hatte ja Recht!

„Juli weiß nichts davon", sagte ich leise.

„Das tut mir leid, Lucy, aber du kannst nicht in den nassen Sachen bleiben. Du musst sie ausziehen", meinte Mama erneut. „Komm, zieh sie aus. Du hast doch den Bikini an und die Wechselklamotten dabei."

Ich atmete ein paar Mal tief durch. „Es tut mir leid, Juli", weinte ich dann und streifte mir sowohl das Shirt, als auch die Hose und die durchnässten Schuhe von den Füßen. Bis ich schließlich in Bikini dastand und in sein erschrockenes Gesicht sah. Alexa fühlte sich sichtlich unwohl.

„Ach, du Scheiße", entfuhr es Juli und das war für mich zu viel.

So schnell ich konnte, rannte ich los, um mich dieser schlimmen Erfahrung zu entziehen. Es war beinahe noch schlimmer als Aarons Mobbingattacke. Die Tränen stiegen mir in die Augen, bis sie schließlich den Kampf gewannen und mir ungehindert übers Gesicht strömten.

„Lucy!", rief Juli hinter mir. „Warte doch!"

Aber ich rannte. Ich rannte, so schnell mich meine Füße über den steinigen Weg tragen konnten – schnell war ich also nicht. Meine Füße taten unter den Kieseln genauso weh wie meine Haut, die das Seewasser nicht sonderlich gut vertrug. Einige kleine Steinchen drückten sich hartnäckig in die Fußsohle und versursachten einen unerträglichen Schmerz, der den der Schuppenflechte noch übertrumpfte.

„Verdammt, Lucy, bleib doch stehen. Ich muss dir was sagen", Juli hatte mich erreicht und hielt mich fest. Er zog mich in seine Arme, ich weinte schon fast hysterisch. „Beruhig dich erst mal", flüsterte er.

„Aber... aber... ich...", stotterte ich und schnappte atemlos nach Luft.

„Vielleicht vorab: Mach dir mal keine Sorgen wegen meiner Reaktion", sagte er und ließ mich leicht los. „Setzen wir uns dahin?", fragte er dann.

„Wie?" Ich drehte mich um und brauchte ein paar Sekunden, bis meine wässrigen Augen den Blick freigaben. Und dann sah ich die Hütte, die La Kaya und ich vor ein paar Wochen entdeckt hatten. Das Achteck mit den Stelzen. „Ja", schniefte ich dann und Juli half mir. Als ich mich hinsetzte, befreite ich erst mal meine Füße von den Kieseln, die sich fies in die Haut gedrückt hatten.

„Ich weiß ja selbst nicht wirklich, wie ich anfangen soll", gab er dann zu und schien nach den passenden Worten zu suchen.

„Ich aber", schniefte ich. „Es tut mir leid, Juli. Ich hätte dir das Ganze schon bei der ersten Gelegenheit sagen müssen, aber die Story, die Alexa vorhin von Aaron erzählt hat, war nicht ganz zu Ende", musste ich dann zugeben.

„Dann erzähl sie mir", forderte er mich liebevoll auf.

„Aaron stand auf mich, das stimmt. Aber als ich ihm erzählt hab, dass ich das hier habe, da hat er mich aufs Übelste gemobbt und fertiggemacht. Ich habe mir geschworen, das von nun an geheim zu halten. Und dann kamst du und hast meine ganze Welt auf den Kopf gestellt", heulte ich und beruhigte mich nur langsam. Es tat gut, ihm endlich die komplette Wahrheit zu erzählen.

„Du hast Schuppenflechte, oder?", sprach er mich dann direkt darauf an. Als ich ihn erschrocken ansah, nahm er meine Hand.

„Ja… aber… Woher weißt du das?", ich war total überrumpelt.

„Ich hab dir mit deiner *Potenziellen Sportordnung* schon kein Wort geglaubt und mich, als du weg warst, mal ins Internet gehängt. Und dann kam ich auch auf die Seite vom deinem Camp. Das ist zwar für Jugendliche, aber nicht für Reiter. Und ich hab ein Bild an deiner Wand gesehen, da hattest du einige rote Flecken an deinen Armen", gestand er mir.

„Aber wieso hast du denn nichts gesagt?", ich sah ihn erleichtert aufatmend an.

„Ich dachte mir, wenn du es mir nicht sagen willst, dann hast du schon einen Grund dafür. Und ich wollte dich auch nicht überrumpeln. Ich wusste ja nicht, wie du reagierst, wenn ich plötzlich dein wohl größtes Geheimnis herausfinde", er drückte meine Hand. „Ich bin dir übrigens nicht böse, dass du es mir nicht gesagt hast. Ich hätte glaube ich auch Angst gehabt an deiner Stelle", er lächelte mir aufmunternd zu.

„Echt?" Ich war erleichtert.

„Ja, echt!", er lachte. „Und du musst mir auch gar nichts darüber sagen, ich hab mich informiert. Und – das war doof, ich weiß – meine Reaktion vorhin war nur, weil ich nicht damit gerechnet hätte, dass deine Haut so entzündet ist. Die Ausmaße haben mich sehr erschreckt", Juli strich mir über den Oberschenkel.

„Es sieht schlimm aus, das weiß ich. Ich bin seit Anfang Juni in der Klinik zur Behandlung und jetzt wollen die mir die ganze Zeit ein neues Medikament aufs Auge drücken. Aber ich traue mich noch nicht wirklich", erzählte ich ihm.

„Sooo lange hast du das schon so schlimm? Oh, Lucy, du hättest das doch nicht alles alleine durchstehen müssen", er nahm mich in den Arm. Es schien ihm ganz egal zu sein, wie schlimm die Schuppenflechte war.

„Aber das wusste ich ja gar nicht", meinte ich und kuschelte mich an ihn.

„Ich weiß. Mir ist es jedenfalls egal; also ich meine, dass es mich nicht abschreckt, dich zu lieben oder so", sagte er dann und schaute mir tief in die Augen.

„Mich… zu lieben?" Mir klappte der Mund auf.

„Ja…", Juli lachte. „Und jetzt mach den Mund zu, damit ich dich endlich küssen kann." Er zwinkerte mir zu und ich musste so krass grinsen, dass er mich einfach in seine Arme zog und mich küsste. Dieser Kuss fühlte sich ganz anders an als der von Aaron. Er war viel weicher, liebevoller und vorsichtiger. Er war zart, gefühlvoll und voller Liebe. Ich glaubte, dass das den Unterschied machte: ich war verliebt und wollte von ihm geküsst werden. Denn jetzt küsste mich Juli. Ich hatte mir wochenlang nichts sehnlicher gewünscht, als von ihm geküsst zu werden. Nicht so wie bei Aaron.

Ich erwiderte seinen Kuss, ohne wirklich zu wissen, wie das ging. Es war ganz einfach und dann schlang ich meine Arme um seinen Nacken. Juli lächelte, als er sich langsam zurückzog und in meine leuchtenden Augen sah.

„Du strahlst ja richtig", bemerkte er grinsend.

„Der Kuss war viel schöner als der, den mir Aaron mal einfach gegeben hat", gestand ich ihm.

„Der hat dich geküsst?" Juli sah mich erstaunt an.

„Ja, einfach so, ohne Vorwarnung. Das war nicht so schön", ich zuckte die Schultern.

„Jetzt musst du dich ja nie wieder von jemand anderem küssen lassen... oder?" Er sah mich erwartungsvoll an.

„Ist das sowas wie Willst-du-mit-mir-gehen?", fragte ich ihn vorsichtig.

„Joa, schon", er grinste.

„Ja", ich nickte begeistert und konnte mein Glück nicht fassen.

„Das ist schön", Juli beugte sich vor und gab mir einen liebevollen Kuss, bis wir uns beide angrinsten. „Wollen wir zurückgehen? Deine Eltern und Alexa warten bestimmt schon."

„Und Leon, der Aaron hoffentlich kleingefaltet hat", ich zwinkerte ihm zu und Juli nickte.

Er nahm meine Hand und dann liefen wir langsam und schweigend nebeneinander her, bis er schließlich die Stille brach:

„Du, Lucy?"

„Ja?"

„Ich glaub, ich hab mich ganz schön in dich verliebt", gab er dann zu und kratzte sich schüchtern am Kopf.

„Soll ich dir was sagen?", fragte ich dann und Juli nickte. „Ich hab mich auch ganz schön in dich verliebt."

Und dann küsste er mich. Lange und leidenschaftlich. Ich war mir zu hundert Prozent sicher, dass ich noch nie glücklicher gewesen war, als in diesem Moment.

Leon hatte Aaron so angegangen, dass irgendwann der Bademeister eingeschritten war und Aaron wegen eines falschen Alarms mit Konsequenzen gedroht hatte. Mama holte Leon zurück, doch der kam gerade eben erst so richtig in Fahrt.

„Lass mich, Mama, so ein ekelhafter Typ soll Lucy nie wieder so angehen", er wollte Mamas Arm abschütteln, doch die ließ nicht los.

„Leon", ich lief auf ihn zu und als er mich so im Bikini dastehen sah, starrte er mich unschlüssig an. „Das ist super lieb von dir und ich bin dir auch ziemlich dankbar dafür, aber ich glaub, das muss ich nun alleine mit ihm klären."

„Lucy, es tut mir so leid, was der Kerl mit dir gemacht hat", Leon nahm mich in den Arm.

„Das weiß ich", erwiderte ich, dann löste ich mich von ihm.

„Du musst das auch nicht alleine machen, ja?" Juli nahm meine Hand und sah mich eindringlich an.

„Verstanden", ich zwinkerte ihm zu, dann gab er mir einen Kuss.

„Ach, sieh an", grinste Leon, der Alexa zu sich gezogen hatte.

„Keine dummen Fragen", ich hob den Zeigefinger, mein Bruder lachte und Alexa fiel mir strahlend um den Hals.

„Ich freue mich so für dich, Lucy", sagte sie, während sie mich zu erdrücken drohte.

In dem Moment tauchte Aaron auf. Hatte er etwa noch nicht genug Dresche gekriegt? „Ist das Glück also wieder perfekt?"

Mama sah mich fragend an, aber ich schüttelte nur leicht den Kopf. Das war mein Moment!

Ich atmete durch, nachdem sich Alexa erstaunt gelöst hatte, dann ging ich auf Aaron zu: „Weißt du was, Aaron?" Ich packte die beiden Enden seines Handtuches, das er sich um den Hals gelegt hatte. „Du bist so eine miese Ratte. Du bist so arm. Du hast keine Freunde, kein Mädchen, das auf dich steht, und keinen Erfolg beim Reiten. Du bist so arm dran, dass du es nötig hast, mich fertigzumachen und mir das Leben zur Hölle zu machen, nur weil ich dich erstens nicht wollte und deinen Kuss sowas von ekelhaft fand, und zweitens, weil du mit der Situation nicht umgehen kannst, dass ich vielleicht eine Erkrankung hab, mit der dein Status noch mehr nach unten rutschen würde. So war dein Ego gleich drei Mal angekratzt worden und das hieltst du nicht aus. Mein Pech war dann, dass ich zu deiner Zielscheibe wurde. Und dein Pech, dass ich so tolle Freunde habe, die hinter mir stehen, und du keine, weil sich alle von dir abgewendet haben, als ich den Eichhof verlassen habe. Eigentlich müsste man dich bemitleiden, aber der Zug ist abgefahren, Aaron. Du bist so ein kleines Stückchen Mist, über das man gerne hinwegsehen will. Und ich halte dir nicht mehr die Hand hin, um dir vom Boden aufzuhelfen." Ich drehte mich um, erleichtert, dass mir die Worte so leicht von den Lippen gekommen waren.

„Pff", machte Aaron nur, dann zog er ab. Ob es ein Eingeständnis war, wusste ich nicht, aber es war mir auch egal, denn ich fühlte mich endlich erleichtert und wie neu geboren.

Juli nahm mich in den Arm und legte mir dann eine Decke um die Schultern. „Oder willst du nicht doch schwimmen?" Er sah mich liebevoll an.

„Och, wenn ihr mich so fragt…", ich sah meinen Bruder, Alexa und auch Juli an, den ich von nun an meinen Freund nennen durfte, was völlig neu aber super schön war. Nachdem ich die Haut abgetrocknet und mit Sonnencreme eingeschmiert hatte, tat sie auch nicht mehr weh.

„Na, dann auf", Leon sprang auf, schnappte sich Alexa und die beiden rannten zum Steg, um von dort aus ins Wasser zu springen. Juli und ich rannten hinter ihnen her, wobei ich Mamas glücklichen Blick nicht mehr sah, den sie Papa zuwarf.

Als wir uns danach auf das warme Holz setzten und ich das erste Mal in der Öffentlichkeit meine Schuppenflechte vergaß, hielt mir Juli seine Hand hin.

„Und jetzt noch mal alles auf Anfang: Ich bin Julien Klimke, aber nenn mich Juli", er zwinkerte mir zu.

„Lucy, einfach nur Lucy", ich musste lachen.

„Ich liebe dich, schöne Lucy", flüsterte er dann.

„Und ich liebe dich, süßer Juli", erwiderte ich an seinen Lippen, dann schloss er die Lücke zwischen uns.

Kapitel Zwanzig: Bedarf an Überraschungen

So richtig glauben konnte ich es noch nicht, was alles passiert war, als ich am Samstag ganz früh aufstand und in meinem Kleiderschrank nach passenden Klamotten suchte. Dabei fielen mir die Sachen in die Hände, die mir Juli geschenkt hatte, und ich betrachtete sie genauer. Und dann beschloss ich, dass heute der perfekte Tag dafür war, um mein Leben neu zu beginnen. Ein Leben mit der Schuppenflechte, in der sie nicht mehr der Herrscher aller Reusen war. Schnell schlüpfte ich in die kurze Hose und das Top, dann ging ich nach unten, um mir in der Küche ein Brötchen aus dem Proviantkorb zu klauen.

„Guten Morgen, Lucy", Alexa umarmte mich, sie sah noch ganz verschlafen aus. Neben ihr tauchte mein Bruder auf, der sich ebenfalls ein Brötchen nahm. Alexa hatte nämlich heute bei Leon übernachtet. Ich wagte es nicht, die beiden auszuquetschen.

„Guten Morgen, ihr beiden", ich grinste.

„Sind die Sachen neu?", fragte Leon kauend und deutete auf mein Outfit.

„Ja, cool, oder? Hat mir Juli damals angedreht, aber ich wollte sie nicht", erwiderte ich.

„Sie stehen dir aber wirklich gut. Juli hatte schon Recht", zwinkerte mir Alexa zu.

„Kommt ihr? Wir müssen los zum Stall. Marie wartet sicher schon", rief Mama von der Haustür. Sie hatte bereits mit Papa das Auto ausgeräumt, damit wir alle darin Platz fanden.

„Kommen", rief ich, packte meinen Rucksack im Flur und lief mit Leon und Alexa los zum Auto. Juli hatte seine Eltern gestern überreden können, mit auf das Turnier zu fahren. Jeanette hatte sich wahnsinnig gefreut, als sie erfahren hatte, dass wir nun zusammen waren. Fiona hatte sich für Mirakules entschieden und wollte mir unbedingt beim Reiten zusehen. Während ich am Turnierplatz total verwirrt nach dem Stellplatz für den Hänger, den Marie mit Douglas und La Kaya fuhr, und den Wohnwagen suchte, kamen Maik, Sally, Hera und Amelie bereits vorbei. Auch für meinen Trainer war heute ein wichtiger Tag. Immerhin würden wir heute sehen, ob sich die zwei Monate Training gelohnt hatten. Wenig später trafen auch Klimkes ein.

Die erste Prüfung, die Kaya und ich an diesem Samstag ritten, war die Dressur, die wir mit dem zweiten Platz abschlossen. Alexa war begeistert und sagte immer wieder, dass sie ja recht gehabt hätte, dass wir das gut hinkriegen würden. Ich war mir einfach sicher, dass Kaya einen super Tag gehabt und die Kommunikation gepasst hatte. Im Anschluss fand das Springen statt und dort ergatterten wir sogar den ersten Platz. Ich war super zufrieden, als wir am Abend alle zusammen ins Partyzelt zum Essen gingen. Juli fand einen Platz neben mir und gab mir einen Kuss auf die Wange.

„Du bist toll geritten", sagte er danach.

„Danke", ich freute mich über seinen Zuspruch.

Alexa und Leon saßen neben mir, er hatte seine Hand auf ihrem Oberschenkel platziert. Sie kabbelten sich die ganze Zeit und Leon flüsterte Alexa etwas zu, was sie rot werden ließ.

„Sagt mal, was ist denn mit euch los? Ihr seid schon die ganze Zeit so seltsam", wollte ich wissen und Alexa wurde gleich doppelt so rot.

„Was anderes", erwiderte sie schnell, als sie sich wieder gefangen hatte. „Meine Eltern haben nach langem Hin und Her erlaubt, dass Mareike und ich zum nächsten Monat zu euch auf Maiks Anlage ziehen dürfen", sie sah mich grinsend an.

„Echt? Das ist ja der Wahnsinn!" Ich fiel meiner besten Freundin um den Hals. „Wie denn das so plötzlich? Gestern hieß es doch noch nein!"

„Maik konnte sie davon überzeugen, dass die Anlage optimal ist. Außerdem ziehen fast alle vom Eichhof weg und bevor die guten Plätze in den anderen Ställen weg sind, haben sie dann doch zwei Boxen angemietet", Alexa grinste breit.

„Das wird echt cool, wenn ihr auch da seid", freute ich mich.

„Wenn wir schon dabei sind", lachte Marie. „Douggli und ich ziehen auch um. Der Eichhof geht, wie Alexa schon angedeutet hat, den Bach runter, Linda hat viel zu viele Schulden gemacht. Außerdem sind die Trainingsmöglichkeiten unterirdisch. Ich hab vorhin mit Maik gesprochen und er hat noch eine Box für uns frei", gab sie zu und wir sahen uns alle völlig baff an.

„Will sonst noch jemand? Mein Bedarf an Überraschungen ist nämlich gedeckt", ich atmete tief durch und blickte in die fröhliche Runde.

„Ja, wir", meldete sich Mama zu Wort.

Ich starrte sie an. Hoffentlich sagte sie jetzt nicht so was wie *Ich bin schwanger* oder so, wie damals bei Mel, als ich gerade auf die weiterführende Schule gekommen war. „Was denn?", ich sah sie zweifelnd an.

„Wir haben etwas beschlossen, Leon", Mama sah meinen Bruder an. „Lucy hat mit dem Training und dem Tumult um das Turnier mit La Kaya so viel von uns bekommen, dass du und dein Wunsch ziemlich untergegangen sind. Wir haben viel mit Matthias und Konstantin gesprochen und haben beschlossen, dass auch du deinen Wunsch erfüllt bekommen sollst", verkündete Mama.

„Heißt das… heißt das, dass ich eine Jolle bekomme?" Mein Bruder saß sprachlos da. Das erste Mal seit langem. In dem Moment fiel mir auf, wie gut er eigentlich zu Alexa passte.

„Ja, das heißt es", Mama lächelte.

„Nein, wie geil!", freute sich mein Bruder.

„Alter, herzlichen Glückwunsch!", gratulierte ihm auch Juli und dann machte Klaus eine Flasche Sekt auf. Jeanette griff nach der Cola für uns und dann wurde angestoßen. Wir jubelten laut, als die Gläser klirrend aneinanderschlugen.

Epilog: Happy End?

Draußen herrschte ein unglaublicher Wind. Die Ostsee war aufgewühlt, die Dünengräser hinter mir raschelten lautstark in den Sturmböen. La Kaya hatte den Kopf in die salzige Seeluft gestreckt und schaute sich neugierig um.

„Ich kann das strahlende Grinsen deines Bruders beinahe bis hier her sehen", witzelte Juli neben mir und legte mir einen Arm um die Hüfte.

Gestern waren wir nach Norddeutschland gefahren, damit sich Leon gemeinsam mit Lukas eine Jolle ansehen konnte, die infrage kam. Mama hatte mir erlaubt, sowohl La Kaya als auch Juli mitzunehmen, was am Anfang nicht ganz so einfach gewesen war, weil wir auch eine Unterkunft für mein Pferd gebraucht hatten. Aber Marie hatte eine ehemalige Schulkollegin gekannt, die hier im Norden auf einem Hof wohnte und uns freundlicherweise eine Box angeboten hatte. Nun standen wir am Strand und schauten zu, wie Leon und Lukas mit dem Wind und den Wellen der deutschen See kämpften. Ständig kenterten sie, doch auch das demotivierte meinen Bruder diesmal nicht. Gemeinsam mit Lukas richtete er das Boot jedes Mal wieder auf und segelte weiter, nur um nach ein paar Wenden wieder zu kentern.

„Stimmt. Ich bin mir recht sicher, dass er das Boot mitnehmen wird", erwiderte ich, auch wenn ich keine Ahnung hatte, worauf man beim Bootskauf achten musste.

„Lucy, darf ich Kaya jetzt auch mal reiten?", fragte mich Mel neben mir und ich nickte. Bevor wir gefahren waren, hatte ich ihr meinen Plan verraten, dass sie mit ihr an den Strand gehen dürfte. Die Freude war groß gewesen. So half ich ihr hoch in den Sattel und lief dann los, sodass uns die beiden folgen konnten.

Juli lief neben mir und nahm meine Hand. „Weißt du, wie froh ich bin, dass alles gutausgegangen ist?", wollte er von mir wissen.

„Ich kann es mir gut vorstellen", erwiderte ich grinsend und schloss die Augen, als er mich küsste. „Ich bin nämlich auch ziemlich froh."

La Kaya und ich hatten in der Geländeprüfung richtig abgesahnt und völlig überraschend den ersten Platz gemacht, mit dem wir uns an die Spitze der Teilnehmer gesetzt hatten. Von Maik hatte ich zum Sieg eine CD mit allen Bildern und Videos vom Training geschenkt bekommen.

Da in der Klinik sowieso ein großes Blutbild gemacht worden war, nachdem ich vom Psoriasis-Camp wieder nach Hause gekommen war, und danach auch der Radiologentermin gewesen war, hatte ich mich nach einer Menge guter Zusprüche selbst dazu entschlossen, doch wieder eine Cröstal-Therapie aufzunehmen, die letzte Woche begonnen hatte. Jetzt warteten wir auf die ersten Reaktionen. Das Gefühl, das Leben nun mit einem Freund an meiner Seite beschreiten zu können, tat unglaublich gut, und Juli zeigte mir von Tag zu Tag, dass es auch ein Leben mit und nicht immer nur gegen die Schuppenflechte gab.

„Das ist richtig super", freute sich Mel, die bis jetzt nur auf Ponys geritten war. Nach dem Erfolg beim Turnier hatte ich mich aber dazu durchgerungen, sie nun endlich mal auf Kaya reiten zu lassen, weil es *ihr* größter Traum war. Und da derzeit jedem seine größten Träume erfüllt wurden, fand ich, dass es nun auch für sie an der Zeit war.

„Es freut mich, dass es dir gefällt", ich grinste ihr zu und ließ Kayas Zügel los, um Mel die Möglichkeit zu geben, alleine zu entscheiden, wo sie hinwollte.

„Und mich freut es, dass du meine Klamotten doch gerne anziehst", Juli zog mich eng in seine Arme und streichelte mir über den Rücken. Seine andere Hand legte die Strähnen aus meinem Gesicht, die der Wind zerzauste, zurück hinters Ohr.

„Das weiß ich", ich gab ihm einen kurzen Kuss. „Ich hatte nur so Angst, dass du mich so sehen könntest", ich zeigte an mir herunter. Seit ich in kurzen Klamotten durch die Gegend lief, war die Haut auch braun geworden und die Schuppenflechte wurde immer unauffälliger. Es sprachen mich zwar viele Menschen an, aber keiner von ihnen hatte bis jetzt so doof reagiert wie Aaron oder der Bademeister. Und mit Juli an meiner Seite fühlte ich mich eh viel besser als alleine. Er war wirklich der absolute Traumfreund!

„Wow, ist das krass", Leon zog mit Lukas' Hilfe die Jolle an den Strand und ließ sich in den Sand plumpsen. Er streckte alle vier Glieder erschöpft von sich.

Ich sah Juli grinsend an, dann liefen wir zu den Jungs. „Und? Was sagst du zu dem Boot?", fragte ich meinen Bruder.

„1-a, erste Sahne. Perfekt. Ich nehm es sofort, wenn Mama und Papa auch ja sagen", erwiderte Leon begeistert und mit geschlossenen Augen.

„Na, dann mal viel Erfolg beim Überzeugen", ich zwinkerte meinem Bruder zu, dann lief ich mit Juli hinter La Kaya und Mel her, die uns schon wieder entgegenkamen.

Mama und Papa waren mit Jeanette, die ebenfalls mitgefahren war, in der Stadt unterwegs, um einzukaufen. Denn zum Abendbrot würde es frischen Fisch geben, auf den ich mich am meisten freute. Klaus war mit Fiona zu Hause geblieben, auch wenn sie unbedingt mit gewollt hatte. Jeanette hatte sie daran erinnert, dass sie sich jetzt um ein Pony kümmern müsse und Fiona hatte lächelnd nachgegeben.

„Weißt du eigentlich, dass du mit so zerzausten Haaren noch viel hübscher aussiehst als sonst?", neckte mich Juli, als wir uns auf den Heimweg machten. Ich erinnerte mich kurz an die Situation, als wir nach unserem DVD-Abend morgens zum Frühstück gegangen waren.

„Ach, quatsch", winkte ich ab, aber Juli nickte. Er war letzte Woche achtzehn geworden und fuhr seitdem alleine Auto. Er hatte mir versprochen, mit mir alles Mögliche zu unternehmen, bis die Schule wieder anfangen würde und er für sein Abi lernen musste. Ich hatte ihm versprochen, ihn beim Lernen in Frieden zu lassen und nicht abzulenken, auch wenn mir erst jetzt bewusst wurde, wie schwer das auch für mich werden würde. Ich konnte mir keinen Tag mehr ohne ihn vorstellen.

Am nächsten Nachmittag gingen wir alle an den Strand. Mama und Papa hatten das Boot für Leon gekauft und wollten gemeinsam mit uns anstoßen. Als sich die feierliche Stimmung verbreitet hatte, schnappte ich mir Kaya und schwang mich in den Sattel. Dann ritt ich los und genoss die Wärme, die vom Himmel auf uns herabschien. Meine Geschichte, die so schlimm begonnen hatte, hatte nun doch ein wundervolles Ende genommen, mit dem ich vor zwei Monaten noch nicht gerechnet hatte. Mein Leben hatte sich so stark verändert, es hatte eine 180°-Wende genommen, eine Wende, auf die ich mich nicht vorbereitet hatte. Als Aarons Eltern von seiner fiesen Intrige gegen mich erfahren hatten, musste er sich bei mir entschuldigen. Ich hatte die Entschuldigung zwar angenommen, doch ich hatte genauso auch mit dem Thema abgeschlossen.

Ich schrieb Mila, mit der ich auch nach dem Pso-Camp noch Kontakt hatte, eine WhatsApp-Nachricht, in der einfach nur stand: *Du hattest Recht. Danke! Es gab ein Happy End!*

Dann galoppierte ich La Kaya an und ließ den warmen Wind all meine Gedanken und Sorgen aus der Vergangenheit aus meinem Gehirn löschen. Ich ritt der Zukunft entgegen, und die sah glänzend, strahlend und mehr als rosig aus. Ich musste sie nicht alleine bestreiten, denn ich hatte eine wundervolle Familie, super Freunde und den allerbesten Freund auf der ganzen Welt an meiner Seite! Mit ihnen zusammen würde ich auch die nächsten großen Hürden überstehen.

Als ich zurückkam, unterhielten sich alle und ich setzte mich leise dazu. Juli nahm lächelnd meine Hand, ich warf einen Blick zu Leon und Alexa, die verliebt auf einem großen Handtuch im Sand lagen und sich leise unterhielten. Ihre Haare lagen ausgebreitet auf seinem Bauch, er streichelte sie an der Hand. Alexa lächelte versonnen. Auch wenn der Gedanke zunächst fremd gewesen war, dass meine beste Freundin und mein großer Bruder ein Paar waren, hatte ich mich recht schnell daran gewöhnt. Zusätzlich hatte ich das Glück, dass sie sich in meinem Beisein zusammenrissen und ihre Zweisamkeit dann auslebten, wenn ich sowieso mit Juli beschäftigt war. Der hatte mir sogar versprochen, bei meinem nächsten Arzttermin mitzukommen und mich seelisch zu unterstützen, auch wenn ich noch nicht wirklich wusste, ob ich das wollte.

Das freut mich für dich, Lucy ☺ *Erzähl mir bitte mehr. Deine Mila*, hatte sie geantwortet und ich grinste.

Ich schickte ihr ein Bild von Juli und mir, das ich aufgenommen hatte.

Es folgte: *Ah, ich hab's kapiert. Find ich super!*

„Na, was machst du da?", wollte Juli wissen.

„Gar nichts", ich machte schnell das Handy aus.

„Gar nichts?", er zwinkerte und piekte mir in die Seite, bevor er mich überschwänglich küsste.

„Du musst nicht immer alles wissen", sagte ich dann ganz leise und schlang meine Arme um seinen Nacken.

„Da hast du Recht. Und das ist auch völlig in Ordnung", er drückte mich an sich, bevor er seinen Kopf an meine Schulter lehnte.

„Wo jetzt alle ihren größten Wunsch erfüllt bekommen haben: Was ist eigentlich mit meinem größten Wunsch?", mischte sich Saira genau in dem Moment ein und wir begannen alle laut zu lachen. Gab es denn ein schöneres Happy End?

-Ende-

Danksagung

Ein Buch schreibt ganz selten mal ein Mensch alleine. Und aus diesem Grund, finde ich, sollte auch die Danksagung ernstgenommen werden.
Auch ich stehe in der Schuld vieler Personen, die mich mit diesem Roman begleitet haben; auch schon in der Erstversion von Lucy.
Doch ohne euch wäre diese Version wohl nie entstanden: Danke an Sofie, Dela, Renata, Till und Julia für eure liebevolle Unterstützung! Ihr wisst wahrscheinlich gar nicht, wie wichtig das für mich war!
Ein ganz, ganz dickes Dankeschön gilt auch meiner Mutter, die diesmal die Erste sein durfte, die mein neues Buch lesen durfte; und die es in weniger als 24 Stunden geschafft hat, mir eine komplette Korrektur per USB-Stick zu liefern. Und natürlich Aika! Danke!
Allgemein sollte man vielleicht mal allen danken, die mich zu diesem Buch inspiriert haben – ob nun positiv oder auch negativ! Auch euch ist es geschuldet, dass es fertiggeworden ist. Besonderen Dank an Saskia...
Der Hund Jack, den es in diesem Buch gibt, ist die einzige Rolle, die im echten Leben wirklich existiert. Auch unserem Hovawartrüden möchte ich meinen Dank aussprechen, auch wenn er es wohl nie lesen

kann. Dieser Hund wusste in jeder Phase unseres gemeinsamen Lebens, wie es mir geht. Und die vielen Stunden an der frischen Luft, die du mir in Wald, Feld und am Strand geschenkt hast, waren Inspiration pur! Etwas Besseres konnte mir nicht passieren!

Ich möchte mich auch bei all meinen (richtigen) Freunden bedanken, die trotz schwerer Zeiten nicht von meiner Seite gewichen sind und mich immer und in allem unterstützt haben. Ihr seid die wahren Freunde im Leben! Dafür sollte es einen Preis geben.

Des Weiteren gilt ein riesenfettes Dankeschön dem Deutschen Psoriasis Bund (DPB), ohne den es dieses Buch nicht geben würde! Denn ohne ihn würde es das Jugendcamp nicht jedes Jahr geben. Und dann wäre ich 2015 auch nicht dabei gewesen und hätte all diese tollen Eindrücke nicht gesammelt und schon gar nicht die Motivation wiedergefunden, der es am Ende zu verdanken ist, dass es eine offizielle Version von *In einer anderen Haut* gibt.

Deswegen möchte ich mich auch noch mal bei allen vom Camp am Biggesee bedanken. Selbst wenn ich nicht mit jedem von euch persönlichen Kontakt hatte, so ward ihr mir doch eine große Hilfe – mit dem Buch und im wahren Leben!

Was ich wahrscheinlich nie wirklich ausgestrahlt habe, ist, dass ich mich auch bei den Leuten in meiner Hautklinik bedanken möchte, die alles gegeben haben, dass es mir wieder besser geht. Es war eine harte Zeit, die Ihr mir so schön wie es möglich war gestaltet habt. Dafür bin ich Euch wirklich dankbar!

Und bei meiner Familie. Ich kann mir erst jetzt wirklich vorstellen, wie hart die Zeit damals für euch gewesen sein muss. Wie das halt mit schlechten Erlebnissen ist, so hat mein Gehirn diese Zeit fast komplett aus dem Gedächtnis gelöscht. Ob gut oder schlecht.

Zum Schluss möchte ich mich noch bei meinen Lesern bedanken, die diesen Dank wirklich nur dann lesen dürfen, wenn sie es denn auch bis zum bitteren Ende gelesen haben.

Für alle, die wie ich an Psoriasis leiden: So doof es klingen mag; Kopf hoch und nach vorne schauen. Das Leben geht auch an dem Punkt weiter, an dem man denkt, dass es das Ende ist.

Danke!

Eure Laura Fritsch

Dieses Buch ist ein Roman. Alle handelnden Personen und Orte sind frei erfunden. Ähnlichkeiten mit lebenden oder verstorbenen Personen sind rein zufällig und nicht beabsichtigt.

Aus rechtlichen Gründen wurden für die echten Produktnamen sowie Pharmazieunternehmen frei ausgedachte Synonyme verwendet.

Impressum
„Träume – In einer anderen Haut" von Laura Fritsch
2. Auflage 2016
Copyright: © 2015 by Laura Fritsch
Alle Rechte vorbehalten.
Satz: Laura Fritsch
Umschlaggestaltung: Laura Fritsch
Coverfoto: iStock.com/Photolyric
ISBN: 978-3-7418-4897-1

ISBN 978-3-7418-4897-1

www.epubli.de